백
지
아
다
다

백치 아다다

계용묵 단편전집 1

애플북스

목소리를 삼키고 머뭇거리다가 웅크리고야 마는

전 석 순

 망우역에서 입구까지는 짐작보다 멀었다. 신호등 앞에 섰을
때 아무래도 버스를 타는 게 좋았을 거라는 생각이 들었다. 생각
끝에 건너편으로 시선을 던지면서 얼마나 남았을지 가늠해봤다.
그때 할아버지가 눈에 들어왔다. 얼굴은 붉게 달아올라 있었고
걸음은 당장 넘어져도 이상하지 않을 정도로 흐트러진 할아버지
였다. 할아버지는 빨간불 앞에서도 가만히 서 있지 못하고 흐느
적거리면서 흔들리고 있었다. 주변에 선 사람들은 혹시라도 부딪
힐까 봐 멀찌감치 떨어졌다.
 나는 어딘지 모르게 할아버지가 춤을 추고 있는 건지도 모른
다는 생각이 들었다. 한 번 그렇게 생각하자 할아버지는 리듬을
타고 규칙에 맞춰 움직이는 것처럼 보였다. 얼마 지나지 않아 파
란불이 켜졌고 횡단보도 중간쯤에서 할아버지와 스쳤다. 훅 끼쳐

오는 술 냄새와 함께 낮은 목소리가 맴돌았다. 무심코 지나쳤다면 놓쳤을 목소리였다.

"이 망할 세상."

걸음을 늦추고 돌아봤다. 계용묵 소설 속 인물 중 누가 했더라도 이상하지 않을 목소리였다. 술기운에 기대 차라리 우렁차게 소리라도 질렀다면 돌아보는 대신 걸음을 재촉했을지도 몰랐다. 내뱉지 못하고 웅얼거리며 삼키는 목소리는 결국 걸음을 멈추게 만들었다. 내가 계용묵 소설을 읽으면서 멈칫했던 순간도 비슷했다.

길을 다 건너고 다시 한번 돌아봤다. 여전히 할아버지는 춤을 추는 것 같았다. 춤은 춤인 동시에 울음이었고 비명이었고 분노를 떨쳐내려는 안간힘이었다.

〈백치 아다다〉의 마지막 장면에는 갈매기 떼들의 흥겨운 춤이 등장했다. 처음 읽었을 땐 수롱과 아다다의 비극적인 장면에 이물질처럼 끼어든 춤이 퍽 기괴해 보였다. 어째서 비극이 비나 눈물이 아닌 춤과 연결되는지 알 수 없었다. 그땐 춤이 비극을 방해하는 게 아니라 도리어 더 선명하게 드러낸다는 것도 몰랐다.

열여덟쯤, 나는 어렴풋이 어쩌면 이런 게 소설일지도 모른다고 생각했다. 나중에 〈붕우〉를 읽으면서도 비슷한 심정이었다. 마치 비밀이라도 되는 것처럼 아무도 그리워했다고 말하지 않았지만 소설 속 나와 조 군은 누구보다 서로 그리워하는 사이였다. 그립다고 말하지 않으면서 그리움을 전하는 일은 비극과 춤의 연결만큼이나 수상한 구석이 있었다. 그때까지만 해도 따지고 캐묻지 않는, 시원하게 털어놓지 않고 움츠리는 인물들에게 완전히 마음을 열진 못했다.

정류장을 찾아 두리번거리다가 계속 걷기로 했다. 묘지를 찾아가는 길은 걷는 게 더 어울린다는 생각 때문이었다. 시선이 좀 더 더뎌지고 늘어져도 좋았다.

버스를 타고 갔으면 신호등 앞에 선 할아버지를 보지 못했을 것이다. 혹시 봤더라도 끝내 흥겨운 춤을 추며 걷는다고 생각했을지도 몰랐다. 낮은 목소리도 놓쳤을 것이다. 술에 취했다는 건 알 수 있었을까. 만약 〈상환〉 속의 창수를 만났다면 아내와 홍득이 한날한시에 사라진 걸 알았을 때 "세상이란 이렇구나" 하면서 픽 웃는 것도 놓쳤을 것이다. 웃음 뒤에 슬그머니 숨은 감정을 짐작이나 했을까. 계용묵 소설을 읽을수록 웃음과 눈물은 한 덩어리가 아니라 수십 갈래로 흩어져 나름대로 질감과 색을 띠었다. 아무것도 해줄 수 없다는 데에서 흐르는 눈물과 그리움이 뭉친 눈물을 구분해주는 일은 소설의 역할인지도 몰랐다.

횡단보도를 건너고부터는 행인의 표정과 손짓 하나하나에 눈길이 갔다. 손님 앞에서 고개를 기울이는 과일가게 주인과 아이를 앞장세워 걸으면서 한숨을 내쉬는 여인도 놓치지 않았다. 계용묵이 소설을 통해 삶을 바라보는 방식과 조금은 닮았을 것이었다. 누군가 이 길을 기록한다면 아무도 눈여겨보지 않을 사람들을 골똘하게 바라보는 눈길. 눈에 띄지 않기 때문에 더 세밀한 시선으로 바라봐야 하는 사람들. 어쩌면 우리가 오랫동안 잊고 있었던, 없는 줄 알았던 사람들.

더위가 몸집을 막 부풀릴 무렵 계용묵 묘지를 찾아가는 길이었다.

인적이 드물어지고 도심의 끄트머리에 닿았을 때쯤 망우묘지 공원으로 들어가는 입구가 나왔다. 안으로 좀 더 깊숙이 들어서자 아무도 보이지 않았다. 묘지로 가는 방향을 물어보려던 나는 여러 갈래 길 앞에서 머뭇거리다가 돌아보고 다시 시선을 틀었다. 아예 걸음을 멈추고 천천히 눈여겨보니 길가에 앉아 있는 할머니가 눈에 들어왔고 화장실 앞에서 담배를 피우던 아저씨도 보였다. 아까는 왜 못 알아봤는지 의아할 정도로 또렷했다.

계용묵 소설에는 어디서나 눈에 확 들어올 법한 인물보다는 언젠가 한 번쯤 마주쳤거나 옆집에 살고 있다고 해도 그럴듯한, 그래서 길에서 지나치면 기억에 남지 않을지도 모를 인물이 제법 많았다. 계용묵은 그들을 자극적인 인물로 그려 도드라지게 만들거나 극적인 성공을 거둬서 이목을 끌게 하지 않았다. 소설은 그래도 되는 형식이고 그 방향이 더 재미있을 수도 있는데 끝내 목소리 한 번 높이지 않고 비명 한 번 지르지 않았다. 다만 가만히 뒤따라가면서 차분하고 사뭇 나지막한 어조로 전해줄 뿐이었다. 그 맛은 마치 양념을 싹 거둬낸 배추를 한입 베어 문 느낌이었다. 심심하던 찰라 잊고 있었던 본연의 맛이 입안에 가만히 번졌다.

〈마부〉의 응팔이는 돈을 주지 않는 초시에게 말 한마디 변변히 붙이지 못했다. 소리 지르고 몸싸움을 해서라도 결국 돈을 받아내야 읽는 맛이 있을 텐데 끝까지 우물쭈물하기만 했다. 그러다 돈을 훔치기로 결심하는 장면에 비로소 숨통이 트이는 듯했지만 그마저도 고작 자기 몫만 가져가고 남은 것은 되돌려 놓기로 했다. 주재소로 끌려갈 때까지도 목소리는 떨리기만 할 뿐 누구

하나 찌르지 못했다. 웅팔이는 처음처럼 끝까지 사람을 의심하지 않았다.

〈병풍에 그린 닭이〉에서도 비슷한 장면을 엿볼 수 있었다. 주인공은 애를 못 낳는다고 구박하는 시어머니와 첩까지 들인 남편이 있는 시댁이지만 다시 돌아오고야 말았다. 책임과 의무를 생각하면서 욕하면 먹고 때리면 맞자고 다짐했다. 다들 맞서 싸울 생각은 아예 없는 것 같았다.

이쯤 되자 현실 속에는 결국 이뤄내고 성공하고 복수하는 사람보다 실패하고 흔들리는 사람이 더 많다는 것을 생각할 수밖에 없었다. 계용묵의 소설에는 망하고 지고 버림받은 사람도, 자기 목소리도 제대로 낼 줄 몰라 번번이 손해 보는 사람도 주인공이 될 수 있다고 전하는 것 같았다. 그래서 누군가 어떤 사람이 소설 속 주인공이 될 수 있냐고 물으면 거침없이 그 주인공은 바로 당신이라고 말하는 소설처럼 읽혔다. 어쩌면 그것은 소설의 본질이 갖고 있는 또 다른 표정인지도 몰랐다.

〈연애삽화〉에서 화자는 미령의 이야기를 입 밖으로 내지 않으면서 이야기를 마쳤다. 비밀이 발각되고 그에 따라 문제가 생기면서 소설이 전개될 거라는 예상과는 거리가 멀었다. 비밀이 밝혀지고 곤란해할 인물을 따라나설 채비를 하던 사람들은 우왕좌왕할 수밖에 없었다. 하지만 현실에는 그저 아무 말도 할 수 없는, 혹은 결국 말하지 않는 사람들이 더 많을지도 몰랐다. 소설이 현실과 맞물리는 지점에서 퍼지는 파동을 들여다볼 때야 비로소 나올 수 있는 목소리를 떠올려보면 계용묵 소설이 갖는 매력을 쉽게 찾을 수 있었다.

"28번 전신주 근처예요."

건너편에서 지나쳐가던 등산객은 오랜만에 만나 다정한 인사를 전하는 듯한 말투였다.

〈제비를 그리는 마음〉에서 제비가 들어와 길을 들지 않자 떠난 아들 생각이 간절하던 아버지의 목소리가 그랬을까. 이내 감사하다는 목소리를 내려고 했지만 등산객은 가던 길을 서둘렀다. 별거 아니라는 듯한 무심함마저 소설 속 아버지를 닮은 것 같았다. 계용묵 묘지로 가는 길을 서너 번쯤 물어본 끝에 이번에도 잘 모르겠다는 답변을 받은 후였다.

고개를 조금만 틀거나 들어 올리면 곳곳이 묘지였다. 풀숲에 무언가 봉긋하게 솟아 있는 게 있다 싶으면 어김없이 묘지였다. 눈길이 닿는 곳이라면 어디든 묘지였지만 그중 계용묵 묘지는 좀처럼 나타나지 않았다. 전신주가 나올 때마다 번호를 확인해가며 걸었지만 내내 맞게 가고 있는 건지도 헷갈렸다. 그저 등산객이 가던 길을 멈추고 돌아서면서까지 해준 얘기에 기댈 뿐이었다. 이국으로 떠난 자식을 걱정하는 듯한 목소리와 겹쳤다.

"어느 쪽으로 가도 어차피 다 이어져 있어요."

전망대에 다다랐을 때쯤에야 겨우 28번 전신주를 찾을 수 있었다. 전신주는 삐딱하게 서 있는 데다가 숫자도 무심하게 휘갈겨 쓴 듯했다. 다행히 전신주 옆에는 계용묵 묘지로 가는 길이라는 표시판이 있었다. 이제 고작 110미터가 남았을 뿐이었다. 하지만 표시판이 가리키는 방향으로 시선을 옮겨 봐도 어디를 가리키는 것인지 알 수 없었다. 방향은 도무지 사람이 다닐 수 없는 길인 것만 같았다. 혹시 잘못된 건 아닌가 싶었지만 묘지가 있을 만한 방향은 더 없었다.

〈목가〉에서 대학까지 나왔는데 농사나 지으라는 아버지의 말을 들은 화자의 심정이 이랬을까, 싶었다. 분명 길이라고 가리키는데 도무지 길처럼 보이지 않는.

전망대에서 목이라도 축이면서 위치를 가늠해보기로 했다. 전망대 아래에는 넓적한 곳에 단정하게 자리 잡은 묘소가 보였다. 아무래도 그쯤인가 싶어서 다시 표지판 쪽으로 갔다. 그제야 나무 사이로 어렴풋이 흙길이 보였다. 사람들이 자주 드나들지 않아 길 위로 잔뜩 풀이 자란 바람에 가려져 아까는 몰라봤던 것이었다. 그 길을 통하지 않고서는 계용묵 묘지에 다다를 수 없었다.

호흡을 가다듬고 몸을 웅크린 채 풀숲 안으로 들어섰다. 그러자 금방 길이 환해졌다. 바닥에는 굵은 개미가 우글거렸고 이름을 알 수 없는, 크고 작은 벌레들도 후다닥 날아다녔다. 그중에 거미도 한 마리쯤 있을 것 같았다. 그러자 도망치는 듯했던 걸음은 산책로에 들어선 것처럼 느긋해졌다.

〈인두지주〉에는 '사람 거미'가 등장했다. 경수는 산업박람회에서, 머리는 사람이지만 몸은 거미인 이상한 짐승을 구경하게 되었다. 하지만 곧 그것이 몸이 망가진 창오라는 사실을 깨달았다. 탄광에서 두 다리를 잃었지만 돈 한 푼 받지 못한 창오와 자기 한 몸 남아서 떠돌며 그날그날 겨우 버티는 경수의 모습은 계용묵 소설에서 가장 처연한 모습이 아닐까, 싶었다. 고독마저 느끼지 않게 되었다는 고백이 주는 울림은 간절하고 큼직했다. 게다가 다른 소설 속 인물들처럼 누구에게 한번 윽박질러보지도 못하고 다치면 다치는 대로 돈을 주지 않으면 주지 않는 대로 힘없이 흔들리는 모습은 무능하고 답답하기보단 오히려 지독하게 현실과 맞닿아 있었다.

어느 순간 우리는 숨죽이고 목소리를 내지 못할 때가 더 많아졌다. 그것은 현실을 담아내는 소설에서 중요한 장면이 되기도 했다. 그래서 계용묵의 소설은 전망대 아래에서 잘 정돈된, 커다란 묘지와 높이 솟은 소나무의 위치를 파악하고 뒤로 내려다보이는 풍경을 감상하는 일이 아니었다. 외려 직접 내려가 나뭇가지에 몸을 긁혀가면서 벌레의 움직임을 뒤따라가고 이파리에 새겨진 섬세한 잎맥을 되짚어보는 일에 가까웠다. 그래서 계용묵의 묘지를 찾는 일이 점점 소설을 읽는 것과 비슷한 과정처럼 느껴졌다.

몇 번을 오르내렸지만 묘지는 찾을 수 없었다. 겨우 샛길을 찾았을 땐 누군가 일부러 숨겨놓은 것일지도 모른다는 생각마저 들었다. 샛길은 표지판 옆으로 나 있던 입구보다 더 비좁았다. 그나마도 풀이 촘촘하게 우거져 있어서 알고 봐도 지나칠 법했다. 샛길을 통과하는 동안 계용묵 묘지가 소설의 인물을 닮았다는 생각이 짙어졌다. 눈을 부릅뜨고 보지 않으면 끝내 놓쳐버리는, 목소리는 매번 혼잣말에 가깝고 몸짓조차 크지 않고 웅크리고 있는, 어쩌면 그래서 우리가 주목하고 챙겨봐야 했던 인물들.

길 끝에 선 묘지는 절반쯤 고사리나 잡풀에 뒤덮여 있었고 사방은 나무로 둘러싸여 있었다. 전망대에서 훤히 내려다보이던 풍경은 많이 잘려져 있었다. 그래서 비슷해 보여도 제각각 다른 색을 지니고 있는 수많은 풀잎과 돌아서면 슬쩍 자리를 피해버리는 날벌레를 물끄러미 바라볼 수밖에 없었다. 대단한 상징을 부여하려 애쓰지 않고 의미를 떠올리지 않아도 그저 시선만으로도 충분한 시간이었다.

비슷한 시간이 소설 속에도 있었다. 〈치마〉에는 만나러 와주지 않는 경애가 야속해서 찾아 나선 정희가 등장했다. 경애의 집에서 치마가 없어서 어쩔 수 없었다는 말이 나오자 눈에 들어온 건 때가 낀 지지미 홑바지였다. 그쯤에서 말이 끊겨도 그저 시선 하나만으로도 충분했다. 가만히 바라보는 것이 얘기를 나누거나 몸을 부딪치는 것보다, 때론 눈물이나 울부짖음보다 더 애틋할 수 있다는 것을 우리는 계용묵 소설을 통해 깨닫게 될지도 몰랐다.

쉽게 걸음을 떼지 못하고 묘지 주변을 어슬렁거리다가 비석을 발견했다. 이제껏 비석에 새겨진 글씨를 알아보려면 고개를 들어올려야 했지만 계용묵의 묘지에서는 자세를 낮추고 시선을 아래쪽으로 향해야 했다. 그래야 풀숲에 가려진 비석을 제대로 볼 수 있었다. 그마저도 어딘지 모르게 소설과 닮아 있었다. 사망 후 1주기에 세워졌다는 묘비는 오십 년 넘게 낮은 자세로 웅크리고 있었다.

〈금단〉의 마지막 장면처럼 새까만 하수도 구멍을 보고 있는 기분이었다. 주인공에게는 장사가 잘되기를 바라는 마음 뒤편에 빵을 팔 것인지 아니면 빵으로 허기를 채울 것인지에 대한 고민이 숨어 있었다. 하지만 고민이 끝나기도 전에 빵은 하수도 구멍으로 빠져버렸다. 역시나 다른 인물들처럼 꺼내 달라고 외치거나 구멍 안으로 들어가 볼 생각은 하지 않았다. 그저 바라볼 뿐이었다. 나는 마치 〈금단〉의 빵처럼, 소설을 읽으면서 오랫동안 해왔던 고민을 묘지에 남겨두고 온 심정으로 몇 번쯤 뒤돌아봤다. 고민이 좀 더 길게 이어져도 좋을 것 같단 생각이 들었다.

다시 산책로로 나왔을 때 다음에 다시 오면 찾을 수 있을까, 싶었다. 하지만 전망대에서 내려다보니 묘지가 있는 자리를 쉽게 짚어낼 수 있었다. 어쩌면 소설을 읽어내고 써 내려가는 방식과도 같은 듯했다. 한번 내려갔다 오니 이제는 저 아래 나무줄기가 갖고 있는 오돌토돌한 질감과 바람이 품고 있는 풀냄새를 선명하게 떠올릴 수 있었다.

전망대를 등지고선 왔던 길을 되돌아갈지 아니면 방향을 틀지 않고 계속 걸어 나갈지 고민했다. 입구에서 흥미롭게 생각했던 치유의 숲으로 가는 방향은 따로 있었지만 딱히 숲을 보지 않고 가도 괜찮을 것 같았다. 나에게는 어느 방향으로 가도 좋은 날이었지만 〈별을 헨다〉 속 모자의 사정은 좀 달랐다. 고국의 생활에 지쳐 고향인 이북으로 가려고 서울역에 도착했지만 이북도 별다를 게 없다는 것을 전해 듣고는 망설일 수밖에 없었다.

어느 쪽으로도 갈 수 없는 걸음은 끝내 앞으로 나아가지 못했다. 그쯤에서 앞으로 밀고 나가 부딪히는 인물이 아니라 끝까지 망설이는 인물에게 시선의 중심을 내주는 소설이 품은 깊이를 조금 가늠할 수 있을 것도 같았다. 그래서 언제부턴가 인물들에게도 한 뼘쯤 더 마음을 열고 있었다.

계용묵의 묘지를 찾아 나섰던 건 서문의 마지막 문장을 찾지 못해 머뭇거리던 끝에 내린 결정이었다. 나라도 소설 속 인물에게 명확한 방향을 가리키고 싶었지만 어느새 나도 그들과 같은 방식으로 머뭇거리고 있었다. 그러자 이미 오래전부터 목소리를 낮추고 망설이고 있었다는 것을 깨달았다. 그것이 계용묵 소설이 독자들에게 줄 수 있는 위로가 아닐까, 싶었다. 영웅처럼 당당하게 나서서 세상에 굵직한 선을 긋지 않더라도, 고작 머뭇거림밖에 할 수 없더라도 당신은 이미 충분히 주인공이라고.

용마산 쪽으로 방향을 잡고 면목시장으로 내려오면서 혼자 느릿느릿 걷는 아이가 보였다. 아이의 얼굴은 어딘지 심통이 난 것도 같았고 그저 표정을 지을 힘이 없는 것 같기도 했다. 자연스레 〈장벽〉 속 음전이가 떠올랐다. 어머니는 백정이라는 신분을 벗어나고자 했지만 딸 음전이는 결국 아이들과 어울리는 데에 실패했다. 같이 널을 뛰어줄 사람이 없어 내려오는 모습과 엄마를 만나서야 겨우 내뱉는 울음은 마음 한쪽을 움켜쥐기에 충분했다. 당장 나서서 앙칼지게 쏘아붙이기라도 했으면 좋았겠지만 어머니는 다른 동네로 떠나자고 할 뿐이었다. 1935년에 발표된 소설 속의 장벽은 지금도 여전히 유효한 것만 같다.

묘지를 다녀오는 동안 어쩔 수 없이 과거의 소설과 지금을 억지로라도 잇고 있는 줄 알았다. 하지만 계용묵의 소설에서 전하는 상황은 지금과 그다지 다르지 않았다. 그래서 따로 떼어놓을 수 없었다. 우리는 여전히 돈 때문에 울고 웃다가 비극을 맞이했고 소리 내서 따지기보다 결국 울음을 삼키기도 했다. 도시계획으로 갈등이 깊어지기도 했고 보이지 않는 신분과 멸시는 분명했다. 취업을 하지 못하는 자식과 부모 노릇을 제대로 하지 못하는 것만 같은 괴로움도 여전했다. 나뿐만 아니라 대를 물려 고통과 가난을 물려줄까 봐 두려웠고 이러지도 저러지도 못해 머뭇거리는 것만이 최선임을 알 때도 많았다.

그래도 〈최 서방〉에서처럼 나는 못난이일 뿐이고 왜 이리 약한지 알 수 없어 괴로웠다. 하지만 그들은 저녁에 잡을 닭에게도 배고플까 봐 모이를 주는 사람들이었고 돈보다 사랑이 더 귀하다고 생각하는 사람들이었다.

묘지 앞에 서면 선명해질 줄 알았던 문장은 짐작과 조금 어긋났다. 다시 망우역 앞에 섰을 때 소설을 처음부터 다시 읽어봐야겠다는 생각이 들었다. 계용묵 소설의 마지막 문장은 결말이 아니라 시작이라는 것을 알았기 때문이다. 그 시작에서 역경을 딛고 일어선 사람의 이야기가 아닌 결국 주저앉아서 숨죽인 울음을 삼키는 사람의 이야기가 전해주는, 우리보다 더 나은 사람이나 더 못한 사람의 이야기가 아니라 우리와 같은 사람의 이야기가 전해주는 짙은 공감과 잔잔하게 번지는 위로를 예감할 수 있었다.

역에 이르러서야 역의 이름이면서 계용묵의 묘지가 있는 곳이기도 한 '망우'의 뜻을 알 수 있었다. '망우'는 걱정과 근심을 잊는다는 뜻이었다. 그것이 작가뿐만 아니라 소설 속 모든 인물의 마지막이었으면 좋겠다고 생각했다.

그 바람의 끄트머리에서 다시 문학 전집의 맨 앞에 놓인 계용묵 소설의 첫 페이지에 눈길을 포갰다. 첫 문장을 가만히 발음해 봤다.

이제는 이 책을 손에 쥐고 있을 당신과 함께.

전
석
순

1983년 강원도 춘천에서 태어났다. 2008년 〈강원일보〉 신춘문예에 단편소설 〈회전의자〉가 당선되어 등단했으며, 2011년 장편소설 《철수 사용 설명서》로 오늘의작가상을 받았다. 중편소설 《밤이 아홉이라도》와 장편소설 《거의 모든 거짓말》 등이 있다.

차례

일러두기

1. 이 책은 계용묵이 1925년부터 1939년까지 발표한 단편소설 20편을 수록했다. 각 작품 끝부분에 첫 발표 지면을 표기해두었다.
2. 맞춤법, 띄어쓰기는 가능한 한 현대어 표기로 고쳤으나 작가가 의도적으로 표현한 것은 잘못되었더라도 그대로 두었다. 띄어쓰기와 맞춤법은 국립국어원의 《표준국어대사전》을 기준으로 삼았다.
3. 한글로 표기된 외래어는 외래어맞춤법에 맞게 고쳤으나 시대 상황을 드러내주는 용어는 원문을 그대로 살렸다.
4. 한자는 한글로 표기하고 의미상 필요한 경우에만 한글 옆에 병기하였다.
5. 생소한 어휘는 독자들의 이해를 돕기 위하여 각주로 설명을 달아두었다.
6. 대화에서의 속어, 방언 등은 최대한 살렸으나 지문은 현대어로 고쳤다.
7. 대화 표시는 " "로 바꾸었고, 대화가 아닌 혼잣말이나 강조의 경우에는 ' '로 바꾸었다. 또한 말줄임표는 모두 '……'로 통일하였다.

상환相換

밤 열두 시가 훨씬 넘은 때이다.

창수는 두근거리는 가슴을 느낄 여지도 없이 발에 채찍질을 하여 두 주먹을 부르쥐고 부리나케 집으로 돌아왔다.

대문을 들어선 그는 놓이는 마음보다 졸이는 마음이 더하였다. 허리와 등 그리고 목까지 들썩거린다. 땀은 비 오듯 맺혀 떨어진다. 손과 다리는 푸들푸들 떤다. 숨은 하늘에 닿았다.

쿵쿵거리는 발자국 소리에 놀라 깨인 창수의 아내는 그 쿵쿵거리는 소리가 '찌궁' 하는 대문 소리와 같이 멎고 아무 인적이 없음을 이상하게 여기어 등잔에 불을 켜놓고 의복을 추려 입었다.

'쿵' 하는 소리가 토방 위에서 나자 문고리 소리와 같이 문이 열리고 창수가 들어선다.

창수는 마치 도깨비에게 홀리운 사람 같았다. 전 같으면 점잖게 곤두기침을 서너 번 하고 들어설 그가 오늘 저녁에는 웬일인지 인적도 없이 들어와서 둘레둘레 사방을 살피기만 하고 아무 말이 없다.

어쩐 셈인지는 모르나 무슨 일은 단단히 있는 사람이다. 웬 입성은 물에 빠졌다 나온 사람 모양으로 땀에 쥐어짜고 얼굴에서는 김이 물물 난다. 한참 만에 겨우 정신을 차린 듯이 한숨 한 번을 길게 쉬고 길머리에 그대로 주저앉는다.

아내는 쿵쿵거리는 소리에 울렁거리는 가슴은 다 까라지고 이제는 남편의 이상한 태도에 대신하였다. 그리고 아까 쿵쿵거리던 소리가 남편의 발자국 소린 줄은 알게 되었다.

너무도 뜻밖의 일이라 아내는 어쩐 영문인지를 몰라 멍하니 앉아 있는 남편을 한참 바라보다가

"왜 그리우 무슨 일이 났소?"

하고 물었다.

"가 가마……."

"가 가마…… 라니요 왜 그래요?"

하고 재차 묻는 아내의 목소리는 떨렸다.

"글쎄, 가 가마……."

"왜 말을 못 하시우. 아이구 무슨 일이야……."

하고 다시 힘있게 재차 묻는 아내의 눈에는 안개같이 뽀얀 눈물이 어리였다. 그리고 쏟아졌다.

한참 동안 말이 없었다. 아내의 눈에서는 여전히 눈물이 줄이어 나왔다. 아내가 무엇을 생각하는 모양이더니 흐르는 눈물을 치마 고름으로 문지르며 부엌으로 나가 커다란 자배기에 냉수를

는짓는짓하게 길어가지고 들어와 손발을 씻어주었다. 이것은 여편네들이 흔히 하는 까무러친 데는 유일의 양약으로 알기 때문이다. 그리고 남편을 끌어다 아랫목에 눕히고 얇지 않은 이불을 덮어주었다. 그리고 그 옆에서 아내는 남편의 손과 발을 주무르며 밤이 새도록 지켜 앉아서 동정을 살피었다. 그러나 동정을 알 수 없었다. 그 후에 남편은 이어 잠이 들기 때문에……

그 이튿날 아침이다. 장밋빛 해가 그리 훨씬을 나오지 못한 때이다. 그때에 "창수! 창수!"하고 대문 앞에서 창수를 부르는 사람이 있었다.

"전에 없이 이 이른 아침에 누가 찾을까. 어제저녁에 기어이 무슨 일이 났구나."
하고 아내는 속으로 중얼거리며 미닫이를 열고

"누구요?"
하고 물었다.

"창수 계시나요?"
"네 — 계시긴 합니다만은 갑자기 두통으로 꼼짝 못 하고 누웠습니다. 누군가요?"
"이 아랫동리에 사는 김홍득金弘得이라는 사람인데요, 긴급히 좀 볼일이 있어서요. 정 꼼짝 못 하시거든 저녁때 찾어오마고 말씀드려주시오. 그럼 갑니다."
"네 — 그러리다. 안녕히 내려가시우."
하고 아내는 그 사람을 보냈다.

창수는 아직도 이불 속에서 일어나지는 않았으나 어젯밤 증세는 멎었다. 멀거니 눈을 뜨고 지금 김홍득이가 찾아와서 하던 이야기기도 다 들었다. 그러나 속으로 무엇이 간지러운 듯이 조마조마하다는 기색을 얼굴에 드러내놓고 눈을 가슴츠레하고 있었다.

아닌 게 아니라, 홍득의 말소리를 듣기만 하여도 치가 떨릴 터인데 이 아침에 찾아까지 와서 긴급한 볼일이 있다고 함에는 창수의 마음이 아니 간지러울 수가 없다.

창수는 속으로 '야 ─ 큰일이다. 어떻게 난 줄을 알까?' 하는 생각과 아울러 두근거리는 가슴은 금할 수 없었다.

그리고 그는 또 '저녁때 찾아온다 하였다. 아! 찾아오면 어떻게 말을 하여야 할까. 단정 난 줄은 아는 이상 그런 일은 절대 없다고 부정할 수도 없는 것이고 아! 어쩌면 좋단 말이냐? 큰일이다. 그러나 나를 잡지는 못하였으니 아니라고 그냥 우겨볼까? 그러나 또 그것이 탄로가 되면 그때에는 진작 자백을 하고 지나던 것만도 못할 것이요. 아! 모르겠다. 되는대로 대답을 하자. 하다가 탄로가 되면 되고. 그러나 우겨볼 일이다. 그렇다. 될 수 있는 대로는 우기리라' 하고 그는 한숨 한 번을 후 ─ 내쉬고 무어라고 한참 생각하더니 '뛰는 것도 좋다. 그가 저녁에 찾아오기 전 어디로 몸을 감추었다가 형님을 찾아 봉천으로 뛰리라. 그렇다, 그것이 상책이다. 그러면 아내는 어떻게 하여야 할까. 데리고 가자니 여비가 없고 만일 데리고 간다 하면 그때에는 무엇을 할 것인가. 형님과 같이 농사를 짓자. 그러나 농사 바탕은 있을까. 아니다, 아니다. 그러면 이 방성 일판에서는 나를 가지고 목이 붉어지도록 욕을 하리라. 야성을 가진 개 같은 놈이라고. 아니 아니 내가 왜 어젯밤에 그곳엘 갔을까. 유부녀 강간, 아! 그것은 차마 못 할 짓이다'라고 순서 없이 또다시 속으로 중얼거리며 초조하다는 듯이 벌떡 일어나 헝겊 지갑에서 장수연長壽煙을 꺼내어 곰방대에 붙여 물고 눈을 감았다 떴다 하면서 무슨 묘계를 또다시 생각하는 모양이다.

창수의 일어나는 꼴을 본 그 아내는 잃었던 남편을 찾은 듯한 어떻다고 할 수 없는 반가움에 남편의 곁으로 바싹 다가앉으며 얼굴에 웃음을 띄우고,

"이제 좀 나신 게외다. 어젯밤 일을 기억하십니까?"

하고 물었다. 창수는 귀찮다는 듯이 턱을 가슴에 붙이고 머리를 벅벅 긁으며

"어젯밤 일이란 무엇이야?"

"그럼, 어젯밤에 정신을 도무지 몰랐습니다그려. 그런데 들으셨겠지만은 아침에 김홍득이라는 사람이 찾아왔으니 무슨 만날 일이 계시우? 무슨 긴급한 일인지 매우 긴급한 일이라 하면서 저녁때 오겠다고 합니다그려."

"일이야 무슨 일은 없어. 아니 그런데 마누라 우리 봉천 가서 살아보지 않을까?"

"아니 그게 무슨 소리요. 어두운데 홍두깨도 분수가 있지 웬 뚱딴지로 봉천은 무어요?"

"글쎄, 이 말이 어두운데 홍두깨 푼수도 되네 만은 여기서야 살수가 있어야지. 연년이 흉년에 지금 빚이 얼마인지 자네 아나? 삼천 냥이야! 삼천 냥."

하고 아내를 노려보더니 다시 말끝을 이어,

"내년까지 흉년이 들면 거랭이밖에 그래서 더할 것이 있을 줄 아나?"

하고 급하다는 듯이 아내를 쳐다본다.

"글쎄 그렇지 않은 것은 아니지만 이곳을 어떻게 떠나요?"

"떠나면 떠나지 어떻게도 있나?"

창수의 말이 채 떨어지기 전에 새삼스럽게 무엇을 생각한 듯이,

"그럼 김홍득이라는 사람하고 봉천 가자는 약속이 있었습니다 그려. 옳지 그런 게야……."

창수는 김홍득이라는 말을 듣고는 아무 말이 없이 또다시 턱을 가슴에 대고 무엇을 생각하더니 벌떡 일어서 밖으로 나갔다. 나서는 그의 발부리는 무슨 결심이 있는 듯 힘이 있어 보이었다.

저녁때라는 때는 되었다. 문전에서는 아침 모양으로

"창수! 창수!"

하고 또 부르는 소리가 난다. 창수의 아내는,

"또 왔구나! 김홍득이가."

하고 부엌에서 가시를 닦다가 물 묻은 두 손을 행주치마 앞자락에 문지르며 벽문 턱을 나서 고개를 대문으로 갸우듬하게 돌리고

"지금 곧 나가셨습니다."

무어라고 입안말로 볼 부은 소리로 중얼거리더니

"어디로요?"

"어디론지 말하지 않고 갔어요."

아! 그놈 놓쳤구나 하는 듯이 고개를 끄덕끄덕하며 먼산을 바라보고 한참 주저하더니 돌아서 나간다. 나가는 홍득의 발에는 거름풀이 적어졌다.

어느덧 해는 서산 너머로 기어들고 온 누리는 붉으레한 황혼의

품속에 안기어버렸다.

　밥을 지어놓은 창수의 아내는 들어올까 들어올까 하고 기다리다 못하여 가까운데 사람이 보이지 않을 만치 어두워질 때까지 대문 지두리에 비켜서서 남편이 들어오기를 기다렸다. 그러나 들어오지 않았다. 그날 밤에도 기다렸다. 그 이튿날도 기다렸다. 한 달 두 달이 되도록 창수의 그림자는 보이지 않았다. 봉천을 갔나 하고 조카에게로 편지까지 하여보았으나 회답이라고 오는 것은 모두 재미없는 회답이었다.

　창수가 떠난 지 사흘 만에 그 동리에는 이러한 소문이 퍼졌다. 홍득의 아내하고 창수하고 어디로 도망을 하였다고…….

　이 일이 난 후에 홍득은 아내를 찾으려고도 아니하고

　"세상이란 이렇구나."

하고 픽 웃었다.

　홍득의 아내와 창수의 그림자가 사라진 지 석 달 만에 이 동리에는 이러한 소문이 또 들리었다. 창수의 아내하고 홍득이하고 한날한시에 없어졌다고…….

　그러나 그 후에는 그들의 소식을 아는 사람은 하나도 없었다. 지금껏 그들의 소식은 막연하다.

　선천에서

— 〈조선문단〉, 1925. 5.

상환 27

최 서방崔書房

1

새벽부터 분주히 뚜드리기 시작한 최 서방네 벼 마당질은 해가
졌건만 인제야 겨우 부추질이 끝났다.

일꾼들은 어둡기 전에 작석¹을 하여 치우려고 부리나케 섬몽
이를 튼다. 그러나 최 서방은 아침부터 찾아와 마당질이 끝나기
만 기다리고 우들부들 떨며 마당가에 쭉 둘러선 차인꾼²들을 볼
때에 섬몽이를 틀 힘조차 나지 않았다. 그는 실상 마당질 끝나는
것이 귀치않다느니보다 죽기만치나 겁이 난 것이다.

그것은 하루에도 몇 번씩 찾아와 호미값[胡米價]이라 약값[藥價]

---

1 곡식을 담아서 한 섬씩 만듦.
2 남이 장사하는 일을 시중드는 사람.

이라 하고 조르는 것을 벼를 뚜드려서 준다고 오늘내일하고 미뤄오던 것인데 급기야 벼를 뚜드리고 보니 그들의 빚은 갚기는커녕 송 지주의 농채農債도 다 갚기에 벼 한 알이 남아서지 않을 것 같아서 으레 싸움이 일어나리라 예상한 까닭이다.

"열 섬은 외상 없이 나지?"

사랑 툇마루 위에서 수판을 앞에 놓고 분주히 계산을 치고 앉았던 송 지주는 이렇게 물었다.

"열 섬이야 아마 더 나겠지요."

최 서방은 열 섬이 못 날 줄은 으레 짐작하지만 일부러 이렇게 대답을 했다.

"글쎄…… 그러고 벼는 충실하지?"

지주는 놓았던 산알을 떨어버리고 마당으로 내려와 들여놓은 벼를 여물기나 잘하였나 하고 시험 삼아 한 알을 골라 입안에 넣고 까보았다.

"암, 충실하고말고요. 이거야 소문난 변데요."

이것은 일꾼 중에 한 사람의 이야기였다.

섬몽이 틀기는 끝이 나고 이제는 작석이 시작되었다. 차인꾼들은 제각기 적개책을 꺼내어 든다.

"십오 원이니 섬 반은 주어야겠소."

호미값 차인꾼이 한 섬을 갓 되어놓은 벼를 가로 깔고 앉으며 이렇게 말을 건넨다.

"글쎄, 준다는데 왜 이리들 급하게 구오."

최 서방은 또 한 섬을 묶어놓았다.

"오 원이니 나는 반 섬이면 탕감이 되오."

이것은 포목값 차인꾼이 들채는 소리였다.

"섬 반이고 반 섬이고 글쎄 벼를 팔아서야 돈을 갚아도 갚지 있는 벼가 어디로 도망을 치겠기에 이리들 보채오."

최 서방은 우선 이렇게밖에 대답할 수 없었다.

"벼자 돈이고 볏값도 빤히 금이 났으니 어서들 갈라 주소. 괜히 이 치운데 어둡기나 전에 가게."

약값 차인꾼은 이렇게 말을 붙이고 또 한 섬을 깔고 앉는다.

"여보, 그것이 무슨 버릇들이오. 남의 벼를 그렇게 함부로 깔고 앉으니."

"그러기 날래들 갈라 주어요."

"글쎄, 팔아서야 준다는데 무얼 갈라 달라고 그래요."

"그러면 그럼 오늘도 안 주겠다는 말이요, 말이."

"안 주겠다는 게 아니라 벼를 팔아서 주마 하는데 되어놓는 족 족 한 섬씩 덮쳐 깔고 앉으니 어디 체면이 되었단 말이요, 그럼."

"그래 오늘내일하고 속여온 당신의 체면은 그래서 잘됐단 말이요, 그래."

"오늘이야 글쎄 벼를 팔아서야지요."

"그럼 오늘도 정말 안 줄 테요?"

"아니 못 주지요."

"정말."

"정말 아니고."

"정말."

"정말이야 글쎄."

"정말이야 글쎄가 무어야 이 자식."

호미값 차인꾼은 분이 치밀어 푸들푸들 떨리는 주먹을 부르쥐고 최 서방의 턱 앞으로 바싹 다가섰다. 그리고 주먹을 훌끈 내밀었다.

최 서방은 '히' 하고 뒷걸음을 쳤다. 그러나 아무 반항도 안 했다.

작석은 또한 끝이 났다. 열 섬을 믿었던 벼는 여덟 섬에 그치고 말았다. 송 지주는 그것 가지고는 청장[3]이 빳빳하다는 듯이 머리를 흔들며,

"이번에도 회계가 채 안 되는군. 모두 오십이 원인데."

하고 다시 계산을 틀어본다.

"어떻게 그렇게 되오."

최 서방은 자기의 예산과는 엄청나게 틀린다는 듯이 깜짝 놀라며 이렇게 반문을 했다.

"본(원금)이 사십 원에 변(이자)을 십이 원 더 놓으니까."

"무어 그 돈에다 변까지 놓아요?"

"변을 안 놓으면 어쩌나. 나도 남의 돈을 빚낸 것인데."

"그렇다기로 변은 제해주세요."

"그 돈으로 자네 부처가 일 년이란 열두 달을 먹고 산 것인데 변을 안 물단 게 안 돼 안 돼 건."

그는 엉터리없는 수작이라는 듯이 '안 돼' 하는 '돼' 자에 힘을 주었다.

최 서방은 보통의 농채와도 다른 이물푼 삯(인수세)에 고가의 변을 지우는 데는 젖 먹던 뱃까지 일어났으나 송 지주의 성질을

---

3 淸帳, 장부를 청산한다는 뜻으로 '빚 따위를 깨끗이 갚음'을 이르는 말.

잘 아는 그는 암만 빌어야 안 될 줄 알고 아예 아무 말도 안 했다. 실상 그는 말하기도 싫었던 것이다.

"그러니까 태반이 넉 섬씩이지. 한 섬에 십 원씩 치고도 모자라는 십이 원을 어쩌나? 오라 가만있자, 또 짚이 있겠다. 짚이 마흔 단이니까 스무 단씩이지. 그러면 한 단에 십 전씩 치고 이 원, 응응 겨우 우수 떼논 그래 십이 원은 어쩔 테야?"

그는 최 서방이 그리 해주겠다는 승낙도 얻지 않고 자기 혼자 이렇게 결산을 치고 다짜고짜로 일꾼들을 시켜 한 섬도 남기지 않고 모두 자기네 곳간으로 끌어들였다.

행여나 벼로나 받을까 하고 온종일 추움에 떨면서 깔고 앉았던 볏섬을 놓아준 차인꾼들은 마치 닭 쫓아가던 개가 지붕을 쳐다보는 격으로 눈들만 멀뚱멀뚱하여 어쩔 줄을 모르고 멀거니 서서 송 지주의 분주히 왔다 갔다 하는 꼴만 쳐다보고 있었다. 그들은 한껏 분하면서도 우스웠다. 그래서 하하 하고 웃었다. 그러나 다시,

"돈 내라, 이놈아."

"오늘 저녁에 안 내면 죽인다."

"저렇게 속이기만 하는 놈은 주먹맛을 좀 단단히 보아야 아마 정신이 들걸."

하고 제각기 이렇게 부르짖으며 달려들었다. 그것은 마치 이제는 돈도 받기 글렀는데 그사이에 품 놓고 다니던 분풀이로나 때워 버리려는 듯하였다.

그들은 골이 통통히 부어서 갖은 욕설은 거들며 덤비었다.

호미값 차인꾼은 최 서방의 멱살을 붙잡았다.

"놓아, 이렇게 붙잡으면 누굴 칠 테야."

최 서방은 이제는 팔아서 준단 말도 할 수 없었다.

"못 치긴 하는데 이놈아."

호미값 차인꾼은 최 서방의 귀밑을 보기 좋게 한 개 갈겼다.

약값 차인꾼과 포목 차인꾼도 각각 한 개씩 갈겼다.

"아이."

최 서방은 뒤로 비칠비칠하며 전신을 떨었다. 그리고 당연히 맞을 것이라는 듯이 아무런 반항도 안 했다.

"돈 내라, 이놈아."

호미값 차인꾼은 이번에는 불두덩을 발길로 제겼다. 여러 차인 꾼도 또한 같이 제겼다.

"아이고."

최 서방은 기절하여 번듯이 뒤로 나가 넘어졌다. 넘어진 그의 코에서는 피가 흘렀다.

추움에 떨던 차인꾼들은 땀이 흠뻑이 났다.

최 서방은 죽은 듯이 넘어진 그대로 여전히 누워 있었다. 한참 만에 그는 알뜰히 아픔을 강잉히 참는 듯이 얼굴을 찡그리고 이 빨을 뿌득뿌득 갈며 손을 허우적거렸다. 그리고 불두덩을 한 손 으로 움켜쥐고 간신히 일어섰다. 그의 일어선 자리에는 코피가 군데군데 빨갛게 물들어 있었다.

그가 완전히 걸어 막살이를 찾아 들어갈 때에는 날은 벌써 새 까맣게 어두워 있었다.

2

　최 서방에게 있어서 여름내 피땀을 흘리며 고생고생 벌어놓은
결정이라고는 오직 죽도록 얻어맞은 매가 있을 뿐이다. 그밖에는
아무러한 것도 없었다.

　그는 밤이 깊도록 오력을 잘 못 썼다. 더구나 불두덩이 아파서
잘 일지도 못했다. 그는 이렇게 남 못 보는 고초를 맛보지만 어느
뉘더러 호소할 곳도 없었다. 있다면 오직 사랑하는 아내가 있을
뿐밖에 다만 자기 혼자서 아파할 따름이었다.

　그는 참으로 불쌍한 사람이었다. 이같이 불쌍한 처지에 있는
소작인이 이 나라에 가득 찬 것이 그것이지만 그중에도 최 서방
처럼 불행한 처지에 앉았는 사람은 별로 없을 것이다. 이렇게 그
가 불행한 처지에 앉았게 된 원인은 오직 단순한 두 가지가 있을
뿐이다.

　하나는 악독한 독사 같은 지주를 가졌다는 것이요, 하나는 그
가 본래부터 성질이 착하다는 것이니, 모든 사람들은 정의와 인
도를 벗어나 남의 눈을 감언이설로 속여가며 교활한 수단으로 목
숨을 연명하여가지만 이러한 비인도적이요 비윤리적인 행동에는
조금도 눈떠보지 않은 그에게는 밥이 생기지 않았다. 이따금 밥
을 몇 끼씩 굶을 때에는 도적질이란 것도 생각해본 적이 한두 번
이 아니었지만 이런 것을 생각할 때마다 비인도적이라는 것이 번
개처럼 머리에 번쩍 떠오르곤 하여 그는 차마 그를 실행하지 못
하였던 것이었다.

　그가 이같이 착하니만치 그 반면에는 악독한 지주가 있어 이렇

게 불쌍한 그의 피를 또한 빨아내는 것이었다.

예년은 말고 금년 일 년만 하더라도 이 동리 앞벌에 지독한 가뭄이 들어 모두들 볏모를 말라 죽이다시피 하였지만 송 지주의 작인 치고도 오직 최 서방 하나만이 인력으로는 도저히 인수引水할 수 없는 물을 빚을 얻어가며 펌프를 세내어 물을 한 방울 두 방울 빨아올리게 하여 볏모를 꾸준히 구하여온 것이었다. 이렇게 그는 오직 살겠다는 생존 욕에서 남 아니하는 고생을 하여가며 남 못 하는 수확을 하였지만 '수확'이라는 것을 걸금 주었던 송 지주의 빚이라는 것이 고가의 이자까지 쓰고 나와 그로 하여금 도리어 가해를 지게 하여 그들이 피땀의 결정은 결국 송 지주네 고방으로 들어가게 된 것이었다. 그러고 보니 그는 당장에 먹을 것이 없는 것이라 농사를 지어줄 셈 치고 안 쓸 수 없어 사소한 용처를 외상으로 맡아 썼던 것이 일이 이렇게 되고 보니까 차인꾼들한테 매를 얻어맞는 경우에까지 이른 것이었다. 실상 그들의 빚은 송 지주의 그것과는 다른 관계로 감사히 절하고 갚아야 될 것이건만 더구나 호미값이란 잊을 수 없는 것이었다.

이 지방 풍속에 으레 소작인이 먹을 것이 없으면 추수를 할 때까지 식량을 지주가 당해주는 법이건만 유독 송 지주만은 먼저 당해 준 식량에 고가의 이자를 끼워 계산을 틀어가다가 추수에 넘치는 한이 있게 되면 예사로 그때에는 잡아떼고 작인들은 굶어 죽든지 말든지 그것을 상관하지 않고 다시는 주지 않는 것이었다. 그래서 금년에 최 서방은 사흘이라는 기나긴 여름날을 굶다 못하여 이전부터 친분이 있던 그 고을에서 호미 장사하는 사람을 찾아가서 그런 사정을 말하였다. 그도 가난을 겪어본 사람이라

지극히 불쌍히 여겨 호미를 두 포대나 맡아준 것이었다. 그래서 최 서방네 내외는 주린 창자를 회복시켜 오늘까지 목숨을 이어온 그러한 호미값이었다.

그런데 그는 오늘 마지막으로 뚜드린 벼를 지주의 권력에 못 이겨 이 아닌 추운 겨울에 쫓겨날까 두려워 호미값을 미리 끊어 주지 못하고 그의 빚에 그만 탕감을 치워버린 것이었다.

3

최 서방은 지금 불김이 기별도 하지 않는 차디찬 냉돌에 누워서 발길에 채인 불두덩과 주먹에 맞은 귀밑이 쑤시고 저림도 잊어버리고 불덩이같이 뜨거운 햇볕이 내려쪼이는 들판에서 등을 구워가며 김매는 생각과 오늘 하루의 지난 역사를 머릿속에 그리어본다.

"나는 왜 여름내 피땀을 흘리며 김을 매었노. 그리고 호미값을 왜 미리 못 끊어주었을꼬. 송 지주는 왜, 그렇게 몹시도 악할꼬. 나는 왜 그리 약한고, 나는 못난이다. 사람의 자식이 왜 이리 못났을까? 그런데 차인꾼들은 나를 왜 때렸노, 그들은 너무도 과하다. 아니 아니 그런 것이 아니다. 그들도 밥을 얻기 위하여 나와 그렇게 피를 보게 싸웠던 것이다. 그들은 내가 피땀을 흘리며 여름내 농사를 짓는 것과 조금도 다름이 없이 그래야만 입에 밥이 들어오기 때문일 것이다. 아니 그들은 농작이 없어 농사도 짓지 못하고 막벌이로 품팔이로 저렇게 남의 돈을 거두어주고 목숨을 붙여

가는 그들이 나보다 도리어 불쌍하다. 나는 조금도 그들을 욕할 수 없다. 야속하달 수 없다. 그러나 지주네들은 왜 아무러한 노력도 없이 평안히 팔짱 끼고 뜨뜻한 자리에 앉았다가 우리네의 피땀을 온 송이째로 들어먹을까, 암만해도 고약한 일이다. 금년만 하더라도 우리 부처가 얼음이 갓 녹아 차디찬 종아리를 찢어내는 듯한 봄물에 들어서서 논을 갈고 씨를 뿌렸으며 불볕이 푹푹 내려쬐는 볕에 살을 데여가며 물 푸고 김매고 가으내 단잠 못 자고 벼베기와 싯거리질이며 겨우내 추움을 무릅쓰고 굶어가며 마당질을 하였는데 우리는 한 알도 맛보지 못하고 송 지주네 곳간에 모조리 들여다 쌓았것다. 쾌씸한 일이다. 그리고 우리 부처가 이렇게 노력을 할 때 송 주사는(그는 늘 송 지주를 송 주사라 부른다) 긴 담뱃대 물고 뒷짐 지고 할일 없어 술 먹고 장기 두고 더우면 그늘을 찾고 추우면 뜨뜻한 아랫목에서 낮잠질이나 하였었다."

이까지 머릿속에 그리어 생각해온 그는 실로 분함을 참지 못하였다.

"에이."

그는 자기도 모르게 이렇게 부르짖으며 두 주먹을 불끈 쥐었다. 그리고 부르르 떨었다.

"왜—그리우?"

산후에 중통[4]을 하고 난 그의 아내는 발치목에서 어린애 젖을 빨리고 있다가 무엇을 생각하고 있는 듯하던 남편이 그같이 아지 못할 소리를 지르고 떠는 주먹을 보고 의아하게도 이렇게 물었

4 重痛, 병을 심하게 앓음.

다. 남편은 아무런 대답도 없이 여전히 부르쥔 주먹을 펴지 못하고 떨었다. 한참 만에 그는 입을 열었다.

"여보 마누라, 우리는 여름내 무엇을 하였소?"

이 소리는 매우 친절하고 측은하고 어성이 고왔다.

"무엇을 하다니요, 농사하지 않았어요?"

"그러면 지은 농사는 왜 없소?"

아내는 이 소리에 실로 기가 막혔다. 정신이 아찔하여지고 대답이 나오지 않았다. 저녁때 남편이 매를 맞던 꼴과 송 지주의 벼를 떼어 들어가던 현장이 눈앞에 갑자기 환하게 나타났다.

"에이."

그는 또다시 주먹을 부르르 떨었다.

아내는 어쩔 줄을 모르고 남편의 곁으로 다가앉으며 눈물을 흘렸다.

"울기는 왜 우오, 우리 의논 좀 하자는데."

하고 그는 다시 무엇을 생각하더니 아내를 노려보며 말끝을 이었다.

"마누라, 우리는 왜 빚을 졌는지 아시오?"

"호미와 강냉이(옥수수) 사다 먹지 않았어요?"

"그런데 우리는 그 호미값을 왜 못 무오?"

아내는 기가 막혀 또 말문이 막혔다. 지난여름에 사흘씩 굶어 떨던 그때의 현상이 또다시 눈앞에 나타났다. 남편도 이렇게 묻고 보니 생각은 새로워 아지 못할 눈물이 눈초리에 맺혔다.

"우리가 이리로 이사 온 지 몇 핸지?"

"십 년째 아니오."

"옳아, 십 년째 우리는 십 년째를 이 독사의 구덩에서."

하고 그는 혼잣말 비슷이 이렇게 부르짖고 한숨을 괴롭게도 한 번 길게 빼고 다시 말을 이었다.

"여보게 마누라, 남 보기에는 우리가 송 주사네의 덕택으로 먹고 입고 사는 줄 알지만 실상 우리는 우리의 두 주먹으로 우리의 몸을 살린 것일세. 우리는 송 주사의 은혜하고는 반 푼어치도 없고 도리어 그들한테 피를 빨리운 것일세. 내나 자네나 이렇게 핏기 없이 뽀독뽀독 마른 것이 모두 송 주사한테 피를 빨리운 탓일세. 우리가 그렇게 피와 땀을 흘리며 죽을 고생을 다하여 벌어놓으면 그들은 그것을 가지고 잘 먹고 잘 입고 그리고도 남으면 그 돈으로 또 우리의 피를 빠는 것일세. 그러면 금년의 우리가 벌은 그것으로 또 내년에 우리의 피를 줄 것이 아닌가. 어떻게 생각하면 그런 줄을 빤히 알면서 피를 빨리는 우리가 도리어 우스운 것일세. 그러기에 우리는 이제부터 피를 빨리우지 않게 방책을 연구하여야 되겠네. 그래서 자유롭게 살아야 되겠네. 만일 우리의 두 주먹이 없다 하면 그들은 당장에 굶어 죽을 것일세. 죽고말고 암 죽지 죽어."

하고 그는 매우 흥분된 어조로 이렇게 장황히 부르짖었다. 그는 싱딩히 무엇을 깨달은 듯하였다. 아내는 이런 소리를 남편에게서 듣기는 실상 이번이 처음이었다. 그리고 가슴이 시원하다는 듯이 빙그레 웃었다.

"글쎄, 참 그렇긴 하지만 어찌하우?"

아내는 무엇을 생각하는 듯하더니 한참 만에 어찌할 바를 모르겠는 듯이 이렇게 물었다.

"어찌해, 싸워야 되지. 싸울 수밖에 없네. 그들의 앞에는 정의
도 없고 인도도 없는 것을 어찌하나. 아니 이 세상이란 또한 역시
그런 것이니까. 남의 눈을 어떻게 패측한 수단으로라도 가리우지
않고는 밥을 먹을 수 없는 것을 나는 이제야 비로소 깨달았네. 우
리는 이제부터 이 모든 더러운 독사 같은 무리와 필사의 힘을 다
하여 싸워야 되겠네. 싸워야 돼. 그래서 우리는……."
하고 그는 무엇을 더 말하려다가 참기 어려운 듯이 주먹을 또다
시 부르르 떨었다.
"글쎄요, 아이참 낼 아침밥 질 게 없으니 이 일을 또 어찌하우."
아내는 새삼스럽게 잊히지 못하던 아침거리가 머리에 또 떠올
랐다.
"그러기에 싸우잔 말이야."
해어진 창틈으로 바람은 씽씽 들어오지만 추운 줄도 모르고 이
렇게 그들 내외는 생활고에 쪼들려 닥쳐오는 고통을 서로 하소연
하며 장차 어찌 살꼬 하는 앞잡이 길에 온 정신을 잃고 깊은 명상
속에서 밤이 새도록 헤매었다.

4

그 이튿날 아침 일찍이 송 지주는 최 서방을 불러다 놓고 어제
저녁 벼에 탕감이 채 되지 못한 나머지 십 원을 들채기 시작했다.
어젯밤 밤새도록 한잠도 자지 못한 최 서방의 눈은 쑨 죽처럼
풀어지고 눈알엔 발갛게 핏줄이 거미줄처럼 서리어 있었다.

"자네 농사는 참 금년에 장하게 되었네. 농사는 그렇게 근농으로 하지 않으면 이즘 전답 얻기도 힘드는 세상일세. 참 자네 농사엔 귀신이야. 그렇기에 그래도 근 백 원 돈을 이탁데탁 청당했지, 될 말인가."

하고 송 지주는 점잖음을 빼고 최 서방을 추어 하늘로 올려보내며 다시,

"그런데 어제 오십이 원에서 사십이 원은 귀정이 된 모양이나 이제 나머지 십 원은 어쩔 셈인가? 조속히 그것도 해 물고 세나 쇠야지?"

최 서방은 없는 돈을 갚겠다지도 또한 안 갚겠다지도 어떻게 대답을 하여야 좋을지 몰라 한참이나 주저주저하다가,

"금년엔 물 수 없습니다. 그대로 지워주십시오."

하고 그는 낯을 들지 못했다.

"물 수 없으면 어쩐단 말이야."

"그럼 없는 돈을 어찌합니까."

"물지도 못할 걸 쓰기는 그럼 왜 그렇게 썼어, 응!"

"그 돈 꿨기에 주사님네 농사를 지어 바치지 않았습니까?"

"이놈 나를 거저 지어 바친 것 같구나. 바루 온 천하의 말버릇 같으니. 에이 이놈."

그는 기다란 댓새[5]를 최 서방의 턱 앞에 홀근 내밀었다.

"아니 그럼 아시는 바 한 말도 없는 벼를 무엇으로 돈을 장만해 내랍니까?"

---

5 '담뱃대'의 방언.

"이놈, 그럼 없다고 안 물 테야 응! 이놈아, 내가 너희들은 그래도 불쌍한 것이라고 특별히 먹여 살렸건만 에이, 이 은혜 모르는 놈, 이놈 썩 나가, 전답도 모조리 다 내놓고 이 도야지 같은 놈, 아직도 밥을 굶어보지 못하였던 거로구나."

하고 그는 누구를 잡아 삼킬 듯이 벌건 눈을 홀근거리며 댓새로 최 서방의 턱을 받쳤다.

최 서방은 이렇게 여지없는 욕설을 들을 때에, 아니 턱을 댓새로 받치울 때 담박 달려들어 댓새를 부러치고 대항도 하고 싶었으나 그는 약하였다. 그리고 머리끝까지 치밀어 오르는 분이 진정할 수 없이 가슴을 뛰게 하였지만 또한 그는 말을 못 하였다. 나오려는 말은 입안에서 돌돌 굴다 사라지고 말 뿐이었다. 최 서방이 집으로 나간 뒤끝에 송 지주는 곧 멈들을 불러가지고 막살이로 쫓아 나와서 약간한 가장으로 십 원을 또한 탕감치려 하였다. 우선 그는 멈들을 시켜 김장을 하여 넣은 독과 부엌에 걸은 솥을 뽑아 내왔다.

이때에 최 서방은 더 참을 수 없었다. 여러 해를 두고 곪기고 곪겨오던 분은 일시에 탁 터져 나왔다. 마치 병의 물이 꿀럭꿀럭 거꾸로 솟듯이.

"이놈!"

최 서방은 주먹을 부르쥐었다. 그리고 입술을 푸들푸들 떨며 송 지주와 마주 섰다.

"이놈이라니, 야이 이 이 무지한 버릇없는 놈아……."

송 지주는 어쩔 줄을 모르고 몽둥이를 찾아 사방을 살피며 덤볐다. 실상 그는 나이 오십에 이놈이라는 소리를 듣기는 이번이

처음이라, 젖먹던 밸까지 일어나 섰을 것도 그리 무리는 아니었다.

"에이, 이 독사 같은 사람의 피를 빠는……."

하고 최 서방은 허청 기둥에 세웠던 도끼를 들어 솥과 독을 단번에 부쉈다. '찌릉땡' 하고 깨어져 사방으로 달아나는 소리는 마치 폭발이나 터지는 듯이 요란하였다.

"독을 깨깨개 깨치면 이 이 십 원은."

"이놈아, 이 이 내 피는."

그들의 형세는 매우 험악하였다. 최 서방은 앞에 들어오는 것이든 무엇이든지 모조리 때려 부술 듯이 주먹과 다리는 경련적으로 와들와들 떨렸다.

이런 광경을 멀거니 보고 있던 그 아내는 세간의 전부인 독과 솥이 깨어져 없어지는 아까움보다 승리가 기쁘다는 듯이 빙그레 웃었다.

송 지주는 멈들의 손에 끌리어 못 이기는 체하고 끄는 대로 끌리어 들어갔다.

멈들에게 독과 솥을 지워가지고 들어가려 가지고 나왔던 지게는 멈들의 등에서 달랑궁달랑궁 비인 대로 쫓아 들어갔다.

5

겨울은 가고 봄이 왔다. 어느 일기 좋은 따뜻한 날 석양에 무순撫順 차표를 손에다 각각 한 장씩 쥔 최 서방 내외의 그림자는 S 정거장 삼등 대합실 한구석에 나타났다. 그들의 영양 부족을 말하는 수척한 얼굴은 몹시도 핼끔한 것이 마치 꿈속에서 보는 요물을 연상케 하였다. 더구나 그 아내의 등에 업힌 겨우 두 살밖에 안 되는 어린애는 추움에 시달렸음인지 한 줌도 못 되리만치 배와 등이 거의 맞붙다시피 쪼그린 데다가 바지저고리도 걸치지 못하고 알몸대로 업혀서 빼악빼악하고 울며 떠는 꼴이란 차마 볼 수 없었다.

그들은 송 지주와 싸운 그 자리로 그 막살이를 떠나 끼니를 굶어가며 혹은 방앗간에서 그도 없으면 한길에서 밤새워가며 정처 없이 일자리를 찾아 돌아다니다가 어떤 자그마한 도회지에서 최 서방은 삯짐과 품팔이로 아내는 삯바느질과 삯빨래로 간신 간신히 차비를 장만하였던 것이다.

그들이 그 막살이를 떠날 때의 본래의 목적은 어떻게 죽물로라도 두 내외의 배를 채울 수만 있으면 내 고국은 떠나지 않으리라 생각하였건만 그것조차 여의치 못하여 최후의 수단으로 마침내 서간도 길을 단행한 것이었다.

그의 내외는 차 시간이 차차 가까워와 몇 분 격하지 않은 앞에 잔뼈가 굵은 이 땅, 같은 피가 넘쳐 끓는 동포가 엉킨 이 땅을 떠나 산 설고 물 설은 이역의 타국에 고생할 것을 생각할 때에 실로 사무쳐 흐르는 눈물을 금할 수 없었다.

기차가 도착되자 플랫폼으로 앞서거니 뒤서거니 엉기엉기 걸어나가는 사람들 틈에는 그들 내외도 섞여 있었다. 시각이 있는 차 시간이다. 그들은 할 수 없이 차에 몸을 담았다. 호각 소리가 끝나자 차는 바퀴를 움직였다.

"아! 차는 그만 가누나! 우리는 왜 이같이 눈물을 뿌리며 조국을 떠나지 않으면 안 되노?"

하고 그는 입속말로 중얼거리며 바람이 씽씽 들이쏘는 차창으로 머리를 내밀고 차마 고국은 못 잊어 하는 듯이 눈물에 서린 눈으로 사방을 힘없이 살펴보았다. 그리고 좀 더 기차가 머물러 주었으면 하는 듯하였다.

그러나 내닫기 시작한 사정없는 기차는 흰 연기 검은 연기 번갈아 토하며 세 생명의 쓰라리게 뿌리는 피눈물을 썼고 줄달음치기 시작했다.

1927. 1. 7. 선천 현동의 바람 부는 날 밤에

— 〈조선문단〉, 1927. 4.

인두지주 人頭蜘蛛

1

S 시에는 산업박람회가 열리었다. 구경이라면 머리를 동이고 달려드는 사람들은 오늘도 이른 아침부터 모여들기 시작하여서 너른 터전은 그야말로 인산인해를 이루었다. 그것은 이런 대목을 보려고 각처에서 모여든 마술단, 연극단 무슨 단 무슨 단 하는 온갖 노름 놀이가 귀가 소란하게 뚱땅거리며 그들을 꾀어들이는 까닭이었다.

이날도 경수는 빈 지게를 지고 무슨 벌이가 혹시 있을까 하여 이 광장을 빙빙 돌다가 한낮 후에는 그만 화가 나서 집으로 돌아가려던 차에 홀연 사람거미라고 외치는 소리를 듣자 그는 걸음을 멈추고 귀를 기울였다.

"자— 구경하시오! 오 전씩. 남양 인도산 사람거미—사람 대가리에 거미 몸뚱이란 이상한 짐승이올씨다……."

맞은편 막다른 골목에다 가마니와 섬거적으로 막을 치고 출입하는 문 위에다는 새 옥양목 바탕에다 사람 대가리가 돋친 거미를 이상스럽고 울긋불긋하게 그려서 걸고 그 옆에는 해진 양복을 입은 장대한 남자가 서서 목이 터지도록 이렇게 외치고 있다.

"참, 세상에 별 괴상한 것도 다 보겠군! 허! 허, 원 세상에 사람의 머리 돋친 거미란 놈이 다 있단 말인가?"

거기는 들고 나는 사람이 연신 줄달으며 나오는 사람들마다 희한하다는 듯이 모두 이렇게 중얼거린다.

이때 경수도 속으로 혼자 중얼거리며 오고가는 사람들 틈에 끼어서 얼마 동안 그 그림을 쳐다보았다.

그는 들어갈까 말까 하고 주저하다가 제일 구경 값이 싼 김에 그만 지게를 벗어놓고 단풍 한 갑 사 먹을 돈 오 전 있는 놈을 자선하기로 결심하였다.

들어가 보니 그것은 과연 사람거미였다. 눈이나 코, 입 모든 것이 영락없는 사람이다! 아니 사람 중에도 미남자다. 갈쭉한 얼굴에 이목구비가 번듯한데 머리는 왼쪽을 타서 하이칼라로 갈라 붙였다. 그런데 몸뚱이는 사방 한 자 반씩이나 될 놈이 검붉은 빛으로 게[蟹] 발 같은 발을 뻗치고 있는 것은 보기에도 흉한 큰 거미 몸뚱이가 아닌가. 이런 괴물을 바야흐로 단풍이 물들기 시작하는 가지가 무성한 큰 나무 두 개를 양쪽에 세워놓고 그 가지에다 굵은 노끈 같은 거미줄을 늘어놓고는 그 한가운데에 매달았는데 그것은 암만 보아도 사람 대가리가 돋친 거미가 분명하였다.

"아이구 저 얼굴 좀 봐…… 사람 같으면 좀 잘생겼나—."

기생 같은 여자 하나가 이렇게 부르짖으며 좀 자세히 보려고 그 곁으로 가까이 가보았다. 이때 거미는 혀를 쑥 빼물고 눈을 이상하게 끔쩍이며 고개를 앞으로 내밀고는 앞발로 줄을 당기며 흔든다. 그것은 마치 기생에게로 달려들려는 것같이 보이었다.

"애고머니!"

이때 기생은 정말로 달려드는 줄 알았는지 그만 기절을 하며 뒷걸음질을 치는 바람에 구경꾼들은 모두 허리를 잡고 웃었다.

그러나 경수는 웃지도 않고 이상한 태도로 자세자세 들여다보며 이 이상한 괴물의 정체를 알아내려 하였다마는 아무리 보아야 그것은 사람거미였다. 그는 다시 생각해보았다. —사람이 거미의 탈을 썼다고 하자니 두 다리는 어디다 처치를 하였을까? 아무리 다리를 꼬부려 넣었다 하더라도 양편으로 쑥 두드러진 무릎마디는 드러날 것이다……. 그러나 그가 처음 볼 때에는 혹시 고무로 만들어서 전기 작용을 한 것이나 아닌가 하였으나 결코 그런 것은 아니었다. 그 괴물의 얼굴에는 분명히 따뜻한 붉은 피가 살 속으로 흘러 있다. 그러면 정말로 사람거미라는 이상한 괴물이냐? 그러나 이런 동물이 이 세상에 있을 수는 없다. 경수는 이 풀기 어려운 스핑크스의 수수께끼를 속으로 또 풀어보려던 중, 그때 마침 괴물이 기생에게 히야까시[1]를 하는 것을 보고 그것은 정녕 사람을 알아보는 모양이라는 짐작이 나서 마침내 그것에게 말을 붙여보았다.

---

1 ひやかし, 희롱.

"너 지금 몇 살이냐?"

괴물은 머리를 흔든다. 그것은 말을 모른다는 형용 같다.

"말을 못 알아들어?"

이번에는 고개를 앞으로 끄덕였다. 그것은 그렇다는 형용인 듯 싶게— 경수는 비로소 그 동물이 말을 알아듣는 줄 알게 되었다. 그래 그는 한 걸음 다가서며 또다시 물어보았다.

"끄덕거리는 뜻은 무슨 뜻이냐?"

괴물이 이번에는 아무런 형용도 내지 않고 뚫어지도록 경수를 바라볼 뿐이다. 웬일이냐! 그의 눈초리는 실룩하고 안색은 이상하게도 안타까운 빛으로 변하였다. 그러자 두 눈에서는 눈물이 텀벙텀벙 쏟아진다……. 이때 경수나 모든 구경꾼은 물론이요, 이 괴물의 주인까지도 어인 영문인지를 몰라서 많은 사람들의 시선은 모두 괴물에게로 쏠았다. 그러나 이때 경수의 생각은—저것이 말을 하고 싶으나 말이 나오지 않아서 그러는가보다 하였지마는 주인이 놀라는 기색은 그 괴물이 평소의 태도가 아니라는 것을 넉넉히 짐작하게 하였다. 그러나 그 괴물이 하필 경수를 보고 눈물을 흘린다는 것은 경수 자신도 아무래도 해석할 수 없는 일이었다.

'저게 어째서 나를 보고 눈물을 흘릴까?'

경수는 자기도 모르게 이렇게 중얼거리고 마주 쳐다보았다. 참으로 괴상한 일이다.

그러나 괴물의 눈에서는 더한층 눈물이 펑펑 쏟아진다.

나중에는 흑! 흑! 느껴 운다. 이때 괴물의 안색은 온통 슬픈 표정이 가득 찼었다.

2

이 광경을 본 주인은 경수와 괴물 사이에 무슨 심상치 않은 관계가 있나보다 하였다. 그러나 지금 그것을 물어보다가는 괴물의 정체가 폭로될 것이요. 그렇게 되면 영업에 방해가 될까 봐서 이때 주인은 어찌할 줄을 모르고 당황할 무렵에 별안간 공중에서 프로펠러 소리가 요란하자 관중은 우 하고 휘장 밖으로 몰려나갔다. 경수도 이때 비행기를 구경하고 싶은 생각도 있었으나 그보다도 이 괴물이 무엇인가 알고 싶어서 그대로 서서 괴물을 쳐다보고 있었다. 이때 장내는 주인과 경수의 단 두 사람만 남아 있었다.

"경…… 경수! 아ㅡ."

이때 별안간 괴물은 이렇게 부르짖더니 주인에게 무슨 눈치를 한다.

이 괴상한 사람거미가 별안간 자기의 이름을 부르는 소리를 들을 때 경수는 소스라쳐 놀라지 않을 수 없었다. 그는 더욱 웬 영문인지 몰라서 홀린 듯이 괴물을 쳐다보고 있을 뿐이었다.

이때 주인은 거미줄을 풀르고 그 괴물을 번쩍 들어서 땅에 내려놓았다. 괴물은 훌떡훌떡 거미 까풀을 벗더니 엉금엉금 경수 앞으로 기어 나오는데 그것은 두 다리가 엉덩이까지 잘라진 두루뭉수리인 사람이었다.

"아ㅡ 경수…… 그래도 나를 몰라보겠나……? 나는 창……."

앉은뱅이는 떨리는 목소리로 이렇게 부르짖자 별안간 경수의 손목을 덥석 쥔다. 이때 경수는 정신이 벌떡 났다. 그는 비로소 그게 누구인 줄 알았다. 이 두 다리가 없는 사람은 과연 창오가 분명하였다. 죽은 줄로만 알던 창오가 ─. 창오는 경수의 예전 친구였다. 그때 그 지진 난리통에 서로 갈린 후로 벌써 삼사 년째나 소식이 묘연한 그는 필경 죽은 줄만 알았는데 이렇게 다시 만날 줄이야, 실로 꿈에도 뜻하지 못한 일이었다. 비로소 경수도 와락 달려들어 창오의 손목을 잡아 흔들며,

"아! 창오 ─!"

하고 부르짖는 그의 목소리는 절반 목메인 감격에 찬 소리였다.

3

경수와 창오는 어려서 한 동리에서 자랐을 뿐만 아니라 남달리 친하게 지내던 터이었다. 그래 나무를 하러 가도 같이 다니고 일을 가도 같이 다녔었다. 그러나 그들은 가난한 소작인이었으므로 남의 땅마지기를 부쳐가며 간곤한 생활을 부지하던 터인데, 그들이 부치던 땅이 ○○으로 넘어가는 바람에 그들은 일조에 밥줄이 끊어지고 말았다. 그러나 그대로 앉아서 굶어 죽을 수는 없으므로 어디 가서 노동이라도 해서 돈을 벌어야 하겠다고 그때 한참 돈벌이가 좋다는 ……으로 그들은 정처 없는 길을 떠났었다.

그러나 급기야 들어가 보니 듣던 말과는 딴판으로 아무 발전도 없고 말도 모르는 벙어리들에게 일자리를 주는 놈은 없었다. 그래 그들은 ……에서 ……로 다시 ……으로 무여걸인처럼 방랑하다가 생각만 하여도 끔찍한 저 ─ 관 ……통을 치르는 통에 그때

그들은 풍비박산이 되었다. 그래서 그 뒤로는 어떻게 된 줄을 모르는 까닭으로 그들은 지금까지 서로 죽은 줄만 알고 있었던 것이다. 그때 경수는 죽을 고비를 여러 번 치르고 간신히 몸을 숨겨서 고국으로 돌아왔으나 창오는 그때에 ××에게 붙들리어서 거진 ……맞고 다시 ××서에 한 달 동안을 갇혔었다 한다.

"그래 그 후에 어떻게 되어서 저 지경이 되었나?"

하고 경수는 궁금한 듯이 그의 굼뜬 말을 채치었다.

"아 — 그 뒤에 그 난리가 간정된 뒤에 무사히 놓이기는 하였지마는 그날부터 또 먹을 것이 있어야 살지…… 그래 ……이라면 진저리도 나고 하여 ××탄광에를 가지 않았겠나 — 그때 유치장에 같이 갇혔던 어떤 친구가 그리로 가자는 바람에 —."

하고 말을 끊자 창오는 힘없이 또 한숨을 내쉰다.

"그래서……."

"다행히 일자리를 붙들어서 일을 잘하게 되었는데 이듬해 봄에 탄광이 무너지는 바람에 나도 그때 속에 들어가서 석탄을 파내다가 그만 아랫도리를 치었다네……."

하고 그는 다시 말을 이어서

— 그때 자기도 꼼짝없이 죽을 것을 같이 일하던 동무들이…… 구해서 살기는 살았지마는 두 무릎이 부러졌다는 말과, 그때 그 굴이 무너지는 통에 무참하게 죽은 우리 동포가 얼마나 되는지 모른다는 말과, 그래 할 수 없이 자기는 병원으로 떠메 가서 썩어 들어 가는 두 허벅다리를 자르고 몇 달 동안을 죽다 살아났다는 말과, 병원에서 나올 때는 위로금 한 푼 받지 못하고 빈손으로 앉은뱅이 병신 걸인이 되어서 노상에 내던짐을 받았다는 말과, 그날

부터 할 수 없이 남의 집 문전에다 턱을 걸고 촌촌이 빌어먹으며 앉은뱅이걸음으로 이태 만에 고국 땅을 밟게 되었다는 말과, 어떻게든지 거지 노릇을 면하여보려고 그때 탄광에서 같이 병신이 된 동무와 밤낮으로 연구한 결과 마침내 이런 짓을 꾸미게 되었다는 말과, 그것은 그런 생각이 ○○에서부터 들었는데 그때 바로 그 동무가 여간 쉬운 일을 해서 번 돈과 자기가 공원과 길거리에 앉아서 번 돈으로 그곳 마술가를 찾아가서 그런 사정 이야기를 하고 거미 탈을 만들어달라고 간청한 결과 그 사람이 무슨 맘이 있었는지 대번에 승낙하여 잘 만들어줄 뿐 아니라 그곳 경찰서에 교섭하여 흥행興行 허가까지 맡아주었다는 말과, 그 뒤부터는 가는 곳마다 그 짓으로 돈을 꽤 잘 벌어서 고생을 덜 하고 바다를 건너왔다는 말과, 고국에 와서는 차마 그 짓을 말자고 하였으나, 고향이라고 돌아와 보니 부모는 돌아가시고 아내는 개가하고 역시 노동할 자리도 없거니와 할 수도 없어서 곤란하던 차, 마침 이 땅에 박람회가 열린다는 소문을 듣고 이런 기회에 돈푼이나 벌어볼까 하고 그 짓을 또 시작하였다는 말을 일장설화 하였다.

이때 경수는 듣기만 하여도 뼈에 저리였다. 그러나 경수는 다시 그를 데려갈 자기 집이 없음을 슬퍼하였다.

"아! 그렇게 되었나……? 나는 지금 무에라고 자네를 위로할 말이 없네…… 그러나 자네가 저렇게 된 것은…… 알겠네그려! 그러면 자네가 그것을 안다면 자네는 그것으로써 위안을 얻지 못할까? 이 넓은 세상 ……는 혹시 자네보다도 불행한 사람이 없을 것도 아닌가…… 그러면 말일세! 자네는 저렇게 되니만큼 도리어 ……가지고 누구 ……감하게 우리 ××에서 ……지 않겠나……."

하고 경수는 그를 쳐다보고 말하였다.

"그야 더 말할 것이 있겠나. 그러나 나 같은 병신이 무슨 일을 할 수 있으며 또는 나 같은 사람을 누가 같이 할 동무로 알겠나, 다만 병신 걸인으로 알 뿐이겠지…… 아! 나는 그렇다고 자네는 그 후에 어떻게 되어서 지금 이곳에 와 있는가?"

하고 창오도 강개한 듯이 경수를 마주 볼 뿐이었다.

"나도 자네와 같이 사고무친한 나 한 몸이 남아서 정처 없이 돌아다니는 중일세. 그러나 나는 여기 온 뒤로는 고독을 느끼지 않게 되었네 — 그날그날 품팔이를 해서 살기는 사네마는 나 같은 우리 ……에는 수백 명의 건장한 동무가 있으므로 그들과 함께…… 배우는 것이 나의 지금 통쾌한 생활일세. 그러면 자네도 나하고 같이 가세. 자네 하나 더 있으나 덜 있으나 내 생활에는 별로 다를 것이 없겠네마는 자네는…… 가면 할 일이 많을 줄을 내가 잘 아니까 —."

"아! 그럴 수가…… 그럴 수가 있겠나. 그렇다면 가다 뿐이겠나. 가다가 죽더라도 가겠네. 참 이젠 자네 보고 말일세마는 내가 이 꼴을 해가지고 무엇을 더 바라고 살겠나마는 부모 처자가 어떻게 되었는지, 그들이나 한번 만나보고 죽었으면 하는 생각으로 고향에를 나왔더니 일이 이 지경이 되었으니 다시 무엇을 바라겠나…… 내게는 그런 영광이 없겠네. 그러나 내가 가서 할 일이 무무……."

"아니 그런 여러 말은 그만두고 지금부터라도 갈 수만 있거든 가세…… 내가 오늘 놀기를 잘했군! 만일 오늘 쉬는 날이 아니었으면 내가 여기 왔을 리가 만무하였을 것이니 그러면 자네를 못 만났을 것이 아닌가?"

하고 경수는 다시 한번 그의 손을 힘있게 잡아 흔든다.

"아 그러면 가겠네! 가다 뿐이겠나…… 그러나 여기서는 기위 시작한 것이고, 박람회도 며칠이 안 남았으니 이곳에서 떠나는 날 자네를 찾아갑세."

"그럼 그렇게 내일모레 밤에 그럼 내가 또 오지."

"아! 그럼 모레 만나세."

"그러세!"

하고 경수가 창오의 손목을 놓고 나가자 창오는 다시 거미 까풀을 뒤어썼다.

"자! 구경하시오! 남양 인도산 사람 대가리에 거미 몸뚱이란 이상한 짐승을 한 번 보는 데 오 전씩……."

돌아오는 경수의 귀에 다시 이런 소리가 들리었다. 그는 창오의 아까 그 모양을 연상하고 저절로 몸서리가 쳐졌다. 경수는 별안간 까닭 모를 눈물이 핑 — 돌자 그의 두 주먹은 무의식적으로 꽉 쥐어졌다. 그리고 이런 말이 마치 공중에서 부르짖는 것같이 자기도 모르게 부르짖었다. …….

1928. 1. 10. 선천 현동에서

— 〈조선지광〉, 1929. 2.

제비를 그리는 마음

삼월도 그믐이 넘었건만 제비는 들어오지 않았다.

영하 노인은 해마다 하는 버릇으로 금년 철도 잊지 않고 처마 끝에다 신짝을 매어놓고 날마다 기다리나 제비는 여전히 들어오질 않았다.

제비가 들어와서 깃을 들여야 그 집이 운이 든다는 이야기를 그대로 믿는 영하 노인에게는 이것이 한낱 적지 않은 근심이었다.

작년에도 제비가 들어와서는 웬일인지 깃을 들이지 못하고 봄내 지붕 위를 빙빙 돌다 그대로 나가버리고 말더니 대판大阪에 가 있던 아들에게서 벌이를 찾지 못하여 동경으로 간다는 편지를 받고 뒤이어 거기서도 또다시 북해도로 떠난다는 기별을 받게 되더니 또 어디로 무엇을 찾아서……? 생각을 하면 물 위에 뜬 기름과 같이 안주를 잃고 떠서만 돌 줄 아는 아들의 신상이 언제야 마음에 놓아본 적이 있었으련만 이즘은 더할 수 없이 아들 생각이 간절하였다.

노인은 오늘 아침도 놓이지 않는 마음에 눈이 뜨이자 미닫이를 열어제끼고 처마 끝을 거쳐 헛간 도리 짱에 매인 빨랫줄을 내다보았다. 거기에는 해마다 제철이면 아침 한동안은 한 쌍이 가지런히 앉아서 재롱스레 지저귀는 것을 보아오던 것이기 때문에 행여나 오늘은 들어왔을까 하는 급하게도 기다리는 마음에서 아침마다 하는 버릇이었다.

그러나 제비는 하냥[1] 같이 찾을 수 없었고 참새 몇 마리가 의연히 졸고 있을 뿐이다.

이제 와서는 이것이 노인에게는 이상하게 생각된담보다는 차라리 낙망이었다. 끊어져 가는 간닥거리는 운명이 제비와 같이 영원히 가고 마는 것 같았기 때문이다.

하고 보니 제비의 재롱터이던 빨랫줄을 참새가 점령하게 된 것이 어쩐지 더할 수 없이 서럽다. 아니 얄망궂게도 고놈들이 미워 보였다.

무심코 바라보던 노인은 홧김에 한 팔을 힘껏 걷어 추키며 "훼ー"하고 고함을 지르며 쫓아나갔다. 그러고는 겁을 집어먹고 지붕을 날라 넘는 참새들을 시름없이 넘겨다보며 서글픈 한숨을 꺼지도록 내쉬었다.

"아이 아직도 거기 계셨소? 편안하기에 소식이 없겠지 그리도

1 '늘'의 방언.

서두르리!"

아침상을 가지고 부엌에서 나오던 마누라는 실상은 자기도 아들의 소식에 한숨을 아니 쉬지 못하는 것이었만, 한시라도 놓지 못하고 마음을 괴롭히는 영감이 한껏 불쌍도 하고 측은도 해서 또다시 이러한 말로 위로를 주는 것이었다.

그러나 생각만 하면 자기도 모르게 깊어지는 괴로운 한숨은 마누라 스스로도 어찌할 수가 없이 지금도 베어져 나오는 것을 영감의 눈을 피하여 입안에서 숨어져 버렸다.

정신없이 마당귀에 섰던 노인은 이 소리에 비로소 잠이 깨는 듯이 자기를 인식하였다. 그러고 보니 해는 벌써 훨씬 퍼지어 산 위로 쏘던 붉은 햇살이 차츰차츰 슬어지는 것이 보였다.

노인은 아무 대답도 없이 마누라를 뒤따라 방 안으로 들어갔다. 그러고는 생각 없는 밥상이었만 마주 앉지 않으면 안 되었다. 그의 일과인 오늘 하루의 노동을 위한 시업[2] 시간이 벌써 늦어질 염려가 있는 것을 어느새인지 올라와서 퍼진 햇발이 말하고 있는 것을 보았음이다.

아침을 먹은 노인은 새거리를 향하여 분주히 걸었다.

그러나 다 가지도 못해서 "뛰 —" 하고 시업을 알리는 사이렌 소리는 요란하게 들렸다.

이 소리와 같이 노인은 문득 걸음을 세우고 무엇을 못 참아 하는 듯이 강경히 얼굴을 찌푸린다.

---

2 施業, 업무를 베풀어 행함.

작업 시간이 늦어짐으로써 감독의 눈총을 맞을 것이 두렵지 않은 것도 아니었으나 지금 노인은 그까짓 것까지는 생각할 겨를도 없었거니와 생각하는 것도 아니었다.

그는 다만 붓구에 오르는 참을 수 없는 한 가지가 있는 것이니 그만하였으면 지금에 와서는 그에게도 귀에 익었을 사이렌 소리 그것을 좀체로 잊을 수 없었던 것이다.

벌써 몇 해를 두고 하루 세 때씩 늘 듣는 그 소리이면서도 들을 때마다 생각은 새로워 그리운 옛날을 많이 더듬어볼 수 없게 됨과 동시에 알 수 없이 뻐근하여지는 가슴을 참을 수 없게 되는 것이니 그것은 이 이상한 소리를 뱉아놓는 그 굴뚝 자리가 바로 이 노인이 뿌리를 박고 살던 옛터이었기 때문이다.

그리하여 그것이 못 잊히는 것이었다. 아니 그것을 어떻게 잊을 수 있었으랴!

노인이 그 굴뚝 자리에 집칸이라고 지니고 살 때에는 이 S라는 거리는 S라는 마을로 불리어졌다. 그때에는 노인도 먼 옛날부터 대대손손이 물려 내려오는 땅마지기도 손수 농사를 지어가며 남 부럽지 않게 살아왔다. 그렇던 것이 마을 한복판으로 철로가 들어 놓이고 정거장이 생기자부터 마을은 좀이 들기 시작하였다. 초가는 헐어 놓였다. 놓여서 마을 밖으로 쫓겨나고, 함석집이 들인도 이 위력에는 어찌할 수가 없어 집 재목을 헐어가지고 마을 밖으로 쫓겨나지 않음을 면할 수 없었다.

그러나 근대의 도시계획은 이 마을 안으로서만은 또한 만족하지 못하여 마을 밖으로 마을 밖으로 차츰차츰 잠식을 하여 나아갔다. 그리하여 마을 사람들은 물러앉다 물러앉다 못 해서 살길을 찾아 고향을 등지고 동으로 서로 헤어지지 않지 못하였다.

이때에 노인의 아들도 떠나야 산다고 아버지더러 같이 떠나기를 간청하였으나 노인은 종시 듣지 아니하고 아들은 떠나보내면서도 노인은 차마 내 땅은 떠나지 못한다 하여 마누라와 어린 손자, 며느리, 세 식구를 거느리고 마을 밖으로 또 밖으로 이렇게 쫓겨나가기를 세 번째나 하다가 네 번째 만에는 안전지대라고 찾는다는 것이 거리와는 어지간히 떨어져 있는 선조의 뼈가 묻힌 산 밑에 단 두 칸의 모옥[3]을 움켜놓고 가족이 뭉개어 들었다. 그러는 바람에 땅값은 나날이 올라가 문전옥토의 아쉬움으로써 손에 들어온 약간의 대가는 쫓겨날 때마다 찍어 넣어 밑천조차 놓게 되니 생도는 궁경에 아니 빠짐을 면치 못해 벌써 몇 해 전부터는 늙은 몸이 할 수 없이 도시계획의 공사에 몸을 팔아서 그날그날의 목숨을 붙들어오는 것이었다.

자기의 생명을 갉아먹는 이 거리 공사에 몸을 팔게 될 때 노인의 가슴은 말할 수 없이 아팠다. 그러나 네 식구의 절대한 생명을 돌아다볼 때엔 아무래도 이것을 참지 않으면 안 된다. 그러고는 모든 것을 잊어버리자 하면서도 때로는 문득 생각이 간절하여 둘러메었던 곡괭이도 힘없이 내려놓고 자기도 모르게 먼산을 바라보다가 감독의 눈에 띄어 아니꼬운 눈살을 맞게 되는 것은 항 다반의 일이거니와 담지 못할 욕에 뼈저린 가슴을 누르고 치를 떨

---

3 茅屋. 이엉이나 띠 따위로 지붕을 이은 작은 집.

게 되는 때도 하루에 몇 차례씩은 있는 것이었다.

이럴 때마다 노인은 더욱더 옛날이 그리워짐을 참을 수 없었다. 그러나 그리울수록 옛날의 그림자는 되살아 더한층 마음을 괴롭히는 것이어서 생각을 잊자 하나 갈수록 신세는 괴로워만 지니 괴로울수록 괴로움은 옛날을 못 잊게 하는 것이었다.

그러한 가운데 안전지대라고 믿던 이 산 밑도 P라는 거리와 상로를 위한 연락을 손 빨리 시켜야 S 거리의 발전을 들이라는 조건 밑에서 신작로를 닦는다고 마당귀에 말뚝을 또 꽂아놓으니 또다시 쫓겨나지 않고 그대로 배길 수는 없게 됨에 갈 길이 막연한데 아들은 소식조차 없고 봄이 왔다고 올 줄 아는 온갖 새들은 잊지 않고 찾아와서 깃을 들이건만 유독 제비만은 봄도 가는데 올 줄을 모르니 집안의 운은 이제 다시 올 줄 모르는 영원한 나라로 걷고 있는 것 같았다.

노인은 이러한 상서롭지 못한 생각에 옛날을 그리며 악마와 같은 굴뚝을 한참이나 시름없이 바라보다 자기도 모르게 북해도 쪽이라고 인정하는 산과 산이 갈라져 그윽이 내다보이는 바다 저쪽에 다시 높이 솟은 그 산 너머로 마음을 보내놓고 아들의 신상을 그려보았다.

그러나 노인의 눈에 비취는 아들의 신변에는 아무런 이상도 없었다. 다만 씩씩한 노동자였다. 지금도 어떤 캄캄한 공장 안에서 기계를 돌리고 있는 현상까지 보였다.

그러면 어찌하여 소식이 없나? 도무지 종잡을 수 없는 마음에 온갖 생각은 또다시 하나씩하나씩 모여들어 머릿속에서는 팔을 벌리고 난무를 하는 듯이 어지럽고 무거워 가뜩이나 괴로운 마음에 더할 수 없는 설움이 복받쳐 울음을 참을 수 없었다. 그리고 자기도 모르게 스며드는 따뜻한 눈물은 주름 잡힌 두 뺨 위에 흘러내려서 아침 햇빛에 반사되어 순전한[4] 깨끗한 이 눈물은 그러나 쉽게도 빛나고 있었다.

거리에 발을 들여놓은 노인은 그에게 던져진 분업인 시멘트 반죽을 하기 시작했다. 그러나 생각은 여전히 딴 곳에 있었고 그저 기계적으로 삽을 놀릴 뿐이었다.

오정이 되자 점심시간이었다. 일꾼들은 삽과 개손을 집어던지고 벤또를 들고 저마다 둘러앉았다.

밥맛이 나는지 안 나는지 힘없이 젓가락을 놀리고 있던 노인은 갑자기 물었다.

"자네들— 제비가 들어오지 않는데 아는가?"

하고 젊은 사람을 둘러보았다.

노인은 자기 가정의 불운을 남에게 밝히는 것이 부끄럽기도 하려니와 싫기도 해서 오늘까지 이렇다 말이 없이 마누라에게 한하여서만 의논이 있는 제비 문제를 생각다 못하여 아니 그 원인을 알지 못하고는 견딜 수가 없어서 아니하자 하면서 마침내 여러 사람의 앞에 공개를 하는 용단을 내인 것이었다.

그러나 이것은 이 S 거리를 주위로 십 리 밖까지에는 어느 집에도 금년 철에는 제비가 들어오지 않은 것임에 집집마다 이상해하는 문제였다 그리하여 그들도 궁금해하는 무리의 하나이었다.

"노인님 댁에도 아니 들어오나요?"

---

4 순수하고 완전한.

"아— 우리 집에도 참 아니 들어온대!

"흥! 우리 집엔 작년부터 아니 들어오는걸!"

하고 그들도 이런 말을 서로 던지고 의아해할 뿐이었다.

노인은 여기서 비로소 제비가 자기의 집에 한하여서 들어오지 않는 것이 아니요 온 동리(노인은 아직도 동리라고 부른다)에 다 같이 들어오지 않는 것을 알게 됨에 그것이 더욱 이상하였다. 그리고 이것이 온 동리의 불운을 말하는 징조인 듯싶었다. 어쩐지 자기의 집에만 찾아오던 불운으로 알던 때보다 더한층 마음이 좋지 않았다. 그것은 동리가 생긴 이후로 한 번도 아니 들어와 본 적이 없던 제비가 동맹이나 한 듯이 일시에 아니 들어오게 되는 것은 기필코 이 동네의 심상치 아니한 무엇을 말하는 것 같았기 때문이다.

그러나 제비가 들어오고 아니 들어오는 것으로 그 운, 불운을 말한다는 것은 현대과학의 앞에서는 너무도 입증이 되지 않는 한낱 미신에 지나지 못하지만 제비와 농촌과는 그 운명을 같이하였다고 하여도 그것은 결코 지나치는 말은 아니다. 제비와 같이 이 마을이 쫓겨나고 있는 것은 어쩔 수 없는 사실이 되어 있지 않은가? 하고 보면 아닌 게 아니라 그것은 동리의 불운을 말하는 것이 아닐 수가 없었다.

그러면 제비는 이 동네의 불운을 영원히 말하며 다시는 들어오지 않을 것인가. 마을이 쫓겨났음에 들어올 수가 없었다. 이 거리가 아직 마을이었을 때에는 해마다 봄 따라 들어왔건만 마을은 완전한 근대도시로 나날이 화하여 오늘에 와서의 시멘트 처마 위에서는(아직 완전한 시멘트 지대는 아니지만) 깃을 들일 그 재료의 결핍에 어찌할 수가 없었던 것이니 삶(생명의 번식)을 위하여 마을 따라 아니 갈 수가 없었던 것이다.

그렇지 않아도 거리에 대한 불평이 마음속에 떠나지 못하는 노인은 비로소 이러한 사실을 알게까지 될 때에 거리에 대한 증오의 불길은 더할 수 없이 극도에 타올랐다.

밥을 위하여 노력은 팔았으되 그 노력이 이 거리의 완성에 대한 노력이었던 것을…….

그리고 따라서 그 노력은 도리어 장래에 있어서의 자기의 생명을 희롱하는 무서운 노력이 되어 있었던 것을 생각할 때에 노인은 터져 오르는 가슴을 어쩔 수 없었다.

그리고 자기의 노력이 팔림으로써 지어지는 죄는 자기 개인에게 한하여서 뿐이 아니요 널리 동리에까지 아니 미치지 못하게 되었을 것을 마음속 깊이 뉘우쳤다.

그리고 이 거리 공사에는 영원히 노력은 팔지 않기로 그 당장에서 본인이 삽을 집어 던지었다.

그것은 자기의 노력이 팔리느니만큼 그만큼 자기에게는 불리한 영향이 미칠 것을 미루어볼 때 한 푼의 지체라도 더할 수가 없었던 것이다.

며칠이 지났다.

마당귀에 박힌 말뚝 자리로는 필경 며칠 안으로 신작로의 공사가 착수된다고 급히 집을 내라는 소리가 들리자 제비와 같이 그리던 아들이 뒤미처 대문으로 들어선다.

노인은 내려앉는 듯한 가슴을 헤아려볼 여지도 없이 아들을 맞게 되니 반가운 아들이었만 반가운 줄을 몰랐다.

제 고향이라고 아니 제집이라고서 찾아서 온 아들은 당장으로 갈 곳도 없는데 다시 쫓겨나지 않으면 안 될 것을 생각할 때 반가운 푼수보다 무어라 말할 수 없는 아픈 마음이 반갑다는 감정을 앞서 누르고 넘어서는 것이었다.

그러한 가운데 아! 그러한 가운데 뜻이나 하였으랴. 잠시라도 생각에 떠나지 못하던 아들, 몸이 튼튼하기를 마음 다하여 바라던 아들, 그리고 오직 성공에 심축하던 아들, 그 아들이 이제 뜻밖에도 과연 뜻밖에도 한 팔이 없다는 병신의 몸이 되어서 돌아온 것이 아니었던가?

노인은 너무도 놀래어 기절을 할 지경이었다.

"아버지! 아버지! 저는 아버지를 대해서 할 말이 없습니다. 그만 그 몹쓸 기계에……."

아버지의 놀라는 기색을 본 아들은 다만 이 한마디로 인사를 하고는 더 말을 못 하고 목이 메인다.

노인은 이 소리를 듣는지 못 듣는지 정신 잃은 사람같이 아들의 왼편 팔에 쏘아진 채 주어다 박은 눈알처럼 돌지 못하던 눈이 스르르 힘없이 돌며

"네가 애비에게 지은 죄보다 내가 너에게 지은 죄도 결코 적지 않다. 이후에는 그보다 더 큰 불행이 우리들에게 올 것이다. 이것쯤이야 약과다. 너 살던 곳에 제비가 있더냐! 제비 없는 나라에서 사람이 무엇을 먹고살 것이냐! 이 마을 앞에 좋은 전답은 모두가 공장촌으로 되고 말았다. 이 마을에도 제비는 금년부터 들어오지

않는다. 제비! 제비!"

하고 새거리와 처마 끝을 향하여 번갈아 손가락질하며 부르짖었다.

— 〈신가정〉, 1934. 1.

백치 아다다

질그릇이 땅에 부딪치는 소리가 났다고 들렸는데 마당에는 아무도 없다.

부엌에 쥐가 들었나? 샛문을 열어보려니까,

"아 아 아이 아아 아야!"

하는 소리가 뒤란 곁으로 들려온다. 샛문을 열려던 박 씨는 뒷문을 밀었다.

장독대 밑, 비스듬한 켠 아래, 아다다가 입을 헤 벌리고 납작하니 엎뎌져 두 다리만을 힘없이 버지럭거리고 있다. 그리고 머리 편으로 한 발쯤 나가선 깨어진 동이 조각이 질서없이 너저분하게 된장 속에 묻혀 있다.

"아이구테나! 무슨 소린가 했더니 이년이 동애를 또 잡았구나! 이년아! 너더러 된장 푸래든 푸래?"

어머니는 딸이 어딘가 다쳤는지 일어나지도 못하고 아파하는데 가는 동정심보다 깨어진 동이만이 아깝게 눈에 보였던 것이다.

"어 어마! 아다아다 아다 아다아다……."

모닥불을 뒤집어쓰는 듯한 끔찍한 어머니의 음성을 또다시 듣게 되는 아다다는 겁에 질려 얼굴에 시퍼런 물이 들며 넘어진 연유를 말하여 용서를 빌려는 기색이나 말이 되지를 않아 안타까워한다.

아다다는 벙어리였던 것이다. 말을 하려 할 때에는 한다는 것이 아다다 소리만이 연거푸 나왔다. 어찌어찌하다가 말이 한마디씩 제법 되어 나오는 적도 있었으나 그것은 쉬운 말에 그치고 만다.

그래서 이것을 조롱 삼아 확실이라는 뚜렷한 이름이 있음에도 불구하고 누구나 그를 부르는 이름은 아다다였다. 그리하여 이것이 자연히 이름으로 굳어져 그 부모네까지도 그렇게 부르게 되었거니와, 그 자신조차도 "아다다!" 하고 부르면 마땅히 들을 이름인 듯이 대답을 했다.

"이년까타나 끌이 세누나! 시컨엘 못 가갔으문 오늘은 어드메든지 나가서 뒈디고 말아라, 이년아! 이년아!"

어머니는 눈알을 가로 세워 날카롭게도 흰자위만으로 흘기며 성큼 문턱을 넘어선다.

아다다는 어머니의 손길이 또 자기의 끌채를 감아쥘 것을 연상하고 몸을 겨우 뒤쳐 비꼬아 일어서서 절룩절룩 굴뚝 모퉁이로 피해가며 어쩔 줄을 모르고 일변 고개를 좌우로 둘러 살피며 아연하게도,

"아다 어 어마! 아다 어마! 아다다다다다!"

하고 부르짖는다. 다시는 일을 아니 저지르겠다는 듯이, 그리고 한 번만 용서를 하여 달라는 듯싶게.

그러나 사정 모르는 체 기어이 쫓아간 어머니는,

"이년! 어서 뒈데라. 뒈디기 싫건 시집으루 당장 가거라. 못 가간……?"

그리고 주먹을 귀 뒤에 넌지시 얼메고 마주 선다.

순간, 주먹이 떨어지면? 하는 두려운 생각에 오싹하고 끼치는 소름이 튀해놓은 닭같이 전신에 돋아나는 두드러기를 느끼는 찰나, 턱 하고 마침내 떨어지는 주먹은 어느새 끌채를 감아쥐고 갈지자로 흔들어댄다.

"아다 어어 어마! 아 아고 어 어마!"

아다다는 떨며 빌며 손을 모은다.

그러나 소용이 없다. 한번 손을 댄 어머니는 그저 죽어 싸다는 듯이 자꾸만 흔들어댄다. 하니, 그렇지 않아도 가꾸지 못한 텁수룩한 머리는 물결처럼 흔들리며 구름같이 피어나선 얼크러진다.

그래도 아다다는 그저 빌 뿐이요, 조금도 반항하려고는 않는다. 이런 일은 거의 날마다 지내보는 것이기 때문에 한대야 그것은 도리어 매까지 사는 것이 됨을 아는 것이다. 집에 일이 아무리 꼬여 돌아가더라도 나 모르는 체 손 싸매고 들어앉았으면 오히려 이런 봉변은 아니 당할 것이, 가만히 앉았지는 못했다.

선천적으로 타고난 천치에 가까운 그의 성격은 무엇엔지 힘에 부치는 노력이 있어야 만족을 얻는 듯했다. 시키건 안 시키건, 헐하나 힘차나 가리는 법이 없이 하여야 될 일로 눈에 띄기만 하면 몸을 아끼는 일이 없이 하는 것이 그였다. 그래서 집안의 모든 고

된 일은 실로 아다다가 혼자서 치워놓게 된다.

그러나 어머니는 그것이 반갑지 않았다. 둔한 지혜로 차부[1] 없이 뼈가 부러지도록 몸을 돌보지 않고, 일종 모험에 가까운 짓을 하게 되므로, 그 반면에 따르는 실수가 되레 일을 저질러놓게 되어 그릇 같은 것을 깨쳐먹는 일은 거의 날마다 있다 하여도 옳을 정도로 있었다.

그래도 아다다의 힘을 빌리지 않고는 집안일을 못 치겠다면 모르지만, 그는 참여를 하지 않아도 행랑에서 차근차근히 다 해줄 일을 쓸데없이 가로맡아선 일을 저질러놓고 마는데 그 어머니는 속이 상했다.

본시 시집을 보내기 전에도 그 버릇은 지금이나 다름이 없어, 벙어리인 데다 행동까지 그러하였으므로 내용 아는 인근에서는 그를 얻어가려는 사람이 없었다. 그리하여 열아홉 고개를 넘기도록 처묻어 두고 속을 태우다 못해 깃부[2]로 논 한 섬지기를 처넣어 똥 치듯 치워버렸던 것이 그만 오 년이 멀다 다시 쫓겨와, 시집에는 아예 갈 생각도 아니하고 하루같이 심화를 올렸다. 그래서 어머니는 역겨운 마음에 아다다가 실수를 할 때마다 주릿대를 내리고 참례를 말라건만 그는 참는다는 것이 그 당시뿐이요, 남이 일을 하는 것을 보면 속이 쏘는 듯이 슬그머니 나와서 곁을 슬슬 돌다가는 손을 대고 만다.

바로 사흘 전엔가도 무명 넘[3]을 할 때 활짝 달은 솥뚜껑을 차

---

1 '채비'의 방언.
2 지참금.
3 피륙을 잿물에 담갔다가 솥에 찜.

부 없이 맨손으로 열다가 뜨거움을 참지 못해 되는대로 집어 엎는 바람에 그만 자배기[4]를 깨쳐서 욕과 매를 한바탕 겪고 났었건만 어제저녁 행랑 색시더러 오늘은 묵은 된장을 옮겨 담아야 되겠다고 이르는 말을 어느 겨를에 들었던지 아다다는 아침밥이 끝나자 어느새 나가서 혼자 된장을 퍼 나르다가 그만 또 실수를 한 것이었다.

"못 가간? 시집이! 못 가간? 이년! 못 가갔음 죽어라!"

움켜쥐었던 머리를 힘차게 휙 두르며 밀치는 바람에 손에 감겼던 머리카락이 끊어지는지 빠지는지 무뚝 묻어나며 아다다는 비칠비칠 서너 걸음 물러난다.

순간 정신이 어쩔해진 아다다는 넘어지지 않으려고 애써 버지럭거리며 삐치는 다리에 겨우 진정을 얻어 세우자,

"아다 어마! 아다 어마! 아다 아다!"

하고 다시 달려들 듯이 눈을 흘기고 섰는 어머니를 향하여 눈물 글썽한 눈을 끔벅 한번 감아 보이고, 그리고 북쪽을 손가락질하여 어머니의 말대로 시집으로 가든지 그렇지 않으면 죽어라도 버리겠다는 뜻으로 고개를 주억이며 겁에 질려 어쩔 줄을 모르고 허청허청 대문 밖으로 몸을 이끌어냈다.

나오기는 나왔으나, 갈 곳이 없는 아다다는 마당귀를 돌아서선 발길을 더 내놓지 못하고 우뚝 섰다.

시집으로 간다고 하였으나, 아무리 생각해도 남편의 매는 어

4 둥글넓적하고 아가리가 쩍 벌어진 오지그릇이나 질그릇.

머니의 그것보다 무섭다. 그러면 다시 집으로 들어가나? 이번에는 외상 없는 매가 떨어질 것 같다. 어디로 가야 하나? 갈 곳 없는 갈 곳을 짜 보자니 눈물이 주는 위로밖에 쓸데없는 오 년 전 그 시집이 참을 수 없이 그립다.

—추울세라, 더울세라, 힘이 들까, 고단할까, 알뜰살뜰히 어루만져주던 시부모, 밤이면 품속에 꼭 껴안아 피로를 풀어주던 남편. 아! 얼마나 시집에서는 자기를 위하여 정성을 다하던 것인고?

참으로 아다다가 처음 시집을 가서의 오 년 동안은 온 집안의 사랑을 한몸에 받아왔던 것이 사실이다.

벙어리라는 조건이 귀에 들어맞는 것은 아니었으나, 돈으로 아내를 사지 아니하고는 얻어볼 수 없는 처지에서 스물여덟 살에 아직 장가를 못 들고 있는 신세로 목구멍조차 치기 어려운 형세이었으므로 아내를 얻게 되기의 여유를 기다리기까지에는 너무도 막연한 앞날이었다. 벙어리나 일생을 먹여줄 것까지 가지고 온다는 데 귀가 번쩍 띄어 그 자리를 앗길까 두렵게 혼사를 지었던 것이니, 그로 의해서 먹고 살게 되는 시집에서는 아다다를 아니 위할 수가 없었던 것이다. 그러한 가운데 또한 아다다는 못 하는 일이 없이 일 잘하고, 고분고분 말 잘 듣고, 조금도 말썽을 부리는 일이 없었다. 그래서 생활고가 주는 역겨움이 쓸데없이 서로 눈독을 짓게 하여 불쾌한 말만으로 큰소리가 끊일 새 없이 오고 가던 가족은 일시에 봄비를 맞는 동산같이 화락한 웃음의 꽃이 피었다.

원래 바른 사람이 못 되는 아다다에게는 실수가 없는 것이 아니었으나 그로 인해서 밥을 먹게 된 시집에서는 조금도 역겹게 안 여겼고, 되레 위로를 하고 허물을 감추기에 서로 힘을 썼다.

여기에 아다다가 비로소 인생의 행복을 느끼며 시집가기 전 지난날 어머니 아버지가 쓸데없는 자식이라는 구실 밑에, 아니, 되레 가문을 더럽히는 앙화殃禍 자식이라고 사람으로서의 푼수에도 넣어주지 않고 박대하던 일을 생각하고는 어머니 아버지를 원망하는 나머지 명절목이나 제향 때이면 시집에서는 그렇게도 가보라는 친정이었건만 이를 악물고 가지 않고 행복 속에 묻혀 살던 지나간 그날이 아니 그리울 수가 없을 게다.

그러나 그날은 안타깝게도 다시 못 올 영원한 꿈속에 흘러가고 말았다.

해를 거듭하며 생활의 밑바닥에 깔아놓았던 한 섬지기라는 거름이 차츰 그들을 여유한 생활로 이끌어, 몇백 원이란 돈이 눈앞에 굴게 되니 까닭 없이 남편 되는 사람은 벙어리로서의 아내가 미워졌다.

조그만 실수가 있어도 눈을 흘겼다. 그리고 매를 내렸다. 이 사실을 아는 아버지는 그것은 들어오는 복을 차버리는 짓이라고 타이르나 듣지 않았다. 그리하여 부자간에 충돌이 때때로 일어났다. 이럴 때마다 아버지에게는 감히 하고 싶은 행동을 못 하는 아들은 그 분을 아내에게로 돌려 풀기가 일쑤였다.

"이년, 보기 싫다! 네 집으로 가거라."

그리고 다음에 따르는 것은 매였다. 그러나 아다다는 참아가며 아내로서의, 그리고 며느리로서의 임무를 다했다.

이것이 시부모로 하여금 더욱 아다다를 귀엽게 만드는 것이어서 아버지에게서는 움직일 수 없는 며느리인 것을 깨닫게 된 아들은 가정적으로 불만을 느끼게 되어 한 해의 농사를 지은 추수를 온통 팔아가지고 집을 떠나 마음의 위안을 찾아 돌다가 주색에 돈을 다 탕진하고 물거품같이 밀려 돌다가 동무들과 안동현安東縣으로 건너갔다.

그리하여 이 투기적인 도시에 무젖어 노동의 힘으로 본전을 얻어선 '양화'와 '은떼루'에 투기하여 황금을 꿈꾸어오던 것이 기적적으로 맞아나기 시작하여 이태 만에는 이만 원에 가까운 돈을 손에 쥐게 되었다. 그리하여 언제나 불만이던 완전한 아내로서의 알뜰한 사랑에 주렸던 그는 돈에 따르는 무수한 여자 가운데서 마음대로 흡족히 골라가지고 집으로 돌아왔다.

그러고는 새로운 살림을 꿈꾸는 일변 새로이 가옥을 건축함과 동시에 아다다를 학대함이 전에 비할 정도가 아니었다. 이에는 그 아버지도 명민하고 인자한 남부끄럽지 않은 뻐젓한 새 며느리에게 마음이 쏠리는 나머지 이미 생활은 걱정이 없이 되었으니 아다다의 깃부로써가 아니라도 유족할 앞날의 생활을 내다볼 때 아들로서의 아다다를 대하는 태도는 소모도 마음에 거슬리는 것이 없었다. 그리하여 시부모의 눈에서까지 벗어나게 된 아다다는 호소할 곳조차 없는 사정에 눈 감은 남편의 매를 견디다 못해 집으로 쫓겨오게 되었던 것이니, 생각만 하여도 옛 매 자리가 아픈 그 시집은 죽으면 죽었지 다시는 찾아갈 생각이 없었던 것이다.

그래서 집에 있게 되니 그것보다는 좀 헐할망정 어머니의 매도 결코 견디기에 족한 것이 아니다. 그리고 그것은 날마다 더 심해만 왔다. 오늘도 조금만 반항이 있었던들 어김없이 매는 떨어지고 말았을 것이다.

그러나 어디로 가나? 아무리 생각을 해보아야 그저 이 세상에서는 수롱이네 집밖에 또 찾아갈 곳이 없었다.

수롱은 부모 동생조차 없이 삼십이 넘은 총각으로 누구보다도 자기를 사랑하여준다고 믿는 단 한 사람이었다. 그리하여 쫓기어날 때마다 그를 찾아가선 마음의 위안을 얻어오던 것이다.

아다다는 문득 발걸음을 떼어 아지랑이 어른거리는 마을 끝 산턱 아래 떨어져 박힌 한 채의 오막살이를 향하여 마당귀를 꺾어 돌았다.

수롱은 벌써 일 년 전부터 아다다를 꾀어왔다. 시집에서까지 쫓겨난 벙어리였으나, 김 초시의 딸이라 스스로도 낮추 보여지는 자신으로서는 거연히 염을 내지 못하고 뜻 있는 마음을 건너볼 길이 없어 속을 태워가며 눈치만 보아오던 것이 눈치에서보다는 베풀어진 동정이 마침내 아다다의 마음을 사게 된 것이었다.

아이들은 아다다를 보기만 하면 따라다니며 놀렸다. 아니, 어른까지도 "아다다, 아다다" 하고 골을 올려서 분하나 말은 못 하고 이상한 시능을 하며 두덜거리는 것을 봄으로 행복을 느끼는 듯이 손뼉을 치며 웃었다.

그래서 아다다는 사람을 싫어하였다. 집에 있으면 어머니의 욕과 매, 밖에 나오면 뭇사람들의 놀림, 그러나 수롱이만은 자기를 사랑하는 것이었다. 아이들이 따라다닐 때에도 남 아니 말려주는 것을 그는 말려주고, 그리고 매에 터질 듯한 심정을 풀어주는 것이었다.

그리하여 아다다는 마음이 불편할 때마다 수롱을 생각해오던 것이 얼마 전부터는 찾아다니게까지 되어 동네의 눈치에도 이미 오른 지 오랬다.

그러나 아다다의 집에서도 그 아버지만이 지체를 가지기 위하여 깔맵게 아다다의 행동을 경계하는 듯하고 그 어머니는 도리어 수롱이와 배가 맞아서 자기 눈앞에 보이지 아니하고 어디로든지 달아났으면 하는 눈치를 알게 된 수롱이는 지금에 와서는 어느 정도까지 내어놓다시피 그를 사귀어온다.

아다다는 제집이나처럼 서슴지도 않고 달리어 오자마자 수롱이네 집 문을 벌컥 열었다.

"아, 아다다!"

수롱은 의외에 벌떡 일어섰다.

"너 또 울었구나!"

울었다는 것이 창피하긴 하였으나 숨길 차비가 아니다. 호소할 길 없는 가슴속에 꽉 찬 설움은 수롱이의 따뜻한 위무가 어떻게도 그리웠는지 모른다.

방 안에 들어서기가 바쁘게 쫓기어난 이유를 언제나같이 낱낱이 고했다.

"그러기 이젠 아야 다시는 집으로 가디 말구 나하구 둘이서 살아, 응?"

그리고 수롱은 의미 있는 웃음을 벙긋벙긋 웃어가며 아다다의 등을 척척 두드려 달랬다. 오늘은 어떻게 해서든지 자기의 것으로 영원히 만들어보고 싶은 욕망에 불탔던 것이다.

그러나 아다다는,

"아다 무 무서! 아바 무 무서! 아다 아다다다!"

하고 그렇게 한다면 큰일 난다는 듯이 눈을 둥그렇게 뜬다. 집에서 학대를 받고 있느니보다는 수롱의 사랑 밑에서 살았으면 오죽이나 행복되랴! 다시 집으로는 아니 들어가리라는 생각이 없었던 바도 아니었으나 정작 이런 말을 듣고 보니 무엇엔지 차마 허하지 못할 것이 있는 것 같고 그렇지 않은지라 눈을 부릅뜨고 수롱이한테 다니지 말라는 아버지의 이르던 말이 연상될 때 어떻게도 그 말은 엄한 것이었다.

"우리 둘이 달아났음 그만이디 무섭긴 뭐이 무서워."

"……."

아다다는 대답이 없다.

딴은 그렇기도 한 것이다. 당장 쫓기어난 몸이 갈 곳이 어딘고? 다시 생각을 더듬어볼 때 어머니의 매는 아버지의 그 눈총보다도 몇 배나 더한 두려움으로 견딜 수 없이 아픈 것이다. 그러마고 대답을 못 하고 거역한 것이 금시 후회스러웠다.

"안 그래? 무서울 게 뭐야. 이젠 아야 집으루 가지 말구 나하구 있어, 응?"

"응, 아다 이 있어, 아다 아다."

하고 아다다는 다시 있자는 수롱이의 말이 나오기를 기다렸던 듯이, 그리고 살길은 이제 찾기었다는 듯이 한숨과 같이 빙긋 웃으며 있겠다는 뜻을 명백히 보이기 위하여 고개를 주억이며 혓바닥을 손으로 툭툭 뚜드려 보인다.

"그렇지 그래, 정 있으야 돼, 응?"

"응, 이서 이서 아다 아다……."

"정말이야?"

"으, 웅 저 정 아다 아다……."

단단히 강문을 받고 난 수롱이는 은근히 솟아나는 미소를 금할 길이 없었다.

벙어리인 아다다가 흡족할 이치는 없었지만, 돈으로 사지 아니하고는 아내라는 것을 얻어볼 수 없는 처지였다. 그저 생기는 아내는 벙어리였어도 족했다. 그저 자기의 하는 일이나 도와주고 아들딸이나 낳아주었으면 자기는 게서 더 바랄 것이 없었다. 아내를 얻으려고 십여 년 동안을 불피풍우[5] 품을 팔아 궤 속에 꽁꽁 묶어둔 일백오십 원이란 돈이 지금에 와서는 아내 하나를 얻기에 그리 부족할 것은 아니나, 장가를 들지 아니하고 아다다를 꾀어온 이유도 아다다를 꾐으로 돈을 남겨서 그 돈으로 살림의 밑천을 만들어 가정의 마루를 얹자는 데서였던 것이다. 이제 그 계획이 은근히 성공에 가까워 옴에 자기도 남과 같이 가정을 이루어 보게 되누나 하니 바라지도 못하였던 인생의 행복이 자기에게도 이제 찾아오는 것 같았다.

"우리 아다다."

수롱이는 아다다의 등에 손을 얹으며 빙그레 웃었다.

"아다 아다다."

아다다도 만족한 듯이 히쭉 입이 벌어졌다.

그날 밤을 수롱의 품 안에서 자고 난 아다다는 이미 수롱의 아내 되기에 수줍음조차 잊었다. 아니, 집에서 자기를 받들어 들인

---

5 不避風雨, 비바람을 무릅쓰고 한결같이 일함.

다 하더라도 수롱을 떨어져서는 살 수 없으리만큼 마음은 굳어졌다. 수롱이가 주는 사랑은 이 세상에서는 더 찾을 수 없는 행복이리라 느끼어졌던 것이다.

그러나 영원한 행복을 위하여는 이 자리에 그대로 박혀서는 누릴 수 없을 것이 다음에 남은 근심이었다. 수롱이와 같이 살자면, 첫째 아버지가 허하지 않을 것이요, 동네 사람도 부끄럽지 않은 노릇이 아니다. 이것은 수롱이도 짐짓 근심이었다. 밤이 깊도록 의논을 하여보았으나 동네를 피하여 낯모르는 곳으로 감쪽같이 달아나는 수밖에는 다른 묘책이 없었다.

예식 없는 가약을 그들은 서로 맹세하고 그날 새벽으로 그 마을을 떠나 신미도라는 섬으로 흘러가서 그곳에 안주를 정하였다. 그러나 생소한 곳이므로 직업을 찾을 길이 없었다. 고기를 잡아 먹고 사는 섬이라 뱃놀음을 하는 것이 제 길이었으나 이것은 아다다가 한사코 말렸다. 몇 해 전에 자기네 동네에서도 농토를 잃은 몇몇 사람이 이 섬으로 들어와 첫배를 타다가 그만 풍랑에 몰살을 당하고 만 일이 있던 것을 잊지 못하는 때문이었다.

그렇지 않은지라 수롱이조차도 배에는 마음이 없었다. 섬으로 왔다고는 하지만 땅을 파서 먹는 것이 조마구[6] 빨 때부터 길러온 습관이요, 손익은 일이었기 때문에 그저 그 노릇만이 그리웠다.

그리하여 있는 돈으로 어떻게, 밭날갈이[7]나 사서 조 같은 것이나 심어가지고 겨울의 불목이와 양식을 대게 하고 짬짬이 조개나 굴, 낙지, 이런 것들을 캐어서 그날그날을 살아갔으면 그것이 더

6 조막. 주먹보다 작은 물건의 덩이를 비유적으로 이르는 말.
7 소로 며칠 동안 걸려서 갈 만큼의 넓은 밭.

할 수 없는 행복일 것만 같았다.

그러지 않아도 삼십 반생에 자기의 소유라고는 손바닥만 한 것조차 없어, 어떻게도 몽매에 그리던 땅이었는지 모른다. 완전한 아내를 사지 아니하고 아다다를 꾀어온 것도 이 소유욕에서였다. 아내가 얻어진 이제, 비록 많지는 않은 땅이나마 가져보고 싶은 마음도 간절하였거니와 또한 그만한 소유를 가지는 것이 자기에게 향한 아다다의 마음을 더욱 굳게 하는 데도 보다 더한 수단일 것 같았기 때문이다.

그런데다 본시 뱃놀음판인 섬인데, 작년에 놀구지가 잘되었다 하여 금년에 와서 더욱 시세를 잃은 땅은 비록 때가 기경시[8]라 하더라도 용이히 살 수까지 있는 형편이었으므로, 그렇게 하리라 일단 마음을 정하니 자기도 땅을 마침내 가져보누나 하는 생각에 더할 수 없는 행복을 느끼며 아다다에게도 이 계획을 말하였다.

"우리 밭을 한 뙈기 사자, 그래두 농살 허야 사람 사는 것 같다. 내가 던답을 살라구 묶어둔 돈이 있거든."
하고 수롱이는 봐라는 듯이 실경 위에 얹힌 석유통 궤 속에서 지전 뭉치를 뒤져내더니 손끝에다 침을 발라가며 펄딱펄딱 뒤져보인다.

그러나 그 돈을 본 아다다는 어쩐지 갑자기 화기가 줄어든다.

수롱이는 그것이 이상했다. 돈을 보면 기꺼워할 줄 알았던 아다다가 도리어 화기를 잃은 것이다. 돈이 있다니 많은 줄 알았다가 기대에 틀림으로써인가?

---

8 농사를 시작하는 때.

"이거 봐, 그래쾌두, 이게 일천오백 냥(일백오십 원)이야. 지금 시세에 밭 이천 평은 한참 놀다가두 떡 먹두룩 살 건데!"

그래도 아다다는 아무 대답이 없다. 무엇 때문엔지 수심의 빛까지 역연히 얼굴에 떠오른다.

"아니 밭이 이천 평이문 조를 심는다 하구 잘만 가꿔 봐. 조가 열 섬에 조짚이 백여 목 날 터이야. 그래 이걸 개지구 겨울 한동안이야 못 살아? 그럭허구 둘이 맞붙어 몇 해만 벌어봐? 그 적엔 논이 또 나오는 거야. 이건 괜히 생……."

아다다는 말없이 머리를 흔든다.

"아니, 내레 이게, 거즈뿌레기야? 아 열 섬이 못 나?"

아다다는 그래도 머리를 흔든다.

"아니, 고롬 밭은 싫단 말인가?"

비로소 아다다는 그렇다는 듯이 머리를 주억거린다.

아다다는 수롱이에게 돈이 있다 해도 실로 그렇게 많은 돈이 있는 줄은 몰랐다. 그래서 그 많은 돈으로 밭을 산다는 소리에 지금까지 꿈꾸어오던 모든 행복이 여지없이도 일시에 깨어지는 것만 같았던 것이다. 돈으로 인해서 그렇게 행복할 수 있던 자기의 신세는 남편(전남편)의 마음을 악하게 만듦으로 그리고 시부모의 눈까지 가리는 것이 되어, 필야엔 쫓겨나지 아니치 못하게 되던 일을 생각하면 돈 소리만 들어도 마음은 좋지 않던 것인데, 이제 한 푼 없는 알몸인 줄 알았던 수롱에게도 그렇게 많은 돈이 있어 그것으로 밭을 산다고 기꺼워하는 것을 볼 때, 그 돈의 밑천은 장래 자기에게 행복을 가져다주기보다는 몽둥이를 가져다주는 데 지나지 못하는 것 같았고, 밭에다 조를 심는다는 것은 불행의 씨를 심는다는 것만 같았기 때문이다.

아다다는 그저 섬으로 왔거니 조개나 굴 같은 것을 캐어서 그 날그날을 살아가야 할 것만이 수룡의 사랑을 받는 데 더할 수 없는 살림인 줄만 안다. 그래서 이러한 살림이 얼마나 즐거우랴! 혼자 속으로 축복을 하며 수룡을 위하여 일층 벌기에 힘을 써야 할 것을 생각해오던 것이다.

"고롬 논을 사재나? 밭이 싫으문?"

수룡은 아다다의 의견이 알고 싶어 이렇게 또 물었다.

그러나 아다다는 그냥 힘없는 고개만 주억일 뿐이었다. 논을 산대도 그것은 똑같은 불행을 사는 데 있을 것이다. 돈이 있는 이상 어느 것이든지간 사기는 반드시 사고야 말 남편의 심사이었음에 머리를 흔들어댔자 소용이 없을 것이었다. 그리하여 그 근본 불행인 돈을 어찌할 수 없는 이상엔 잠시라도 남편의 마음을 거슬림으로 불쾌하게 할 필요는 없다고 아는 때문이었다.

"홍! 논이 좋은 줄은 너두 아누나! 그러나 가난한 놈에겐 밭이 논보다 나았디 나아……."

하고, 수룡이는 기어이 밭을 사기로 그 달음에 거간을 내세웠다.

그날 밤 아다다는 자리에 누웠으나 잠이 오지 않았다.

남편은 아무런 근심도 없는 듯이 세상모르고 씩씩 초저녁부터 자내건만 아다다는 그저 돈 생각을 하면 장차 닥쳐올 불길한 예감에 잠을 이룰 수가 없었다. 이불을 붙안고 밤새도록 쥐어틀며 아무리 생각을 해야 그 돈을 그대로 두고는 수룡의 사랑 밑에서 영원한 행복을 누릴 수 있으리라고는 믿기지 않았다.

짧은 봄밤은 어느덧 새어 새벽을 알리는 닭의 울음소리가 사방에서 처량히 들려온다.

밤이 벌써 새누나 하니 아다다의 마음은 더욱 조급하게 탔다. 이 밤으로 그 돈에 대한 처리를 하지 못하는 한, 내일은 기어이 거간이 밭을 흥정하여가지고 올 것이다. 그러면 그 밭에서 나는 곡식은 해마다 돈을 불려줄 것이다. 그때면 남편은 늘어가는 돈에 따라 차차 눈은 어둡게 되어 점점 정은 멀어만 가게 될 것이다. 그다음에는? 그다음에는 더 생각하기조차 무서웠다.

닭의 울음소리에 따라 날은 자꾸만 밝아온다. 바라보니 어느덧 창은 희끄스럼하게 비친다. 아다다는 더 누워 있을 수가 없었다. 옆에 누운 남편을 지그시 팔로 밀어보았다. 그러나 움쩍하지도 않는다. 그래도 못 믿기는 무엇이 있는 듯이 남편의 코에다 가까이 귀를 가져다 대고 숨소리를 엿들었다. 씨근씨근 아직도 잠은 분명히 깨지 않고 있다. 아다다는 슬그머니 이불 속을 새어 나왔다. 그리고 실경 위의 석유통을 휩쓸어 그 속에다 손을 넣었다. 그리하여 마침내 지전 뭉치를 더듬어서 손에 쥐고는 조심조심 발자국 소리를 죽여가며 살그머니 문을 열고 부엌으로 내려갔다.

그러고는 일찍이 아침을 지어 먹고 나무새기를 뽑으러 간다고 바구니를 끼고 바닷가로 나섰다. 아무도 보지 못하게 깊은 물 속에다 그 돈을 던져버리자는 것이다.

솟아오르는 아침 햇발을 받아 붉게 물들며 잔뜩 밀린 조수는 거품을 부걱부걱 토하며 바람결조차 철썩철썩 해안에 부딪친다.

아다다는 바구니를 내려놓고 허리춤 속에서 지전 뭉치를 쥐어들었다. 그러고는 몇 겹이나 쌌는지 알 수 없는 헝겊 조각을 둘둘

풀었다. 헤집으니 일 원짜리, 오 원짜리, 십 원짜리, 무수한 관 쓴 영감들이 나를 박대해서는 아니 된다는 듯이 모두들 마주 바라본다. 그러나 아다다는 너 같은 것을 버리는 데는 아무런 미련도 없다는 듯이 넘노는 물결 위에다 휙 내어뿌렸다. 세찬 바닷바람에 채인 지전은 바람결 쫓아 공중으로 올라가 팔랑팔랑 허공에서 재주를 넘어가며 산산이 헤어져 멀리, 그리고 가깝게 하나씩 하나씩 물 위에 떨어져서는 넘노는 물결 쫓아 잠겼다 떴다 솟구막질을 한다.

어서 물속으로 가라앉든지, 그렇지 않으면 흘러내려 가든지 했으면 하고 아다다는 멀거니 서서 기다리나 너저분하게 물 위를 덮은 지전 조각들은 차마 주인의 품을 떠나기가 싫은 듯이 잠겨 버렸는가 하면 다시 기웃거리며 솟아올라서는 물 위를 빙글빙글 돈다.

하더니 썰물이 잡히자부터야 할 수 없는 듯이 슬금슬금 밑이 떨어져 흐르기 시작한다.

아다다는 상쾌하기 그지없었다. 밀려 내려가는 무수한 그 지전 조각들은 자기의 온갖 불행을 모두 거두어가지고 다시 돌아올 길이 없는 끝없는 한 바다로 내려갈 것을 생각할 때 아다다는 춤이라도 출 듯이 기꺼웠다.

그러나 그 돈이 완전히 눈앞에 보이지 않게 흘러내려 가기까지에는 아직도 몇 분 동안을 요하여야 할 것인데, 뒤에서 허덕거리는 발자국 소리가 들리기에 돌아다보니 뜻밖에도 수롱이가 헐떡이며 달려오는 것이 아닌가.

"야! 야! 아다다야! 너, 돈 돈 안 건새핸? 돈, 돈 말이야,

돈······?"

청천의 벽력같은 소리였다.

아다다는 어쩔 줄을 모르고 남편이 이까지 이르기 전에 어서 어서 물결은 휩쓸려 돈을 모두 거둬가지고 흘러버렸으면 하나 물결은 안타깝게도 그닐그닐 한가히 돈을 이끌고 흐를 뿐, 아다다는 그 돈이 어서 자기의 눈앞에서 자취를 감추어버리는 것을 보기 위하여 그닐거리고 있는 돈 위에 쏘아 박은 눈을 떼지 못하고 쩔쩔매는 사이, 마침내 달려오게 된 수롱이 눈에도 필경 그 돈은 띄고야 말았다.

뜻밖에도 바다 가운데 무수하게 지전 조각이 널려서 앞서거니 뒤서거니 둥둥 떠내려가는 것을 본 수롱이는 아다다에게 그 연유를 물을 겨를도 없이 미친 듯이 옷을 훨훨 벗고 첨버덩 물속으로 뛰어들었다.

그러나 헤엄을 칠 줄 모르는 수롱이는 돈이 엉키어 도는 한복판으로 들어갈 수가 없었다. 겨우 가슴패기까지 잠기는 깊이에서 더 들어가지 못하고 흘러내려 가는 돈더미를 안타깝게도 바라보며 허우적허우적 달려갔다. 차츰 물결에는 휩쓸려 떠내려가는 속력이 빨라진다. 돈들은 수롱이더러 어디 달려와 보라는 듯이 획획 솟구막질을 하며 흐른다. 그러나 물결이 세어질수록 더욱 걸음발은 자유로 놀릴 수가 없게 된다. 더픽더픽 물과 싸움이나 하듯 엎어졌다가는 일어서고, 일어섰다가는 다시 엎어지며 달려가나 따를 길이 없다. 그대로 덤비다가는 몸조차 물속으로 휩쓸려 들어갈 것 같아 멀거니 서서 바라보니 벌써 지전 조각들은 가물가물하고 물거품인지 지전인지도 분간할 수 없으리만치 먼 거리에서 흐르고 있다. 그러나 그것도 한순간이었다. 눈앞에는 아무것도 보이는 것이 없다. 휙휙 하고 밀려 내려가는 거품 진 물결뿐이다.

수롱이는 마지막으로 돈을 잃고 말았다고 아는 정도의 물결 위에 쏘아진 눈을 돌릴 길이 없이 정신 빠진 사람처럼 그냥그냥 바라보고 섰더니, 쏜살같이 언덕 켠으로 달려오자 아무런 말도 없이 벌벌 떨고 섰는 아다다의 중동을 사정없이 발길로 제겼다.

"흥앗!"

소리가 났다고 아는 순간, 철썩하고 감탕[9]이 사방으로 튀자 보니 벌써 아다다는 해안의 감탕판에 등을 지고 쓰러져 있다.

"이— 이— 이…….”

수롱이는 무슨 말인지를 하려고는 하나, 너무도 기에 차서 말이 되지를 않는 듯 입만 너불거리다가 아다다가 움찔하는 것을 보더니 아직도 살았느냐는 듯이 번개같이 쫓아내려가 다시 한번 발길로 제겼다.

"풍!"

하는 소리와 같이 아다다는 가꿉선[10] 언덕을 떨어져 덜덜덜 굴러서 물속에 잠긴다.

한참 만에 보니 아다다는 복판도 한복판으로 밀려가서 솟구어 오르며 두 팔을 물 밖으로 허우적거린다. 그러나 그 깊은 파도 속을 어떻게 헤어나랴! 아다다는 그저 물 위를 둘레둘레 굴며 요동을 칠 뿐, 그러나 그것도 한순간이었다. 어느덧 그 자체는 물속에 사라지고 만다.

9 곤죽처럼 된 진흙.
10 가파른의 방언.

주먹을 부르쥔 채 우상같이 서서 굽실거리는 물결만 그저 뚫어져라 쏘아보고 섰는 수롱이는 그 물속에 영원히 잠들려는 아다다를 못 잊어함인가? 그렇지 않으면 흘러버린 그 돈이 차마 아까워서인가?

짝을 찾아 도는 갈매기떼들은 눈물겨운 처참한 인생 비극이 여기에 일어난 줄도 모르고 '끼약끼약' 하며 흥겨운 춤에 훨훨 날아다니는 깃 치는 소리와 같이 해안의 풍경만 돕고 있다.

— 〈조선문단〉, 1935. 6.

고절 苦節

1

이 봄을 접어들면서 우제는 아버지가 자기를 더욱 대수롭지 않
게 여긴다는 것을 알았다. 믿지는 않으면서도 그래도 전에 같으
면 가다가 한 번씩이라도 가사에 관한 의논은 있을 것이 일체 없
어진 것으로 알 수 있었다.

이것은 좀 더 자세히 말하면 자기라는 인간은 있으나 없으나
마찬가지로 여긴다는 말도 되는 것이라, 아니 이렇게까지 자기를
천단해버린[1] 아버지의 마음은 얼마나 괴로울꼬 생각할 때 우제의
마음은 앞뒤가 꼭 막힌 듯이 답답했다.

---

1 제 마음대로 결단하여 처리해버린.

아버지가 자기를 이심으로 밉게 보아서 그런다면 반감이나 생길 것이, 그렇다면 마음이나 오히려 편안할는지도 모를 것인데, 사랑은 하면서도 아니 사랑하길래 큰 소리 한마디 없이 아들이 없는 줄 아자꾸나 하고 인제는 아예 의논을 말려는 것인 줄을 아니, 가슴이 아픈 것이다.

본시 성질이 남달리 뚝하여 아들에게도 말 한마디를 곰살갑게 하여본 일이 없는 아버지였건만 자기를 누구보다도 알뜰히 사랑하고 있다는 것만은 우제가 모르는 배 아니었다. 오륙 식구를 거느리고 오십이 넘은 아버지가 혼자 이것들을 벌어먹이기에 사철 다리를 부르걷고 진날 마른날 없이 감탕 속에 무젖어나며 농사를 짓기가 오죽 힘들련만 모 한 대 같이 꽂아주기는커녕 섬 대가리 한번 맞들어주지 않고 남의 일같이 눈 한 번 거들떠보는 법 없이 밤낮 손 싸매고 방구석에 틀어박혀 책으로 씨름을 하는 것이 아니면 하릴없이 뒷짐이나 지고 산등성이나 거니는 것이 그의 생활의 전부이었건만 이렇다 쓴소리 한마디 아니하던 그 아버지였다.

사실, 그 아버지 자신도 우제가 삼십이 되도록 책이 아니면 붓대나 들고 고이 놀리던 손끝으로 일(농사)을 하리라고는 애초에 믿지부터 않았다. 공부를 하였거니 취직을 한다든지 무엇이나 한 자리해서 돈벌이를 하여 집안 식구를 먹여 살릴 것이겠거니, 그리하여 어떻게 찌그러져 가는 가정을 바로 세워놓았으면 하는 생각은 은근히 있어왔다. 이것은 우제도 잘 안다.

그러나 우제는 취직은커녕 용돈 한 푼 벌지 못하고 되려 그 늙은 아버지가 수염에 흰 물을 들여가며 벌어놓은 돈을 쪼아먹고만 있었다. 돈벌이를 못 하고 집에 있겠거든 아버지가 그렇게 손이 모자라서 배바쁘게[2] 돌아가는 것이 어심에 미안해서라도 좀 맞들 어줄 성싶은 것이런만 그것은 나 몰라 하는 듯이 우제는 눈 딱 감고 지냈다.

그러는 것을 아버지는 손이 정 모자라 돌아가지 못할 때면 마지못해 힘들지 않는 일로 놀면서라도 꽤 하염직한 일이면 이따금씩 시키는 일이 있었다. 그러나, 시켜놓고 보면 그것은 결국 도리어 시키지 않았던 것만 못한 결과를 맺는 일이 반은 넘었다. 그것은 아버지가 시키는 일이므로 거역할 수가 없어 대답은 하지만 마음에 없는 일이라 모르는 가운데 일은 저질러지고 마는 것이었다.

며칠 전에는 그날도 모는 내기 시작하고 갑자기 양식이 떨어져 집 근처에서 벼를 한 섬 꾸어다 말리어 찧으려고 멍석에 널어놓고 닭 볼 사람이 없어 우제더러 닭을 좀 보라 이르고 아버지는 안심하고 모를 꽂으러 들로 나갔다가 점심참에 들어와 보니, 닭은 마당으로 하나 벼를 차버리고 한 멍석 들어서서 일변 목들이 메어서 책책거리며 쪼아 먹고들 있었다.

이것을 본 아버지는 어쩔 줄을 모르고,

"야! 야! 닭! 데닭! 닭! 닭!"

하고 고함을 치며 찾았으나, 우제는 기웃도 아니했다.

그래, 방 안에 사람이 없나 아버지는 팔을 내저으며 마당으로 뛰어들어가 닭들을 쫓아내고 우제의 방을 기웃해보니, 제법 닭을 보겠다고 "네에" 하고 대답을 하던 것이 얼굴 위에다 책을 올려놓고 번듯이 늘어져서 세상이 오는지 가는지 코만 드르렁드르렁

---

2 '분주하게'의 방언.

골고 있었다.

아버지는 저것이 저러고도 밥을 먹고 살아갈 수가 있을까 하는 생각에 어처구니가 없어 멍하니 우제를 바라만 보다가 그래도 낮잠을 자는 것이 몸에 이롭지 못할 것을 생각하여,

"애! 애! 우제야 잠 깨라."

하고, 무릎마디를 잡아 흔들었다.

"에!"

하고, 우제는 놀래어 눈을 썩썩 비비며 성큼 일어나 앉았으나 아직도 잠은 덜 깬 모양으로,

"아이고 깜짝이야! 난 또⋯⋯ 아! 아!"

하고 선하품을 내쉬었다.

이것을 본 아버지는 그저 한심하다는 듯이 "끙—" 하고 속으로 가쁜 한숨을 내쉴 뿐 다시는 더 아무 말도 아니하고 건넌방으로 건너오고 말았다.

그러니 이런 것을 하루 이틀도 아니고 일상 화를 내려다가는 한정도 없겠거니와 또 들을 것도 아닌 데다 자식을 사랑하는 마음이, 그렇다고 또한 큰 소리를 하므로 아들의 비위를 상하기도 싫었던 것이다.

그래서 아버지는 인제 아들은 아예 없는 줄 알고, 아니 믿어야 저나 내나 서로 마음이나 편하리라 생각을 하고 일은 물론, 가사에 관한 의논까지도 일체 아니 하기로 마음을 먹었던 것이다.

2

이런 일을 아버지는 무엇에나 입 다물고 말은 하지 않아도 우제는 아버지의 속을 들여다나 보는 듯이 빤히 알았다. 알 수 있는 것이 우제의 마음을 더욱 괴롭히는 것이었다.

우제는 자기가 발 벗고 나서서 어떠한 짓을 해서라도 돈을 벌어야 집안 식구를 붙들어 살릴 것도 모르는 것이 아니었다. 하건만 마음에 없는 노릇은 죽어도 하기가 싫었다.

사실 농사 같은 것은 장담코 제 자신도 못 하리라 믿지만 무슨 회사라든가 그러한 데는 손을 쓰면 들어가지 못할 것도 아니었다. 그리하여 게서 나오는 보수가 집안 식구를 다 붙들어가지는 못한다손 치더라도 자기의 입만 치워도 아버지의 등은 얼마쯤 가벼워질 것인데, 우제는 반드시 의지를 희생해서라도 살아야 된다기는 무엇 때문엔지 달갑게 마음이 허치 않았다. 아니 의지를 희생하여 빚어진 돈이 설혹 목숨을 붙들어간단들 그 목숨은 무슨 가치가 있을 것이냐? 그것은 도리어 의지에의 죄악도 같았다.

그리하여 이렇듯 삶에 대한 불안이 우제로 하여금 문단에서 은퇴를 하여 농촌으로 떨어져 손 싸매고 틀어박히게 한 원인이었거니와 그의 소설은 꽤 평판이 좋았다. 농촌을 묘사하는 데 남다른 독특한 수법으로 엄청난 작품이 이따금씩 튀어나와 문제를 일으킴과 같이 일약 신진 작가로 등단을 하는 영예를 가졌었다.

그러나 소설을 쓴다는 그것으로는 생계를 지지할 수가 없었다. 신문과 잡지에는 우제의 이름이 끊일 새 없이 휘날리니 집에서는 우제가 훌륭한 인물이 되어 돈을 많이 벌겠거니 하여 돈 좀 보내야 살겠다고 실로 편지가 빗발치듯 책상머리에 떨어졌다.

그러나 아무리 악을 써야 자기 한 몸밖에는 더 나아가, 아니 이 것도 빠빠한 것이거늘 5, 6인의 집안 식구—그것은 도저히 불가 능한 사실이었다.

여기에 비장한 결심으로 단연히 붓을 들고 문단에 나서게 되는 우제, 1년 내로 빚에 몰려오던 가정이 몰락의 비운을 피치 못하여 6, 700석의 추수를 거두던 토지를 전부 들내놓아 팔 때에 한껏 섭 섭한 마음은 있었지만 그 아버지는 고사하고 동리 사람들의 아까 워하는 마음의 십 분의 일만도 못하게 무관심하던 마음, 부르조 아의 자식이라는 향기롭지 않은 레텔이 뜻 있는 사람을 대하기에 부끄럽던 마음, 그리하여 그 재산이 일조에 흩어지고 말 때 되려 인간적으로는 이제야 바른 사람이 된다는 마음까지 느끼며 두 주 먹을 든든히 믿는 마음, 그리하여 지렁이같이 푸른 힘줄이 울근 불근하는 두 개의 팔뚝을 들여다볼 때면 그 힘으로 무엇인들 못 할 것 같지 않았었다. 그래서 자기의 주먹으로 벌어서 가족을 붙 들어 살릴 것이 얼마나 신성한 살림일 것이냐, 당시 동경에서 동양 대학을 다니던 그는 일 년을 앞둔 졸업까지 집어던지고 서울로 뛰 어나와 원대한 희망 속에서 문학적 활동을 시작하였던 것이다.

그러나 소설은 밥을 먹이는 것이 못 되었다. 먹어야 사는 사람 은 분명히 밥을 필요로 하고 있었다. 그리하여 뜻 아닌 마음이 돈 이라는 그 물건에 이끌리어 들어감을 어찌할 수 없을 때 옛날의 원대한 희망은 완전한 한낱 아리따운 공상으로밖에 더 되어 나타 나는 것이 없으니 이에 믿지 못하는 힘은 고민의 싹밖에 낳는 것 이 없었다.

그리하여 집에다 회답할 문구에조차 궁해서 애를 태우며 돌아가니 소용이 있을까. 돕는 이 없으니 집안의 형편은 차츰 쪼들려, 심지어는 생전 쥐어보지도 못하던 호밋자루까지 어머니 아버지는 드시고 근처 집 소작을 하느라고 코피가 익어서 돌아가게까지 되었다.

그러나 그렇다고 우제는 밥을 먹는 것만으로 생활의 수단을 삼기는 싫었다. 하지만 그렇게 아니하면 밥을 먹을 수가 없는 것이 뻔히 내다보이는 현실이요 등에 젊어진 일이다. 그러니 현실에 대한 고민은 날로 커가고 그리하여 그것은 또한 권태와 오뇌까지 가져다주어 자기도 모르게 무능한 인간으로 화하여 문단에서는 우제의 소설을 불렀건만 그는 손이 묶인 듯이 움직여지지 않아 농촌으로 굴러떨어지게 된 것이니 그것이 벌써 사 년 전의 일이다.

그리하여 이태 삼 년을 집에 꼭 박혀서 주위의 온갖 치소를 한몸에 받으며 끼니의 구차에까지 사정은 절박하였었건만 그는 그 치소[3]를 되려 비웃고 보는 것이었다. 때로는 자기도 남과 같은 처지에서 수양을 못 받고 향상을 힘써온 것이 도리어 이렇게 자기를 무력하게 만들어 집안 식구를 굶기게 하고 또는 자기의 마음까지 괴롭히지 아니치 못하게 된다고, 그리고 그것은 분명히 과도한 수양의 죄라고 저주까지 하여보다가도, 또한 그 수양이 주는 위안이 실로 자기라는 생을 이끌어가는 것임을 알 때 그 속에서 참 생의 희열을 느끼는 때문이었다.

3 嗤笑, 빈정거리며 웃음.

그리하여 오히려 스스로가 높이 앉아 현실을 내려다보고 싶은
자존심이 오직 생을 붙들어가고 있는 것뿐이었다.

3

"아니 여보! 참 어떡할 모양이요? 난 아부님 보기가 부끄러워
못 살겠어요. 올해도 월급 자리루 못 가게 되면 농사래두 허야 않
아우?"

아내는 남편의 동정을 살피다 못하여 농사 시절이 되어도 또
손 싸매고 앉았으매 어느 날 저녁 우제가 상을 받으려 건넌방으
로 건너온 쯤을 타서 말을 꺼냈다.

내외간이라고 하지만 아내는 실상 남편에게 말 한마디 자유로
할 기회가 없었다. 아내는 아침 일찍이 일어나 아버지와 같이 들
로 일 나갔다 어둡게야 들어오고 우제는 늦도록 자다 하루 세 때
밥상을 받으러 큰방으로 건너올 뿐 자기 방에는 누구 하나 얼른
하지 못하게 하고 혼자 틀어박혀 있는 것이었다. 그래도 겨울에
는 나무 때문에 두 방 부지를 할 수가 없어 우제도 큰방 윗간으로
건너와 아내와 한 방에 모이지만 해춘만 되면 건넌방으로 건너가
혼자 박혔다. 그래서 아내는 또 이 봄을 잡으면서부터는 무슨 할
말이 있어도 상 받으러 건너오는 그때를 이용하지 아니하고는 기
회가 없었다.

"글쎄 안 그렇소? 당신이 일을 하면 이렇게 사는 것도 그래두
발이 좀 폐울 터인데 아버님 혼자서 감당을 못하고 농사하는 걸

쌌을 늘 넣게 되니 농사는 지으나 마나, 글쎄 금년도 벌써 양식이
떨어진 게 아니요."

아내는 역심과 안타까움에 울 듯한 표정으로 그러나 남편의 환
심을 사지 않아서는 안 될 것인 듯이 반은 애교에 가까운 어조를
이룬다.

우제는 아무런 대답도 없이 그저 먹는 밥이나 먹었다.

"그러구 글쎄 애쌔끼들이 또 한심하지 않소. 공부를 못 시키겠
으면 연골에 농사라도 배워 주야디 석 달 치나 월사금을 안 가져
가니 선생이 벌을 씨운다고 어젯밤은 밤새두룩 울며 조르드니 오
늘은 학교에도 안 가고 그래서 아부님이 아침에 모나 꽂자고 들
로 데리고 나간 걸 당신은 아마 모를걸요. 글쎄 어떡해요, 이것들
을……."

이런 것을 우제가 비록 외딴 방에 혼자 묻혀 있었다 해도 모르
고 있었던 것도 아니었거니와, 하나도 아니요 엄창 둘인 자식들
의 장래 문제에 대하여 생각해오지 않은 배 아니어니 이런 소리
에는 더욱 가슴만 답답할 뿐 언제나 생각하고 한숨 쉬던 때와 같
이 저것들은 왜 생겨 나왔을까? 저것들만 없어도 몸은 한결 가볍
지 않을 것인가? 우제는 다시금 외어보며 말 없는 한숨만 꺼지게
쉬었다.

이때에 모를 꽂으러 나갔던 자식들이 사지가 나른하여 다리를
뚝 부르걷은 채 할아버지와 같이 주룽주룽 달려 들어왔다.

우제는 아내의 입에서 좀 더 무서운 말이 나올 것 같아 은근히
뒷말에 마음을 졸이고 앉았다. 아내가 더 말할 기회를 잃고 밥상
을 가지러 부엌으로 내려가는 것을 다행으로 그래도 좀 늦어지는

것 같은 마음의 고비에 다시 밥술을 들었다.

밥상이 들어오자 윗간으로 뛰어 올라가 손을 넣어보던 맏놈 덕숙은 잠깐 눈이 둥그레지더니,

"아니! 내 수깔! 이새끼 홍순이 내 수깔 감췄구나."

하고 동생 홍순을 향하여 눈을 부릅뜬다.

그러나 홍순이는 아무 대답도 없이 이불귀에서 숟갈을 끄집어내선 밥상을 마주하고 앉는다.

"요새끼 수까락 내라. 놈으 수깔을 감춰놓고 이제 함자 밥 다 먹으려구?"

단박 달려 내려와 홍순의 따귀를 겨눈다.

"어즈께는 너 고롬 내 수까락은 와 감춰놓고 나보단 밥 많이 먹었네?"

홍순이도 지지 않으려고 눈알을 발가쥐고 딱 마주 선다.

"뭐시야, 요새끼 그래서 너 어즈께 내레 수까락 감추는 걸 봤네?"

"넌 그래서 내레 감추는 걸 봤네?"

"요새끼 고롬 누구레 감췄간 너밖에."

"글쎄 넌 어즈께 와 내 수까락 감추고 밥 함자 다 먹었네?"

"요새끼 내레 내레 감추는 걸 봐서 글쎄?"

"넌 또 내레 감추는 걸 봔? 그래."

누구도 족히 항복은 아니 하려 하고 서로 결러댄다.

오늘도 또 싸움이 일어나는 것을 본 어머니는 얼마나 저것들이 배가 고파서 어제부터는 전에 없던 밥 싸움까지 할꼬 생각할 때 어머니의 마음은 알뜰하게 아팠다. 그러나 그들의 배를 불려줄

여유에 군색하니 위로할 말이 없다.

"냴은 많이 담아줄 거니 어서 쌈질들 말구 식기 전에 먹어들 치워라. 작은놈 넌 내 밥 더 먹으렴?"

어머니는 달래며 자기의 밥그릇을 밀어놓는다. 그러나 피차에 흥분이 된 그들은 어머니의 소리는 듣는지 마는지 그냥 입논을 계속하더니 마침내는 서로 손이 오고가고야 만다.

우제는 목구멍으로 밥이 넘어가지 않았다. 자식들의 이 밥 싸움은 자기의 무력을 비웃고 그리고 모욕을 주는 것 같았다.

"이 자식들아!"

벌떡 일어선 우제는 당연히 할 수 있는 자기의 책임이라는 듯이 어느새 두 자식의 따귀를 한 대씩 갈기고 가장 위엄 있게 아니 있는 성이 모두 두 눈에 불꼬치를 붙였다.

그러나 다음 순간 우제는 더 할 말을 몰랐다. 자기의 무력을 자식들이 말하는 것은 불쾌한 일이나 자기의 무력은 자기가 아니 질 수 없는 책임인 것을 아는 때문이다 하니, 밥에 구차를 받는 자식들이 금시에 불쌍하기 짝이 없었다. 자기는 오늘도 뒷짐을 지고 산속을 거닐며 돌아간 일밖에, 그리고 쓸데없는 공상이 있었던 것밖에 없었음을 생각하고 그래도 자식들은 온종일을 밥을 위하여 다리를 부르걷고 모를 꽂은 것이 아니었던가 하니 자기는 자식들에게 도리어 머리를 숙이고 부끄러워하여야 할 자기였던 것이다. 그는 자식들의 앞에서 자기의 배를 불리겠다고 다시 밥술을 잡기가 부끄러웠다.

그리하여 이내 건너방으로 뛰어 건너왔건만 내었던 증이 잘못인 줄은 알면서도 누르지 못하고 그래야 마땅한 듯이 그대로 눈을 흘겨 빨며 건너오지 않을 수 없었던 자기를 역시 건너와서야 자기의 되지 못한 자존심을 스스로 책할 수 있는 우제였다.

자식들은 아버지의 매가 억울하다는 듯이 어머니와 할아버지가 그렇게도 달래건만 그치지 않고 느끼며 울고 있었다.

4

"내 그 겨울 양복하구 책들을 저녁에든가 뉘가 와서 달라거든 내주시오."

며칠이 지난 어느 날 아침 우제는 아내를 마주하고 섰다.

이야기만 들어도 심상치 않은데 양복까지 갈아입은 남편을 볼 때 어디로 떠나려는 행색임을 일견 눈치챌 수 있었다.

"왜 어드루 가우?"

"응."

이 밖에는 더 말하려고도 아니하고 더 듣기를 원치도 않은 듯이 우제는 휘적휘적 대문 밖으로 나갔다. 갈 곳이 있는 것도 아니었다. 어제 아침 자식들이 밥에 주려 싸움까지 하는 광경을 목도하고 났을 때, 우제는 그들의 배를 곯림으로 자기의 밥그릇에 들어오는 그 밥은 차마 목구멍으로 들어가지 않았다. 그리하여 어디 만주로나 떠나보자는 계획이었던 것이다.

특별히 그가 만주를 택하게 된 것은 의지를 희생하여 뜻 아닌 마음을 판대도 밥 먹기가 힘든 세상임은 이미 지내본 경험인, 팔진댄 눈 딱 감고 가장 악하게 팔아보자는 데서였다.

읍으로 들어간 그는 생명과 같이 귀히 여기던 마저 남은 이백여 부의 서적을 이미 말하여 두었던 책전에 다시 부탁을 하고, 양복도 역시 같은 방법을 취하여 백 원에 가까운 돈을 묶어가지고 북행차를 잡아탔다.

사냥꾼이 짐승을 찾아 산을 뒤 타듯 행여나 여기는 무엇이 없을까, 그렇지 않아도 투기 도시로 이름난 곳이라 우선 안동현에 내렸다.

여기서는 한창 시세를 만난 은 밀수가 제 시절이었다.

누가 얼마를 잡았느니 누가 얼마를 떼이었느니 맞았으면 누구나 하는 것이 그 소리다.

우제도 여기에 마음이 동했다.

무엇이나 돈만 생기는 일이면 하여보려 마음을 먹고 떠난 길이라 앞 뒷굽을 재어볼 여유도 없이 그는 남들이 하는 방법 그대로 여자의 ××를 사용하여 그 운반을 취하기로 하고 곧 여자 다섯 명을 사서 은 밀수를 시작하였다.

그러나 일단 착수를 하여놓고 보니 아무리 눈을 감자해도 감을 수 없는 짓이었다.

남들도 다 하는 짓이요 또 밥이 없는 여자들이니 이것이 오히려 그들의 원하는 짓이라고는 해도 우제의 양심의 눈은 여기에까지 감기지는 못했다.

하루에도 몇 차례씩 매일 같은 길을 왔다 갔다 하는 여자들이라 해관에서도 그러한 종류의 여자들에게는 응당히 밀수품의 간직이 있으리라는 것은 짐작하지만, 인류 도덕상 거기에까지 손을 못 대고 단지 몸을 훑치게 하여보는 그런 방법에 그치고 마니 이

난관만을 넘게끔 교묘하게 간직만 하면 그것은 확실히 안전한 운반 방법이요, 따라서 돈이 잡힐 것도 빤히 눈앞에 내다보였다. 하건만 이 인간의 모욕! 두 눈을 갖추 뜨고 앉아서 무엇을 못 하여 여자의 ××을 사용함으로써 입을 치자는 것은 그 치는 본의가 어디 있는지 알 수 없었고, 그렇지 않은지라 스스로가 인간을 모욕하는 사람이 되는 것을 생각할 때 이 노릇을 그대로 차마 계속할 수가 없었다.

이틀 동안에 여섯 차례를 하고 난 우제는 참다못해 마침내 사용하던 여자들에게 해산을 선언했다. 그러니 이 돌연한 우제의 태도에 그들은 한 차례도 떼이지 아니하고 일을 잘 보아주는데 왜 그러느냐고 어서 더 자기네들을 써달라고 애원 복걸, 아니 이것도 직업이라 한 여자는 그날의 끼니에 딱한 사정까지 호소하였다.

그러나 이때의 우제의 마음만은 세었다. 오늘도 모여드는 여자들을 일일이 물리치고 달리 그 운반하는 방법을 찾다 못해 그는 다시 북으로 차를 탔다.

봉천을 거치어 신경까지 곳곳이 뒤타며 달포나 두고 헤매어보았으나 눈에 띄는 것이 없었다. 물론 상당한 자본이 있다면 투기적 사업이 없는 것도 아닌 것은 아니었으나 그만한 여유가 있다면 본래 이런 짓을 하려고 이까지 들어오지도 않았을 것이다. 그러니 하잘 것이 있나, 소자본으로서는 역시 소규모의 밀수가 아니면 색시 장사나 아편 밀매가 내다보이는 장사였다.

그리하여 우제는 좀 더 내 마음이 악해져라 스스로 격려를 하며 개원開原 지방에 자리를 잡고 앉아 모르핀 소매를 벌여놓았다.

하나 아무리 악의 화신에로 마음을 채찍질하였으나 그렇기에 얼마 동안은 견디었다 할까, 이 또한 끝내 그의 마음을 붙잡고 견디는 것은 못 되었다.

어떻게 생각하면 이 노릇이 현실에 대한 불평을 품은 이의 괴로움을 잊게 하여주는 위안이 확실히 없는 것은 아니었으나 그러기에 이러한 이유를 내세우고 스스로 마음을 속여도 온 것이지만 여기에 한번 입을 대인 사람이면 기필코 일 개월 내외에 중독이 되어 심지어는 처자까지 팔아먹고 몸까지 망치고 마는 예가, 아니 그것은 백이면 백이 다 그러한 것이다.

새파란 젊은 층들이 와서 약을 사 갈 때 우제는 썩 대답을 못하곤 했다.

"당신은 젊으신 양반이 왜 이런 데 입속을 하십니까. 끊어주십시오."

하고 알뜰히 타이르고 싶은 충동에 마음이 끓는 때문이었다. 그러나 팔기 위하여 열어놓은 장사다. 아니 팔 수도 없는 때문에 ―.

그리하여 이런 경우를 당하고 나면 우제는 말 없는 눈물을 아프게 삼키고 온종일 불안한 기분 속에서 벗어날 수가 없었다.

하루는 아침에 자고 일어나 문밖에 나서니 아편쟁이 하나가 토방 아래 죽어 넘어져 있었다. 가까이 가서 보니 어젯밤 자기의 손으로 팔목에 침을 놓아준 일이 있는 사십 전후의 조선 청년이었다.

그때 그 청년의 기상이 말이 아니기에 아편을 끊으라고 팔기를 주저하니 끊는 것은 나중 문제이고 맞아야 시제 사람이 살겠다는 죽는 짓을 하며 어서 놓아달라고 팔을 부르걷고 애원을 하였다.

이것은 아편쟁이의 누구나 하는 버릇이다. 우제는 눈 딱 감고 또 한 대를 그의 팔뚝에 되는대로 꿰어주었었다.

이제 그랬던 것이 원인이 되어 그의 주검을 눈앞에 놓고 어젯밤 일을 생각하니, 새삼스럽게 그 침 한 대를 종내 아끼었더라면 그 청년은 죽음의 길에서 구원을 받았을는지도 모를 것이 아닌가 하면 용서할 수 없는 죄를 진 듯이 마음이 두려웠다.

그러나 그동안에 약간의 이익을 내다보고 자기의 손으로 봉지를 지어준 그 하얀 가루는 몇천 명의 생명을 이제 앞으로 죽일는지 또는 자기 모르게 죽였는지 모를 것을 생각할 때에 우제는 그 노릇을 더 계속할 수가 없었다. 그것은 분명히 인류에의 죄악이었던 것이다. 어떤 사람은 확실히 이익이 날 것이니 색시 장사를 동업하자고 붙잡고 놓지 않는 것을 우제는 이제 그런 노릇은 다시 할 용기가 없어 이렇게 아니하고는 살 수 없는 것이 사람인가? 다시 그곳을 떠나 둘 곳 없는 심사에 어떻게 마음을 풀지를 몰라 쓸데없이 남북 만주를 무른 평초 같이 밟으며 돌아가기 시작했다.

5

그러나 다시 두 달 후였었다. 눈보라 몰아치는 섣달 중순의 어느 날 아침 우제는 고향의 K 읍 조그마한 역에서 차를 내리는 몸이었다.

어디를 가나 눈 뜨고 할 말이 없었고 그런지라 불안한 마음은 둘 곳이 없어 두 달 동안의 방랑이 아편 노름에서 확실히 손에 넣을 수 있었던 이백 원에 가까운 돈도 모두 술잔 위에 떠워버리고 손을 쓸 수가 없었던 것이다.

불그레하게 솟아오르는 아침 햇살을 등에 받으며 그래도 집이라고 우제는 찾아들었다.

마당에 들어서니 아버지는 반가워하는 기색을 숨기지는 못하나 당황한 빛에,

"너 인제 오누나—."

한마디의 인사가 있을 뿐,

"떠들지 말고 윗방으로 가만히 들어가거라."

하고 이상하게 입안에다 말을 넣고 속삭이다시피 이른다.

우제는 웬 까닭인지를 몰라 대답도 없이 멍하니 섰으니,

"네 아낙이 산고를 하는데 사람을 꺼려서 그런다."

하고 먼저 윗방 문을 조심스럽게 연다.

우제는 자기도 모르게 뒤따라 문 안에 발을 들여놓았다. 장지는 닫아서 보이지는 않으나 아랫방에서는 고통을 못 참는 산부의 신음성이 그칠 새 없이 흘러 올라오고 있다.

우제는 정신 빠진 사람처럼 앉지도 못하고 그대로 우뚝 서서 있었다. 이미 있는 자식도 자기에서는 과중한 부담이거든 그 위에 또 한 아이 생기다니, 이 고해에 무엇하러 그것이 또 기어 나와? 하나 그 다음 순간 우제는 확 하고 낯가죽이 달아오름을 참기 어려웠다. 분명히 부부의 관계에 있어서는 범연하지 않았던 자기임을 깨달은 때문이다. 아내를 사랑하였던 것도 아니요 아니 도리어 역겨움에 못 참는 적이 많았건만 그 관계에 있어선 역시 참을 수 없었던 것이 자기였던 것이다. 아! 이 5년 동안의 생활의 찌

게미! 오직 그것이 숨길 수 없이 드러나는 뚜렷한 생활이었던 것을 생각하니 부끄럽기 짝이 없어 고개도 못 들고 묵묵히 섰노라니,

"으아악! 으아악! 으악……."

하고 마침내 산성이 흘러 올라온다.

우제는 그 소리를 차마 들을 수가 없었다. 자꾸만 으악 하는 그 소리는 이 고해에 나를 왜 쏟아놓소. 능히 사람을 만들어줄 힘이 있소 하고 에미 애비를 원망하는 소리같이 들려 큰 죄나 짓는 것처럼 몸이 오싹거렸던 것이다.

"아들이와? 딸이와?"

그래도 아버지는 자손이 귀함인지 남녀의 구별에 궁금한 듯 장지를 방싯이 열며 마누라더러 묻는다.

"아들이외다."

"분명 아들이야? 귀하다 참 셋째로구나!"

아버지는 손자를 연달아 셋째나 보는 것이 장한 듯 새삼스럽게 기세를 높인다.

그러나 우제는 아들이라는 것이 더욱 과중한 짐인 듯, 그 무슨 강압 관념에 장쾌한 생각도 아무것도 없었다. 그리고 그저 안이한 마음이 무엇 때문이라고 꼬집어 말할 수는 없으면서도 못 견디게 줄어들음을 느낄 뿐이었다.

— 〈백광〉, 1935. 5.

연애삽화-戀愛揮話

1

두 달 전에 우리 학원으로 찾아온 여교원 마미령馬美鈴은 이상한 여자였다.

―중학을 마치고 전문까지 다니던 여자라면 취직을 하여도 그리 눈 낮은 데는 하지 않을 것인데 서울서 일부러 칠백 리나 되는 농촌의 개량 서당인 우리 학원으로 그것도 자진하여 보수도 없이 왔다는데 이상히 아니 볼 수 없는 것이요, 스물여섯이면 여자로서의 결혼 연령은 지났다고 볼 수 있는데 아직 시집을 아니 갔다는 것이 또 한 이유이다. 이따금 정신없이 우두커니 서서 무엇을 심심드리 생각하다가는 긴 한숨으로 끝을 맺는다는 것이 더욱 그 여자를 이상하게 보게 만드는 점이었다.

그리고 생각하면 미령이가 우리 학원으로 오게 된 동기부터 이 상한 데 있었다.

C 일보 '독자 이용란'이라는 것을 통하여 하루는 농촌에 있는 사립 소학교로서 경비 부족으로 교원을 못 쓰는 학교가 많은 듯 하오니 어디든지 기별만 하시면 원근을 물론하고 찾아가서 힘 가 는 데까지 조력을 해드리고자 합니다 하는 기사를 보고 때마침 교원 문제로 쩔쩔매던 우리 학원에서는 아직 학교로서의 양식조 차 이루지 못한 존재였으므로 웬걸 하면서도 만일을 위하여 엽서 한 장을 띄웠더니 두말없이 승낙을 하고 찾아온 여자가 미령이다.

그래서 우리 학원에서는 무산 아동을 위하여 나선 여자라고 귀 엽게 두렵게 우러러 그리고 감사하게 맞았다.

그러나 무산 아동의 교육을 본위로 나선 여자라면 학원의 설비 같은 것은 문제도 삼지 않을 것인데 걸상, 책상 하나 없고 삿자리 만을 깔아놓은 너무도 초라한 존재에 놀라며 공연히 찾아왔다고 후회하는 빛이 보일 때 학원을 위하여 짐짓 컸던 우리들의 기대 는 여지없이 깨어지고 말았다. 며칠도 못 되어서 그는 다시 돌아 가려고까지 기회를 엿보고 있는 것이 아니였던가!

숙소도 비교적 거처에 편할 만한 곳을 택하여 우리 마을 잡고 도 가장 깨끗하다는 집 사랑방을 한 채 얻어서 따로이 맡겼건만 2, 3일이 지나도 행리도 풀지 아니하고 이불만 뎅그러니 자고는 일어났다.

그러던 것이 자기를 지성으로 대하는 학원의 정성에 감화되어 떠나지를 못하여 며칠을 지나는 가운데 이러한 학원의 존재로서 는 너무도 지나칠 만큼 인격자들의 교원들임에 그는 놀라는 한편 여기에 마음이 기울어져 아주 있기로 마음을 재우고 행리를 풀어 놓았다는 것이 우리들의 추측에서 뿐이 아니라 그것은 분명한 사실이었다.

어떻게 핑계를 대면 집으로 돌아갈까 궁리를 하던 끝에 미령은 자기의 집에다 아버지 병환이 위독하니 빨리 올라오라고 기별을 하여달라고 편지를 부쳐놓고서 회답이 왔으면 하고 기다리는 동안에 교원들의 이력을 알게 되매 마음의 위안을 느끼어 급기야 받은 회답은 오히려 학원의 눈에 뜨일까 두렵게 찢어버리고 그런 티도 없이 있었다는 것을 얼마 후 미령을 동무하느라고 같이 자며 묻혀놓던 그 주인집 딸 신덕에게서 자세히 들을 수 있었다.

그러나 미령이가 학원을 위해서 있었던 것이 아니요, 교원들이 인격자들이기 때문에 있었다는 그 이유가 어데 잠재해 있을 것인가는 아직도 알 수 없다.

하지만 미령이가 우리 학원 꼴을 보아서 교원들만은 상당하다고 본 것은 그리 잘못은 아니었다. 오직 나 자신만이 이 학원의 10년 전 야학 당시의 수료밖에 없는 미미한 존재이었을 뿐이고 그밖에 세 분 교원은 모두 간판이 좋았다. H 대학을 나온 서 선생 S 전문을 마친 이 선생, 그리고 졸업까지는 못했지만 최 선생도 M 대학을 맛본 이였던 것이다.

그러나 내용을 알고 보면 이들은 다 가사에 관계하는 분들이어서 교원이라는 명목만은 걸어놓았으나 학원에 전력은 못 쓰고 틈 있는 대로 시간을 보게 되는 것이므로 열흘이면 닷새는 출근을 못 했다. 더구나 손수 농사까지 짓지 않으면 먹고 지낼 수가 없는 처지이어서 이렇게 보는 시간도 겨울 한동안이었고 봄을 잡으면서 가을 추수 때까지는 어쩔 수가 없었다.

하므로 우리 학원에서는 전임으로 일을 보아줄 의무교원을 구하여오던 차 우연히도 이번에 마 선생을 맞게 된 것이었다.

그러나 급기야 마 선생에게 학원의 전 책임은 맡겼으나 마 선생은 학원을 위하는 빛은 조금도 없고 그저 월급에 뜻을 맨 교원처럼 상학종이 울리면 마지못해 들어가고 하학종이 울리면 시원한 듯이 나오고 할 뿐이었다. 그러면서 무엇엔지 일상 기분을 좋게 못 가지고 늘 우울한 태도로 지냈다.

하학이 되면 교원끼리 사무실에 모여 앉아 놀 때에도 마 선생은 우울한 속에서 기분을 고쳐 즐기려 하였고 또는 어디까지든지 모든 것을 잊고 지내려는 듯이 지나기로 애를 쓰는 빛이 보였다.

그러나 그러다가도 불현듯 우울한 기분에 잠기어 고개를 푹 숙이고 무엇인지를 심심드리 생각하는 것이었다.

그래서 언제인가 한번은 서 선생이

"마 선생, 기분이 늘 좋지 못한 것 같으니 무슨 불편한 일이나……."

"아네요. 무슨…… 제가 머…… 그렇게 뵈세요? 저는 머 별로……."

하고 그것은 천만의 소리라는 듯이 대답을 한다.

"그래도 무슨 수심이 있는 것 같은데요."

"글쎄요. 그렇다면 그것은 제 천성인 게지요."

한다.

그러니 서 선생은 더 캐물을 수도 없어 잠자코 말았거니와 그 후부터 마 선생은 자기의 그러한 태도가 교원들의 이상한 주시를 받게 된 것 같아서 어디까지든지 자연한 태도를 취하려고 하나 그것은 언제까지든지 부자연한 태도로 나타나 우리들로 하여금 의혹해하는 점에서 벗어나지 못하게 하였던 것이다.

2

마 선생의 가정은 비교적 부유한 편이라고 볼 수 있었다. 아침 저녁으로의 식사밖에 용처 한 푼 이렇다 인사에 간단한 우리 학원이었으나 그는 쓰단 말도 없이 매삭 2, 30원씩의 용처를 집에서 가져다 썼다.

그러면서 그는 거기에게 그만한 물질로서의 여유가 있다는 것을 내세우고 스스로 높이 앉아 그것으로 자기의 인격을 돋우어 보이려고 하였다. 찬 같은 것도 우리 학원으로서 대접하는 이외에 쇠고기니 달걀이니 자기의 돈으로 실상 사 오며 그리고 농촌에서는 구경도 할 수 없는 라이스 카레이니 돔부리니 하는 음식을 손수 만들어선 때때로 우리 교원들을 청해다가 한 배 반씩 내곤 했다.

이것도 그가 우리를 대접하기 위한 성의에서라기보다는 자기의 솜씨를 자랑하기 위한 데라고 볼 수 있었다. 그는 어디까지든지 우리로 하여금 고상히 보게끔 자신을 내세우기에 무척 애를 쓰는 빛이 보였다. 의복 범절로 보더라도 값비싼 비단과 모물이 아니고는 입지 않았다. 이것도 한두 벌에 그치는 것이 아니요, 우리 학원으로 가지고 들어온 것만 해도 수십여 벌이나 되어 버들고리 두 개가 모두 의복이라는 것이었다.

그래서 마 선생은 이것으로 하루 걸러 옷을 바꾸어 입었다. 어떤 때는 하루에도 수삼 차씩 바꾸기를 반복하는 적도 종종 있었다. 그리고 이것은 그의 가장 게을리하지 않는 일과의 하나였다.

하니 쑥덕거리기 좋아하는 마을 사람들은 마 선생을 칠면조라고 조롱 삼아 부르게 되었다.

그런데 마 선생을 칠면조라고 부르게까지 되기에는 그 의복이 때때로 바뀌는 데서였지만 그렇게 불러놓고 보니 왼쪽 눈초리를 기점으로 귀밑과의 사이에 조선의 지도형으로 생긴 꽤 커다란 허물이 칠면조의 아룻볕 모양으로 비하기에 적당하다 하여 손뼉을 치며 웃음으로 지어놓은 이름이 그냥 굳어지고 만 것이다.

그러니 말이지 이 허물은 참으로 그 여자로 하여금 치명적인 상처였다. 미인이라고는 볼 수 없으나 좀 길짓하게 생긴 혈색 고운 얼굴이 그 윤곽만은 수수하게 생겼는데 이 허물로 말미암아 미령에게서 여자로서의 미를 절반이나 빼앗는 것으로 이는 보는 사람마다의 아까워하는 점이었다.

여자의 생명이라고도 볼 수 있는 그 얼굴에 이렇게 보기 흉한 허물이 그 자신으로서도 마음에 아니 거리낄 수가 없어 일상 화장을 짙게 하여 그 허물을 감추기에 애를 쓰나 그것으로 사람의 눈을 속일 수는 없었다.

미혼 여자로서의 미령이가 여기에 번민을 갖는다고 보는 것도 무리한 추측이라고는 할 수 없지만 또한 그렇다고만 하기엔 미령의 수심은 보다 더 심한 상처에 있다고 하기에 족한 정도의 태도였다.

그리하여 미령의 태도에 있어서 까닭도 모를 수수께끼는 날이 갈수록 깊어갔다. 그러면서도 미령의 인망[1]은 조금도 떨어지지 않고 인근 일대의 앙모[2]를 한몸에 받았다.

무산 아동을 위하여 농촌으로 찾아왔다는 빛 좋은 간판이 인근에 와자하니 퍼지어 본래 오십 명밖에 안 되는 학생이 배나 늘어백여 명에 달하여 학교로서의 빛도 날 뿐 아니라 월사금의 수입도 전의 배나 늘게 되니 첫째 학교의 경비에 있어 군색을 어느 정도까지 벗어나게 되었기 때문이다.

그리하여 학원에는 정성 없는 그였건만 학교 당국으로서는 그를 허스러이 대할 수가 없었다.

그러한 가운데 이 여자 때문에 우리 교원들은 전에 없는 특별한 정성으로 학원을 위하게 된 것이니 틈을 타서 가르치던 교원들은 미령이가 오게 되자부터 알 수 없이 그것이 남자의 본능이라 할까, 하여튼 다른 아무 의미도 없으면서 여자와의 접촉을 즐거하며 가사 이후에 학교이던 것이 학교 이후에 가사로 돌아졌던 것이다. 사십이 넘은 늙은 교장까지도 매일같이 출근하여 이 학기 초부터의 출근부는 예전에 없이 빨간 도장이 나란히 박히곤 했다.

그래 일상 교원이 모자라서 한 사람이 두 반 혹은 세 반을 맡아 가지고 분주히 돌아가도 오히려 감당에 어렵던 것이 한두 사람은 늘 남아 돌아갔다. 그래서 이것을 본 동리 사람들은 마 선생에게 모두 미쳤다고 하였다.

1 人望, 세상 사람이 우러러 믿고 따르는 덕성.
2 仰慕, 덕망이나 인품 때문에 우러르고 사모함.

그러나 교원들은 이런 시비는 들은 체도 아니하고 밥숟갈을 놓으면은 그저 학원으로 기어 올랐다. 그러고는 하학을 하여도 헤어지지 않고 사무실에 모여들 앉아 쓸데없이들 시시덕거렸다.

이렇게 놀며 지나기를 미령이 또한 원하는 것이어서 그의 기분을 즐겁게 하여 항상 우울한 가운데서 미간의 주름을 못 펴는 그를 어떻게 해서라도 잊게 해주려는 것이 교원들의 누구나 다 같이 애쓰는 것이었다. 이것은 단순히 미령의 마음만을 즐겁게 하여주기 위한 것이 아니요, 미령이가 즐거워하는 것을 봄으로 자기네들도 즐거움을 느끼는 때문이다.

나는 미령의 마음을 위로하여주고 싶은 마음은 누구보다도 허스럽지 않았다. 그래서 나는 그가 우울하여 할 때마다 노래를 불러서 그의 마음을 위로하려고 했다. 노래는 가장 나의 좋아하는 것으로 그렇지 않아도 늘 불러가지고 있던 나였지만 미령을 위하여 노래를 부를 때 내 마음은 이를 데 없이 즐거웠다.

미령이도 성대는 그리 좋은 편은 아니었지만 노래는 퍽으나 좋아서 불렀다. 속된 유행가까지도 그는 모르는 것이 없었다.

그러나 여자가 함부로 노래를 부르면 자기의 위신에 관계되는 것을 꺼리는지 혼자로서는 절대로 입을 벌리지 아니하고 내가 시작을 하여야만 따라서 그리고 흥에 겨워 불렀다. 그리하여 우리 둘의 합창 소리는 사무실이 떠나갈 듯이 때로 불러졌다.

하지만 다른 교원들은 미령이와 내가 단둘이 늘 흥에 겨워서 부르는 노래를 싫어했다. 미령이가 즐거워하는 것은 싫을 이치가 없었지마는 내가 미령을 즐겁게 하는 것이 그들로 하여금 질투심을 일으키게 한 것이었다.

이것은 교장도 마음에 걸렸던지 하루는,

"이제부터 고성으로 창가를 사무실 안에서 주거니 받거니 하는 것은 주의를 해야 되겠네. 우선 동네 사람들의 시비도 시비려니와 학교의 체면으로서도 안 되었으니까…….."

하고 주는 주의도 받았지만 사실 동네에서도 꽤 떠든 모양이었다. 이런 소문이 어떻게 내 아내의 귀에까지 미쳤는지 본래 질투가 심한 내 아내는 폐결핵으로 3년째나 누워서 오늘내일하고 있는 목숨이 내가 학교로부터 돌아오기만 하면 뭘 하다 지금에야 오느냐고 꼬집어 물으며 자기 듣는 데도 창가를 좀 불러 달라고 물어뜯곤 했다.

해서 나는 그 후부터 남들의 숙덕거리는 소리도 듣기 싫고 또 내 아내의 심신을 괴롭히는 것이 병에 영향이 미칠 것이므로 나는 그 후부터는 일체 노래는 입 밖에 내지 않았다.

그러나 날이 갈수록 낯이 익어져 농담 같은 것도 함부로 건네게 된 미령이는 부끄럼 없이, 거리낌 없이, 혼자 노래를 불러서 울적한 심사를 푸는 것이었다.

그리하여 노랫소리는 여전히 우리 학원 사무실 안에서 그칠 줄을 몰랐다.

3

가을이 깊어 학원의 화단에 만발하였던 코스모스도 된서리에 떨어져 후줄근히 늘어지고, 운동장에는 벌써 포플러 잎이 한 잎

두 잎 떨어져 데굴데굴 굴며 마주치는 소리가 살랑거렸다.

마을에서도 추수가 다 되고 농촌으로서의 한가한 시절은 찾아 오고 있었다.

우리 학원에서는 농한기를 이용하여 야학을 또 시작했다. 그래서 밤까지도 교원들은 부지런히 학원으로 모였다가는 헤어지지 않고 12시까지 지절거리며 시간 가는 것을 아꼈다.

하룻밤은 누구의 제의로이든지 하학 후에 조조曹操잡이를 시작하게 된 것이 미령이는 여기에 무한한 흥미를 느끼어 밤마다 조조잡이를 하자고 졸랐다. 우리들은 거기에 그토록 흥미를 느끼는 것이 아니었지만 미령이의 청이라 싫더라도 거역하지 못하고 조조잡이는 시행이 되곤 했다.

이렇게 지나가기를 아마 한 보름이나 계속하였을까 한 때였다.

이날 밤은 미령이가 특별히 나의 곁을 바투 당기는 눈치이더니 한번은 조조를 잡게 되었을 때 그때도 미령은 나와 바투 앉아서 눈을 델편델편 굴리며 찰색을 하더니 별안간

"선생님 내놓세요(조조를)."

하고 나의 손목을 붙드는데 손안에 조조 패는 보려고도 아니하고 특별히 힘을 주어 손목만 잡는 것이었다.

나는 이상했다. 손목을 서로 붙들며 놀던 일을 볼 때 얼마 전부터 있어오던 것이지만 어디인지 그 붙드는 것은 아무리 해도 그 의미가 다른 데 있는 것 같았다. 나는 어쩔 줄을 모르고

"조조 아니외다."

하며 관운장을 들고 있던 패를 내놓고 조조잡이에는 정신이 없이 여러 가지로 딴생각을 해보며 그의 태만 살피고 있노라니 재

차 조조 패를 잡게 되었던 미령이는

"선생님 이번에야 어디……."

하고 또다시 아까 모양으로 나의 손목을 잡아 쥔다. 자기의 태도를 내가 몰라주는 것이 안타까운 듯이 열정에 타는 빛나는 눈으로 이상히 나를 쏘아보며 —.

순간, 더 의심할 여지가 없는 나는 아하! 연애! 하고 뛰는 가슴을 억제하지 못했다.

"나는 시집 안 가요. 독신으로 사는 게 얼마나 신성한데요."

하고 서로 이야기하던 그의 말을 믿어서가 아니라 여자로서의 그 대담한 행동에 나는 짐짓 놀랐던 것이다.

그리고 그 여자의 나에게 대하는 대담한 짓이 좌중의 눈에 채이지나 않았나 무슨 죄나 범한 듯이 확확 달아오는 얼굴을 느끼며 그 여자가 나의 팔목을 어서 놓게 하기 위하여 손에 패를 얼른 집어 던지려니까 조조를 들고 몸이 달았던 이 선생은 멋도 모르고

"아하하 조존 내게 있어. 하하하."

하고 시원한 듯이 웃음을 친다.

그러나 다른 군들은 나만 바라보고 있는 것 같아 어찌할 바를 모르다가 나도 하하 하고 부자연한 웃음을 맞받아 웃으며 패를 내던졌다.

그러고는 미령이가 아내 있는 나에게 연애를 걸다니 하고 가만히 생각을 해보니 그에 대한 의문은 더욱 깊어지는 것이었다.

상당한 지식을 가진 여성으로 더구나 도시에서 생장한 여자가 근 삼십이 되도록 독신으로 지내다가 아무러한 지식도 없는 한낱 농부에 지나지 못하는 미미한 존재인 나에게 연애를 건다는 것은

아무리 생각해도 모를 일인 것이다. 설혹 연애를 건다 하여도 우리 학원 가운데서도 학식은 물론 재산이나 인물에 있어서까지도 서, 이, 최 제 선생이 다 나보다는 눈 높이 보일 것인데 하필 나를 골라잡는다는 것이다. 그것도 내가 먼저 그러한 눈치를 주었다면 모를 일이어니와 이러한 태도는 도리어 서 선생에게서 찾을 수 있었다. 그러면 나의 아내가 불치의 병으로 누웠으매 으레 죽고 말 것을 짐작하여 나에게 넌지시 예비조건으로 눈치를 보여주는 것인가 이렇게 생각해보려고 해도 서 선생도 아내는 없는 사람이다.

"아 — 연애란 참 이상한 것이군!"

이렇게밖에 더 결론을 지을 수 없는 나는 뒤숭숭한 생각에 그 밤은 밤새도록 잠을 못 이뤘다.

아직 어떤 여자로부터 단 한 번의 추파도 주고받아본 적이 없이 연애란 오직 활자 속에서밖에 구경해본 일이 없는 내가 이제 난생처음으로 그것도 대담하게 팔목을 붙들리고 보니 그것이 싫지는 않건만 어쩐지 두려웠다. 첫째 나에게는 아내가 있지 않나? 그리고 연애를 한다면 그것은 무슨 큰일을 저질러 놓는 것도 같기 때문에.

4

한 10일 후였다. 첫눈이 내리기 시작하는 날 나의 아내는 마침내 세상을 떠나고 말았다.

이 일 때문에 나는 학원에를 못 가다가 7, 8일 만에 가니 미령의 태도는 전에 찾을 수 없는 명랑한 기분이었다.

"말 못 된 얘기는 다 말할 수 없죠만 거 원 참 그렇게도……."

하고 미령은 고개를 숙인다.

"할 수 있습니까?"

내 말이 떨어지기도 전에,

"멀 — 이 군이야(나) 땡 잡았지 더 고운 색시 얻을 텐데 —."

하고 서 선생이 농을 붙인다.

"그럼요. 바루 말하면 남자들야 무슨 관계가 있습니까?"

그리고, 미령이는 가볍게 한숨을 쉰다.

색안경으로 늘 그를 비춰 보려고 해서 그런지 그 한숨 속에는 무슨 애수가 담기운 듯했다. 그러나 전날 쉬던 한숨보다는 퍽이나 가벼운 명랑성을 띤 것이었다.

며칠이 지난 어느 날 석양이었다. 그날은 마침 볼일들이 있다고 하학이 되자 교원들은 다 돌아가고 사무실에는 미령과 나와 단둘이만 남아 있게 되었다.

소제하던 아이들까지 다 돌아가고 학원 안이 고요하여졌을 때 테이블 위에 놓인 신문지 여백에다 쓸데없이 연필로 무엇인지 끄적이고 앉았더니

"선생님 저를 어떻게 생각하세요?"

하고 약간 떨리는 음성으로 반쯤 고개를 든다.

나는 벌써 속으로 지난날의 조조 잡던 그날 밤 일을 연상하고 가슴이 뜨끔하였다.

"네? 선생님! 저는 그동안 선생님의 말씀을 얼마나 기다렸는지 몰라요!"

그리고 엄숙한 빛을 띤 얼굴에 열정에 타는 눈이 대담하게도 나를 쏘아본다.

나는 대답에 궁했다. 나는 실상 나를 사랑하는 미령이가 싫지 않았다. 나도 그동안 미령으로부터의 태도를 살피며 적지 않게 혼자 속을 태워온 것이 사실이다.

그러나 연애를 한다면? 하고 뒤에 올 두려움이 사랑의 불길을 가로 막고 서는 것을 얼마나 애달파했는지 모른다.

하지만 지금은 아내가 없는 나이다. 그 여자를 사랑하는 데는 얼마쯤 몸이 가벼워진 듯했다. 하나 무엇 때문인지 사랑해서는 안 될 것만 같았다. 하면서도 내가 사랑을 받지 않을 때 그 여자는 얼마나 나 때문에 마음이 괴로울고 생각하는 순간 나는 다음과 같은 말이 끝날 때에야 그렇게 대답할 줄을 알았다.

"마 선생만 저를 사랑하여주신다면……."

그리고 다음 순간에는 상배[3]한 지 한 달도 못 된 놈이 이 말 한 마디가 죽은 아내에게 무던히도 미안스럽고 좀 더 나아가선 무슨 죄까지 짓는 것 같아 소름이 확 하고 느끼어짐을 느끼었다.

"저는 언제부터 선생님을 사랑하고 있었는지 몰라요."

그리고 숨었던 한숨이 밀려 나오는 듯이 길게도 고이 쉬며 짓는 미소는 내가 미령이를 알게 된 후 처음 볼 수 있는 아름다운 미소였다.

이것을 보면 미령이가 나 때문에 얼마나 마음이 괴로웠더라는 것을 짐작할 수 있었으나 나는 그의 괴로워함만을 위하여 더 말

---

3 喪配. '상처'를 높여 이르는 말.

할 용기가 없었다. 만일 이때에 교장만 들어서지 않고 단둘이 있게 맡기어두었던들 나는 얼마나 대답에 땀을 흘렸을지 몰랐을 것이다.

그래서 그 후부터 나는 미령이와 단둘이 있어지는 기회를 될 수 있는 대로 피하려고 했다. 미령이가 싫지는 않으면서도 아니 사랑한다고 내 마음조차 허락하면서 그 마음을 똑바로 밝히기가 두려워 퍽이나 괴로웠다. 학교 일도 집안일도 마음이 들떠서 아무런 성의도 생기지 않았다. 그러한 가운데 교원들은 미령이와 나와의 관계를 무엇에선지 눈치를 챈 듯했다. 이것을 보니 나는 더욱 생각이 많아졌다.

내가 만일 미령이와 영원히 살진댄 모르지만 그렇게 못 될 바에야 이런 시비 저런 시비 남의 눈치 위에서 돌아갈 필요도 없고 또는 우리가 아동의 교육을 위하여 데려온 여자를 교원 중의 한 사람인 나로서 관계를 갖는다. 내 자신으로서도 그렇거니와 같이 있는 교원들의 체면, 좀 더 나아가선 학교라는 덩어리를 위하여서의 불명예라는 것을 생각하면 단연히 관계를 끊고 이 경계선에서 어서 벗어나 바른길로 내 몸을 이끌어가야 할 것이 무엇보다의 급무 같았다. 뿐만 아니라 나에게는 소위 현대 인텔리 여성이 손톱만큼도 필요한 점이 없었다. 나는 놀고먹을 처지가 못 된다. 내 아내 될 사람은 나와 같이 농사꾼이어야 할 것이다. 그래서 종아리를 에어내는 눈석임물에 들어서서 씨를 뿌려야 하고 숨이 막히는 햇볕 아래서 김을 매야 한다. 그리고 가을에는 그것을 베어서 등짐으로까지 져 들여야 한다. 미령은 그것을 과연 감당할 것인가? 아니다. 미령의 손은 너무도 보드랍고 옷가지는 너무도 사치하다. 만일 미령이가 나의 아내로서의 이러한 조건에 마음을 굳게 갖는다 하더라도 이런 고통을 이겨낼 만한 억센 힘은 이미 배양조차 못 한 그이다. 나의 아내로서의 자격은 그가 나를 사랑한다는 그것밖에 없다. 그러나 그것도 그 힘이 내 마음을 위로하지 못할 때 그 사랑은 걸지 못한 땅 위에 선 꽃나무와 같이 이글이글하는 원만한 꽃송이를 피워내지 못할 것이다.

나는 단연히 미령이를 잊지 않아서는 안 될 것 같았다.

그러나 나를 사랑하는 그 사랑의 마음이 알 수 없는 그 무슨 힘으로인지 이끌어 그렇게도 나에게 바치는 열렬한 사랑을 나는 모릅네 하고 새파랗게 금을 그어놓음으로 괴로워할 미령의 마음을 헤아려볼 때 차마 꼬집어서 나의 태도를 밝히기는 어려운 노릇이었다.

그리고 보니 나에게 바치는 미령의 사랑은 점점 둥글어만 가는 것 같았다.

"제가 이 학원으로 오게 된 것이 우연한 기회에서는 아닌 것 같애요."

이렇게 주는 말에도 대답에 간난을 보는 것이

"수교 씨! 저 밭을 한 떼기 살래요. 사과 재배에 적당한……."

이러한 말까지 받게 됨에랴! 어느덧 선생에서 수교 씨로 나를 부르는 대명사는 바뀌어졌고 그리고 은근히 살림 차비까지 의논하여보는 것이 아닌가!

"이 지방은 사과에 의토가 못 됩니다. 질땅이어야 되는 것인데 여기는 전부가 모래땅입니다."

"양계는 어떨까요?"

"더구나 양계! 그것은 판로가 있어야 아니합니까?"

나는 요리조리 핑계를 하여 넘으며 공연히 나의 태도를 똑바로 밝히지 못하고 미령으로 하여금 나를 이렇게까지 믿게 만들어놓은 것을 후회하여 마지않았다.

5

겨울방학이 되자 낮에는 비교적 한가하였다.

나는 이 기회를 이용하여 오랫동안 아내의 누워서 앓던 방을 좀 수리해볼 양으로 하루는 벽에다 신문을 바르고 있노라니 누이동생이 신문지에서 그림을 구경하노라고 신문지를 뒤지고 앉았더니 별안간

"오래비!"

하고 부른다.

"왜?"

나의 대답이 떨어지기가 바쁘게

"여기 마 선생이 있어 이게 웬일이야!"

하면서 신문지 한 장을 들어 보인다.

"뭐야?"

나는 신문에 풀칠을 하다 말고 고개를 들어보니 눈에 뜨이는 타원형의 한 개 사진은 참으로 마 선생과 비슷했다. 아니 자세히 들여다보니 그것은 흡사했다. 만일 신문에 미령의 사진이 있으리라는 선입견을 가지고 보았던들 단박에 그리고 아니 할 수 없을

정도의 미령 그대로였다.

그러고 보니 그 신문지를 그대로 놓고 말게끔 부질없는 생각은 두지를 않아 그 사진의 임자를 더듬어 찾아보니 '馬美龍(가명)'이라고 썼었다. 그리고 현재의 미령의 집 주소에서 글자 한 자 틀리지 않았다. 그러니 이것이 마미령의 가명이라고 아니 볼 수가 있으랴!

나는 기사로 눈을 옮겼다.

'무엇이 그 여자를 그렇게 만들었나?'

라는 커다란 활자로 된 기역자 형의 제목을 읽고 다음 순간 놀람을 마지못했다.

그 옆에 '자살을 도모하기까지의 경로'라는 소제목을 찾을 수 있었거니와 이 기사는 소설식으로 4, 5회를 계속하여 내던 것으로 4년 전 봄에 신문이 배달되기가 바쁘게 주워 읽고 그 여자로 하여금 세상을 저주하지 아니치 못하게 된 동기에 눈물겨워 동정하는 맘으로 일시는 우리 학원 안에서도 커다란 화제가 되던 그 기사였다.

하니 이제 그 주인공이던 여자가 우리 학원의 교원으로 아니 나를 사랑하는 여자가 되어 있는 것을 알 때에 어찌 놀라지 않을 수 있으랴.

나는 신문 뭉치에서 5회까지의 기사를 찾아내려고 산산히 풀어헤치고 뒤졌으나 이미 나선 '1'밖에 찾을 수가 없었다.

그러나 그때의 묵은 기억으로서도 그 기사의 문면은 아직도 머리에 새롭다.

세 번째의 실연—S 여고보 3년 때 어느 동무의 오빠의 동무라는 동경 유학생으로 첫사랑의 꽃이 1년을 남아두고 피어오다가 철석같은 언약으로 남자의 간절한 청을 차마 거역하지 못한 그 일순간이 다음 순간에는 남자로서의 한낱 향락의 도구로서밖에 지나지 못하였던 것을 알았다.

그리하여 처녀로서의 생명을 잃은 미령이는 남모르게 혼자 애를 태우며 눈물을 삼켜오다가 모든 것을 단념하고 오직 공부에 전심하여 우수한 성적으로 그 학교를 졸업하고 전문으로 들어가 꾸준히 학업을 계속하여오다가 졸업을 전후해서 우연히 알게 된 어떤 전문학생과 교제를 하여오던 것이 그 학생에게서의 모든 조건을 갖추었다고 찾게 된 것이 모르는 사이에 지난날의 상처는 잊은 듯 사랑의 움이 싹트기 시작하여 스위트홈의 꿈속에서 청춘의 피는 끓을 대로 끓어 그야말로 그 학생을 순정으로 사랑하게 되었다.

그러나 그 학생에게서 찾을 수 있던 온갖 미점은 역시 일시의 불타는 욕심에 미령을 끌기 위한 가면 속에서의 짓인 것을 다시금 경험하고 났을 때 미령이는 모든 남성을 저주하는 나머지 세상을 비관하게 되었다. 학교도 집어치우고 두문불출로 1년을 방구석에서 히스테리에 가까운 상태에서 빚어낸 온갖 공상이 그 여자로 하여금 전율할 생의 변화에로 이끌어냈다.

현대의 모든 남성을 저주하고 세상이 비관 될 때 여자로서의 자기의 존재도 그것을 상대로서밖에 더 나아가서는 있지 않을 것 같았다. 그리하여 치욕의 생과 영예의 사 두 갈래 길에서 방황을 하였으나 오늘까지 받아온 수양이 자리 잡고 앉은 양심은 차마 치욕의 생을 찾을 수가 없어 일시는 영예의 사를 바른길로 자살을 꾀하여오다가 더러운 세상으로부터 받는 능욕이 너무도 분하여 살진댄 복수라도 하여보자는 무서운 생의 힘이 머리를 들고 서둘러 마침내 몸을 카페에 던져 문명의 세례를 받고 젠체하는 모든 남성을 줌 안에 넣고 자기의 에로틱한 웃음에 머리를 숙여 가며 침을 삼키고 날뛰는 그들을 봄으로 행동을 일삼아왔다.

그러나 미령은 여자였다. 그리고 아직 20이라는 청춘의 끓는 피가 혈관을 뜨겁게 오르내리고 있었다. 아무리 악마 같은 사내들이 추악한 존재이었으나 그 추악한 속에서도 이성으로서의 알 수 없는 매력이 안타깝게도 끌어 사람으로서의 본능인 청승맞은 사랑의 얄궂은 새는 미래를 부르게 되었으니 자기를 천사같이 따라다니던 어떤 시인을 못 잊는 것이었다.

그러나 그 시인은 카페의 여급이라는 성질에서밖에 더 나아가서 미령을 대하려고는 하지 않았다.

그래서 세 번째 실연을 당한 미령이는 자기 역시 사람이요, 여자인 것을 이제 쫓아 깨닫고 지난날 꾀하던 자살의 쓸데없는 연장이었던 것을 뉘우침과 동시에 이 현실에선 죽음이라는 데 대하여 한 점의 미련도 없이 바야흐로 봄이 무르녹기 시작하는 잔 물살 위에 황혼의 그림자가 신비롭게 물든 한강의 푸른 물속으로 뛰어들었던 것이다.

그러나 세상은 이름 그대로의 고해였다. 이것이 그만 용산서원의 눈에 띄어 즉석에서 구호선을 저어 경찰은 기어코 성공을 하고야 말았다.

"저, 절, 그대로 버려두세요. 저를 살려내가지고는 또 짓밟아주렵니까. 남이 아파하는 것을 보는 것이 그렇게도 즐겁습니까? 뇌

요. 놔."

하면서 발버둥 치는 것을 마침내 배 위에다 끄집어 올려놓으니

"놔요, 놔요. 저 악마들! 이 악마들! 이 악마 쌈지들!"

하고 이를 악물고 손을 뿌리쳐 왼쪽 눈초리를 손톱으로 박아 쥐고 당기어 제 손으로 상처를 남겼다는 것이다.

이까지 묵은 기억을 짜내던 나는 그제서야 마 선생의 눈초리 뒷허물을 연상하고 이렇게까지 하지 않고는 견디지 못하게 비친 현실은 얼마나 그 여자의 마음을 괴롭히며 있었더라는 것을 짐작케 하였다.

그리고 그 후 4년 동안에 있어서 그 여자의 생활이 어떠하였는지는 그것은 알 수 없는 일이지만 이런 사실로 미루어볼 때 오늘까지의 비관하는 태도로 우울한 속에서 날을 보내던 그 심정이 이 사실에 관련해서일 것은 틀림없는 것 같았다.

무산 아동을 위해서는 아닌 여자가 일부러 시골의 보잘것없는 우리 학원으로 찾아오게 된 것도 이 사실에 관련된 것 같고, 더욱이 나를 사랑하는 데서? 하고 생각할 때 그 여자는 4년 전 카페에 들어가던 그때의 심리와 같은 동기에서 남성에의 복수를 위하는 수단에 내가 걸린 것은 아닌가? 나는 문득 이런 생각을 아니 해볼 수 없었다.

그러나 다음 순간 그 여자의 사람이 참으로 열정적인 것에서 다시금 저울질해볼 때 아무리 해도 그런 것 같지는 않고 사람으로서의 본능을 버리지 못하는 데서의 순진성이 있는 것 같았다. 그리고 나는 그러리라고 단정하고 싶었다. 만일 다른 의미에서 사람을 요구하는 것이라면 젠체하는 도회심에 물들은 사람을 상

대로 하는 것이 본의일 것이나 눈치를 달리 가지는 서 선생 같은 이는 꿈도 안 꾸고 나에게 사랑이 쏠리는 것을 볼 때 나에게 구하는 사랑만은 그런 의미를 참으로 넘어선 순진한 사랑이라고 아니 볼 수가 없었다.

그리고 생각하면 미령이가 우리 학원으로 찾아왔다는 동기도 다른 데 있을 것이 아니요, 비교적 현대 문명에 물들지 않은 농촌의 웬만한 순진한 지식 청년으로 사랑의 대상을 찾는 데 있다고 아니 볼 수 없다. 이제 생각하면 미령의 모든 행동이 그렇게 비치었거니와 첫째 우리 학원의 존재를 보고 다시 돌아가려던 것이 지식 청년들이 교원들이었음에 있었다는 사실이 증명하는 것이요, 그리고 그 근본 방침에의 성공을 위하는 것이 칠면조라는 이름까지 듣게 행동을 가졌다고 보여지는 것이었다.

이렇게 미령을 만들어놓고 보니 나의 마음은 더욱 괴로웠다. 농촌으로 찾아오기까지 그리고 나를 사랑하기까지에는 얼마만한 심뇌가 숨어 있었던 것일까?

그러나 나는 그의 사랑을 받을 수가 없는 것이다. 내가 그의 사랑을 거부함으로 나는 미령에게 사형을 내리는 잔인무도한 사람이 되는 것 같았으나 미령을 위하여 나는 내 생활의 태도를 그릇 가질 수는 없었던 것이다.

6

봄을 잡으면서 나는 김자수 딸과 약혼을 하여놓았다.

아내를 묻은 지도 몇 달 되지 않았을뿐더러 그럭저럭 미령의 마음도 늦구어줄 겸, 한 1년쯤은 지나서 재취를 하리라 하였으나 금년 농사할 생각을 하면 아내 없이는 할 수가 없었던 것이다. 작년에도 아내의 병으로 여름내 삯김을 처매게 되어 빚을 지게 되었거니 마침맞은 혼처가 나면 이 자리를 나는 놓칠 수가 없었다.

그리하여 슬그니 혼사를 지어놓고는 얼마 동안이라도 미령의 귀에 소문이 들리지 않도록 입을 봉해오며 미령에게 장차 어떻게 말을 하여야 될고? 만단으로 궁리를 하여오던 차 어느 날 미령이와 나는 단둘이 사송정으로 산보를 할 기회가 지어졌다.

무슨 불편한 일이 있는지 사흘째나 또 우울한 속에서 한숨을 쉬던 미령이는 조용히 무슨 할 말이 있는 듯이 애써 나를 사송정으로 이끄는 것이었다.

나는 그것이 한껏 두려우면서도 장가들 날도 앞으로 한 달 남짓밖에 남지 않았으므로 그 전으로 솔직하게 미리 사정을 말하는 것이 좋을 듯도 싶어서 조마조마한 마음을 붙잡아가며 잔디밭을 거닐었다.

"당신 같은 재사才士는 전 처음 보았세요."

배래 바위 밑까지 오르자 미령은 뚝불견 이런 소리를 하며 곁을 바투 든다.

나는 내 자신이 특별히 남다른 재주를 가지고 있는 것 같지는 않은데 일반은 나를 재사라고 불러주는 것을 나는 듣거니와 무슨 점이 이제 이 여자로 하여금 내가 재사로 보였는고? 이렇게 생각을 해보며 나는 되물었다.

"왜요?"

"글쎄 학교도 안 다녔다시는 분이 모든 방면에 남만 못한 게 계세요? 재사는 참 생이지지[4]하나봐!"

애교에 가까운 미소를 미령은 입가에 보인다.

"비행기 태웁니까."

"아녜요. 비행기는 누가…… 아이참 야속한 게 간판이지 당신 같이 풍부한 학식으로 '간판'만 가졌으면…… 간판을 얻으세요. 일본 같은 곳으로 가셔서."

"허! 요것이 원수랍니다."

나는 두 손가락으로 동그랗게 원을 만들어 보였다.

"생각만 계시다면 그야 걱정될 게 뭐 있어요, 그만한 거야 뭐 저래도."

나는 놀랐다. 이런 말을 하려고 나를 재사라고 어두를 꺼낼 줄은 몰랐던 것이다.

"말씀만 해도 고맙습니다. 그러나 어디 돈만 가지고 공부를 합니까?"

"왜요?"

"못해요."

"사정이 계세요."

"네."

"사정이 있을 게 뭐예요. 떠나면 그만이죠. 그렇게만 하신다면 저도 따라가서 밥을 지어드릴 테니깐. 얼마 안 가지고도 됩니다. 네? 봄으로 떠나게 하세요. 학비 걱정은 마시고요. 네!"

---

4 生而知之, 태어나면서부터 저절로 안다.

나는 땀을 냈다, 어떻게 대답을 해야 할지 몰라 얼른 담배를 내어 입에 물고 그것을 붙이는 것으로 핑계 삼아 어물어물하다가 아무래도 한 번 비극은 일어나고야 말 걸 하는 생각에서 이 기회에 말을 시원히 하여버리리라 마음을 단단히 조려 잡고

"저 저를 잊어주세요."

하고 말을 꺼내버렸다.

미령은 아무 말 없이 고개를 땅으로 떨어뜨린다.

"저는 사실 마 선생을 사랑할 자격이 없습니다. 마 선생 자신의 명예를 위하여 저를 잊어주시는 것이 행복이오리다. 초로에 묻혀 사는 일개 농군에게 출가를 하셨다면 세상은 선생님을 무엇으로 볼 것입니까? 그렇지 않아요?"

고개를 숙인 채 까딱 아니하고 서서 듣던 미령이는 물 송진 같은 하얀 눈물이 두 눈에 맺히며 잔디밭 위에 쓰러진다.

"여— 여— 여— 여— 보— 미— 미령 씨."

나는 미령의 팔을 붙잡았다. 미령은 흑흑 느낀다.

"일어나세요. 뭘 이러십니까. 사람들이 봅니다."

아무리 달래도 듣지 않고 미령은 더욱 소스라쳐 울 뿐이다.

"여 여보 마 선생. 마음을 돌리셔요. 저는 농사꾼입니다."

"저 저는 순진한 당신의 마음에 눈물을 흘리는 거예요. 저는 선생님이 얼마만큼 저를 사랑하여주시는 줄을 잘 알아요. 저를 버리는 선생님을 저는 원망하지 않으렵니다. 그저 사랑만으로는 원만한 가정을 이룰 수 없는 그 처지를 저는 저주할 따름이에요."

한참 흐느끼고 나서 다시

"선생님! 저는 필경 이렇게 될 줄을 미리 알았었어요. 사흘 전

저는 우연한 기회에 선생님의 일기장을 보았습니다. 용서하여주세요. 걷지 못한 땅 위에 선 꽃나무에는 이글이글하는 원만한 꽃송이는 피어날 수 없다고 적힌 것을 보았습니다. 그러나 선생님 저는 어디로 갑니까? 흐— 흐 흑흑—."

미령은 목까지 놓고 운다.

나는 미령의 손을 잡은 채 아무 말도 못 하고 정신없이 있었다.

한참이나 흐느끼던 미령은

"선생님! 마지막으로 불쌍한 저를……."

하고 말끝을 못 마치며 미령의 머리는 땅에 박은 채 내 손에 잡히운 팔을 끌어당긴다. 나는 팔목을 놓지 못하고 자석에 끌리는 한 개의 쇠못같이 가볍게 달려갔다.

그 순간 나는 아무런 의식도 몰랐다.

무엇에 놀랐는지 푸뜩 하고 머리 위를 날아 넘는 비둘기 스치는 소리에 놀라 눈을 주위에 살폈을 때에야 나는 내 무릎 위에 눈물 어린 미령의 얼굴이 놓여 있음을 깨달았다.

그러나 미령은 그냥 울고 있었다.

언제까지라도 그칠 줄을 모를 듯이 그냥 그냥 울었다.

그 후 미령은 몸이 괴롭다고 사흘째 학원에 나오지를 않고 자기 방에서 뒹굴더니 닷새 만엔가 우리 학원을 영원히 떠나갔다.

학원 안에서 교원들은 물론 온 동네에서까지라도 미령의 갑자기 떠나가는 그 연유를 몰라서 궁금해하며 종래의 의문에서 풀수 없던 수수께끼는 더욱 얼크러져 모여 앉으면 그 여자를 두고 수군거렸다.

그러나 나는 나도 모르는 체 누구에게도 나와의 관계는 물론 그 여자의 경력조차도 일체 입 밖에 내지 않았다.

— 〈신가정〉, 1935. 6.

심월 心月[1]

"이애 저 — 그 뒤란에 가두운 닭 모이 좀 줘라. 그만 깜박 잊었구나."

"건 줘서 뭘해요?"

"뭘하다니 — 종일 굶었겠으니 오즉 배가 고프겠니."

"아니 어머니두! 저녁에 잡을 걸 모인 줘서 뭘해요?"

"그래두 그렇지 않으니라. 아무리 잡을 거래두 목숨 있는 즘생이니 목숨이 있기까지야 배고픈 게 오즉 거북하겐? 왜 그 고방문에 쉬쌀이 있지!"

"어머넌 아니 벌써 두 신데 — 여섯 시문 머 제녁 질걸."

"무슨 계집애가 이르는 말을 그렇게 안 듣게 차부냐! 또⋯⋯?"

---

1 〈학등〉에 발표했을 당시의 제목은 〈금순이와 닭〉임.

자꾸만 우기는 어머니의 마음을 금순이는 거역할 수가 없었다.

배고플 것을 애처롭게 여길진댄 목숨을 끊기는 더욱 애처로울 것인데 그것은 조금도 생각지 않는 것 같은 어머니의 마음은 알 수가 없다고 금순이는 생각을 하며 고방문 안에 쉰쌀 바가지를 들고 뒤란으로 돌아가 한 줌을 푹 퍼서 가리 위로 떨어 주었다.

우두커니 쭈그리고 앉아서 눈만 껌벅거리던 닭은 성큼 일어서 모이를 쪼아 먹는다. 몇 시간 아니 있어 목숨이 끊길 것도 모르고 그저 먹어야 살겠다는 듯 그냥 그냥 쪼아 먹는다.

이것을 본 금순이의 마음은 까닭 없이 그 닭이 불쌍해 보였다. 사랑은 받으면서도 목숨은 빼앗겨야 한다. 그것은 닭의 목숨이다. 어머니의 엄령에 아니 받을 수 없는 닭의 운명이다. 열 마리나 남 는 닭 가운데서 하필 왜 저놈이 붙들렸을까? 아버지 생신 때문에 저놈은 죽누나! 금순이는 생각을 하며 모이를 재냥스레 쪼아 먹 는 닭의 주둥이를 물끄러미 바라보고 있었다.

곰배님배 모이를 주워 치던 닭은 별안 캑캑 하고 주둥이를 땅 에다 쥐어박는다. 그러면서 안타까운 듯이 작은 주둥이를 땅에다 줄줄 끌면서 어쩔 줄을 모르고 뒤로 물러걸음을 치며 가리 안을 뱅뱅 돈다.

웬 까닭일까? 금순은 가리를 방씻이 들고 손을 넣어 닭의 발목 을 붙들어내었다. 그리고 주둥이를 비집어보았다. 뜻밖에도 주둥 이 아래턱과 위턱 사이에 부러진 바늘토막이 딱 모로 서서 걸려 있었다.

고팠던 배에 가릴 여지가 없이 분주히 주워 먹다가 그만 바늘 까지 겹집어 삼킨 듯 싶었다. 금순이는 나무 꼬치로 바늘을 걸어서 퉁기어보았다. 꽤 깊이 박혔다. 움직이지도 않는다. 닭은 아픈 듯이 캑캑 하고 요동을 친다.

어떻게 해야 바늘을 바로 뽑아낼까, 금순은 새끼손가락을 닭의 주둥이에 들이밀어 바늘을 걸었다. 아픔을 참지 못하는 듯 닭은 화드득 하고 깃 부침을 하는 바람에 바늘은 얼결 속에 손끝에 걸려 나왔다. 그러나 품 안에 닭은 자기도 모르게 빠져나가서 담 모퉁이로 비칠비칠 달아나고 있다.

아하, 닭을 놓쳤구나! 저 닭을 어떻게 붙드나? 하는 생각과 같이 그렇게도 닭의 목숨만을 애처롭게 생각하던, 그리고 걸린 바늘까지 그것도 어떻게 아프지 않게스리 하는 생각만에 그저 닭에게 향한 애처로움만으로 가득 찼던 금순의 마음은 한 떼의 구름 앞에 침노를 받은 달같이 갑자기 마음이 흐리어졌다. 저 닭을 잡지 못하는 날이면 어머니한테 꾸중을, 아니 매까지 맞을 것이라는 두려운 생각이 무엇보다 먼저 떠올랐다. 그리하여 금순이는 아무것도 생각할 능력을 잃고 오직 두려운 공포 속에 마음이 떨릴 뿐이었다.

금순이는 멍하니 섰다가 달아나는 닭 따라 눈을 쫓아 굴리며 쫓으러 달렸다. 닭은 나무 수풀 새로 풀포기 새로 잡히지 않으려고 요리조리 피해 다닌다. 금순이는 있는 지혜를 다 짜내어 닭을 잡기에 마음을 다했다.

한참이나 쫓아다니니 닭은 그만 기진하여 더 달리지를 못하고 피신할 곳을 찾는다는 것이 담 뜸 새에 대가리만을 박고 숨는다. 금순이는 옳다구나 하고 달려가 덮쳤다. 그적에야 안심을 말하는 듯한 한숨이 길게 새어 나왔다.

닭의 주둥이로서는 바늘에 받은 상처 때문인지 붉은 피가 입술 좌우 술가리로 흥건해서 비질거리고 있었다.

그러나 금순의 눈에는 그것도 보이지 않았다. 그저 전과 같이 그 닭을 어머니가 모르게 가리 안에 어서 가져다 넣어둬야 된다는 생각만이 다만 금순이로 하여금 닭의 다리를 힘 있게 붙들고 있게 하였다.

— 〈학등〉, 1935. 9.

장벽障壁

짚을 축여왔다. 그러나 손이 대여지지 않는다. 어서 새끼를 꼬아야 가마니를 칠 텐데— 그래야 내일 장을 볼 텐데— 생각하면 밤이 새기 전에 어서 쳐야, 아니 그래도 오히려 쫓길 염려까지 있는데도 음전이는 손을 대기가 싫었다.

맴을 돈 것같이 갑자기 방 안이 팽팽 돌며 사지가 휘주근하여지고 맥이 포근히 난다. 왜 이럴까 미루어볼 여지도 없이 그것은 한 달에 한 번씩 있는 그 생리적인 징후가 또 사람을 짓다루는 것임을 알았다.

가마니를 쳐서 빨간 댕기를 사다 지르고 설을 쇠리라, 그리고 고무신도…… 하고 벼르고 별러 오던 설날, 그 설날은 이제 앞으로 이틀밖에 남지 않았다. 내일은 섣달 그믐의 대목 장날이다.

음전이의 마음은 괴로웠다. 조용히 감은 눈앞에는 빨간 댕기가 팔랑거린다. 콧등에 파아란 버들 이파리가 쪽 갈라 붙은 분홍 고무신이 보인다. 그러고는 그 댕기를 지르고, 그 신을 신고 뛰어다니며 남부럽지 않게 놀을 즐거운 그날이 —.

그러나, 몸은 점점 더 짓다른다. 좀 누웠으면 그래도 멎겠지? 마음을 늦먹고 자위를 하여보나 소용이 없다. 머리는 갈라져 오고 아랫배는 결결이 쑤신다. 이번 설에도 댕기를 못 지르나? 새 신을 못 신나? 생각을 하니 이를 데 없이 안타깝다.

"야레 이거 생 어느 때라우 그냥 넘어네! 너 그르단 괜히 댕기 못 디른다!"

일어날까 일어날까 기다리며 혼자 분주히 새끼를 꼬고 앉았던 오라비는 위협 비슷이 또 재촉이다.

그 오라비도 음전이보다 지지 않게 설이 그립고 기둘켰다. 인제 열일곱 살이니 음전이보다 두 살은 위라고 해도 아직 애들의 마음이었다. 양말과 조끼를 바라고 가마니를 치기가 급하였던 것이다.

그들 남매는 한 달 전부터 가마니를 쳐서 설빔을 만들자고 의논을 하고 어머니에게 가마니 열 잎은 저희들이 팔아 쓴다고 벌써부터 승낙을 얻어놓고는 설빔부터 미리 장만을 하여두고 싶은 생각에 짬짬이 그 기회만을 엿보아왔다. 그러나, 그들의 앞에는 그만한 촌극의 여유도 던져지지 않았다. 한 잎을 쳐도 두 잎을 쳐도 쌀을 사와야 되고 나무를 사와야 되는 것이었다. 이리하여 내일 내일 하고 미루어오는 것이 급기야는 대목 장을 앞둔 오늘까지 끌고 오지 아니치 못했다.

언제라고 그들에게 있어 살림에 여유가 있었으랴만 이번 명절만은 남과 같이 차리고 놀아본다고 그들 남매는 어떻게도 성화같이 조를 뿐 아니라, 그 어머니 자신으로서도 남 같은 처지를 못가지고 살아오기 때문에 놀음에까지 주린 자식들이 측은하기 짝이 없어 그것이 난 그들의 원대로 하여지고 싶은 생각도 간절하여 세말이라 옹색함이 여느 때보다도 더하였건만 그것만은 눈 딱감고 마음대로 하라고 내어 맡겼던 것이다.

옛날부터 백정이라는 천업을 대대손손이 이어 내려오던 그들은 인생의 저 뒷골목에서밖에 존재의 인정을 받지 못하고 살아왔다. 그리하여 뭇사람들과는 자리를 같이 할 수가 없었다. 그저 인생의 뒷골목 길을 고독하게 눈물로 걸어오며 언제나 어디를 가나 인가와는 적이 떨어져 박힌 산탁 밑 도살장 근처가 그들의 상주처이었다. 그러니 사람으로서의 같이 타고난 뜨거운 피는 언제나 인간을 그리기에 아니 끓어오르지 못했다. 인간의 정에 주린 그들 — 더욱이 뛰놀지 않고는 만족을 얻을 수 없는 아이들은 어느 때나 남과 같이 같은 자리에 섞여서 마음대로 뛰며 놀아볼까? 처지를 한탄하는 천진한 그들의 말 없는 한숨은 끊일 날이 없었다. 그리하여 그 아버지도 다시는 곱장칼은 아니 잡으려 몇 번이나 맹세를 하여보았으나 달리 직업은 얻어지는 것이 아니요, 소나 돼지의 목을 땀으로써 받는 보수로 생계를 삼아오던 그들이라 놀고먹을 여유인들 있으랴! 아니 아니 하면서도 이미 배운 기술이 그것이다. 배고프니 그 칼을 던졌다가도 다시 아니 잡을 수가 없었다.

그리하여 이 천업을 놓지 못하고 뜻 없는 칼을 그냥 붙들고 오다가 행이든지 불행이든지 그만 그 아버지가 세상을 떠나게 됨에 그 어머니는 굶어서 죽는 한이 있더라도 백정이라는 누명을 벗고 인간의 따뜻한 품속에서 서로 정을 바꾸고 살리라, 남편의 삼년상을 치르기가 바쁘게 자식에게는 다시 그 곱장칼은 들려주지 않기로 애들의 눈에 그 칼이 뜨일세라 땅속 깊이 내다 묻었다. 그리고 어린 자식 두 남매를 이끌고 옛 소굴을 떠나 자기네의 존재를 모르리라고 인정되는 사십 리 밖인 이 촌중 끝 빈 주막의 쓰러져 가는 한 채의 오막살이를 있는 세간을 다하여 사가지고 바로 지난 가을철에 이리로 이사를 왔던 것이다.

처음 계획은 자기네도 남과 같이 농작을 얻어가지고 소작을 하여 지내리라, 은근히 믿고 왔었건만 존재 모를 그들에겐 농작도 그리 수월히 얻어지는 것이 아니었다. 그래서 하는 수 없이 이 품 저 품을 팔아가며 짚을 사다가 가마니를 치는 것으로 생계를 도모하였으나 그것으로는 으마 세 식구의 목숨을 처가는 데도 족한 것이 못 되었다. 아니 구차함은 오히려 전에보다도 더한 편이었다.

그러나 지난날의 더러운 때를 벗었다고 아는, 그리하여, 자기네도 인제 한낱 인간으로서의 존재가 인정될 것이어니 하는 인생에 주렸던 끓는 피가 모든 괴로움을 이겨 넘기며 포중을 이루고 사는 이 촌중에서 생후 처음 그들로 더불어 같이 뛰놀며 즐길 수 있다고 믿는 처음 맞는 명절이라 그들 남매는 실로 이 설을 손끝이 닳도록 꼽아서 기다려왔던 것이다.

"야가 아니 상구도 못 니러나?"

다시 재촉하는 오라비의 음성은 좀 더 높아진다.

그러나 음전이는 들은 척도 아니한다.

"야아?"

오라비는 꽥 소리와 같이 음전이의 치맛자락을 당긴다.

그래도 음전이는 차마 못 일어나겠다는 듯이 걷어 올라간 치맛자락을 다시 당기어 무릎을 감싸고 허리를 딱 까부라치며 몸을 웅크린다.

"아니 너 지금 밤이 어드케 됐는데 니러나디 않구 이르네? 이르길!"

오라비는 치맛자락을 다시 더듬어 쥐고 힘 있게 잡아당기었다. 음전이는 더르르 한 바퀴 굴며 제물에 일어나 앉히운다.

"아니 난 머 잘 줄을 몰라서 안 잔대던? 빨리 새끼를 꼬야디 않간!"

역시 음전이는 아무 대답이 없다. 할 말이 없는 것이다. 오라비의 재촉은 너무도 지당하다. 어떻게도 기다리던 이번 설인데 하고 생각할 때 여간 몸이 좀 고달프다고 그것을 못 이겨 누워만 있을 수가 없는 것이다.

음전이는 부시시 일어선 머리를 손으로 쓸어 재우고 비뚤어진 옷깃을 가뜬히 여미며 짚뭇을 마주 앉는다.

"볼쎄 니러나슴은 서룬 발은 꽉갔는데 자빠만 제서? 그래! 이거 봐라 난 볼쎄 이거야 이거 —."

하고 오라비는 꽁무니 뒤에 빼어 사려놓은 새끼 사리를 힐끗 돌아다본다.

"글쎄 몸이 아픈 걸 어드커간. 밤을 밝히자꾸나."

하고 음전이는 미안쩍게 짚뭇으로 손을 내민다.

겨울밤 찬 기운은 밤이 깊어갈수록 방 안을 엄습한다. 수분이 흠뻑 밴 축인 짚은 곱은 손가락에 서툴리 감겨 돌아가며 물방울이 이따금씩 얼굴에 튀어선 그러지 않아도 오슬거리는 음전의 몸에는 산뜻 산뜻 끼치는 촉감이 더욱 더하다.

먼동이 훤히 틀 때에야 겨우 여섯 잎의 가마니가 꾸며졌다.

이것을 오라비에게 지워서 장으로 보내고 난 음전이는 눈 붙일 겨를도 없이 아침을 먹고는 또 말라두었던 검정 목세루 치맛감을 광주리에서 들어내어 무릎 위에 올려놓고 바늘을 잡았다.

아픈 몸이 좀 나은 것은 다행이라 하더라도 순간 잠이 제법 눈가죽을 무겁게 내려 누르 것만 설 준비는 아직도 오늘 하루 빳빳하게시리 그의 손을 필요로 하고 있었다. 자기의 치마도 치마려니와 오라비의 대님, 어머니의 버선, 이런 것이 다 오늘 하루 안에 자기의 손으로 아니 지어져서는 안 될 것들이었다.

오늘은 작은 명절이라고 벌써 어떤 아이들은 새 옷에 새 신까지 받쳐 신고 이 집 마당에서 저 집 마당으로 세 다리 네 다리 추운 줄도 모르고 뛰어다닌다.

처음으로 새 옷을 얻어 입은 아이들은 한없이 기쁜 마음에 그것을 자랑하느라고 뜨문이 문을 열고 우르르 밀려 들어와선 말없이 음전이를 우뚝 마주 선다. 그러면 음전이는,

"네 입성 거 참 곱구나. 엄메레 해주던? 뉘레 해주던?"

하고 묻는다 하면 그들은,

"엄메레—."

"뉘레—."

하고 너무도 기꺼워서 벙글벙글 웃으며 우르르 다시 밀려 나간다.

음전이는 그들이 그렇게 기꺼워하는 것을 왜 칭찬을 아니 하여줄까 하였다. 옷이 비록 자기의 눈에는 맞지 않는다손 치더라

도 그것을 거들어서 모처럼 즐거움에 뛰는 그들의 기분을 조금이라도 상하게 하기도 싫었거니와 그 어머니들은 없는 것을 가지고 오죽 애들을 써서 그만치라도 지어 입혀서 내세웠을까 할 때에 더욱이 칭찬을 아니 할 수 없었다.

음전이는 바늘을 때때로 멈추고 한없이 즐거움에 뛰는 아이들을 해어진 창틈으로 내다본다. 그러고는 자기도 내일은 새 옷을 입고 동무들과 같이 주렁주렁 서서 놀 수가 있겠거니 하니 빨간 댕기, 파랑 고무신이 더욱 빛나게 눈앞에 어리운다. 그럴 때면 오늘 하루에 하여야 할 수두룩한 일감이 빳빳한 중한 짐인 것을 다시금 깨닫고는 그러다가 치마가 미참이나 되지 않을까 하는 두려운 생각에 다시 무릎 위로 눈을 떨구어 바늘을 놀린다.

그러면서 발자국 소리가 문밖에 좀 크게 들리기만 해도 오라비가 돌아오는 것은 아닌가 생각만 하여도 너무나 기꺼운 마음에 잉큼잉큼 가슴을 뛰놓으며 고무신과 댕기를 그려본다.

그러나 오라비는 좀처럼 돌아오지 않는다. 기다릴 대로 기다리고 해를 지웠어도 돌아오는 것이 아니다.

저녁을 먹고 난 음전이는 신작로 변으로 오라비 마중을 나섰다. 벌써 날은 어둡기 시작한다. 고개탁에 넘어오는 사람이 가물가물 누구인지 썩 분간이 가지 않는다. 희끈 하고 넘어서는 그림자만 있으면 오라비가 아닌가 눈알이 빳빳하게 피로를 느끼도록 어둠과 싸우며 어서 오기를 기다려보는 것이었으나, 와놓고 보면 모두 생면부지의 딴 사람들이다. 아이 오라비는 왜 이리 늦어진담? 가마니를 못 팔아서 그럴까? 가마니는 팔구두 댕기를 못 사서 그럴까? 연유를 알 수 없는 조급한 마음은 그대로 서서 참아낼 수가 없었다. 어둠을 뚫고 고개탁을 향하여 달렸다. 희미하게 고개를 타고 흘러 넘어오는 귀익은 아리랑 소리. 오라비에 틀림없었다.

하아늘두 청턴에 별두나 많구
요오내 가슴엔 정두나 많다

연달아 흘러 넘어오는 소리를 들으며 저도 모르게 음전이는,
"거 오래비가?"
하고, 소리를 쳤다.
"엉어! 음전이 나왔네?"
마주 건너오는 반가운 목소리.
음전이는 부리나케 달려갔다. 오라비는 벌써 고개를 넘어선다.
왕복 칠십 리를 걷고 났을 오라비이었건만 조금도 피로한 기색이 없이 희색이 만면하여 장감을 싸서 들은 신문지 뭉치를 봐라 하는 듯이 내젓는다.
"얼마나 추웠네? 무겁디 않으니?"
장감을 받아 들은 음전이는 오라비야 따라오나 마나 앞을 서서 분주히 집으로 돌아왔다. 그러고는 방 안에 들어서기가 바쁘게 노끈을 끌렀다. 맞잡혀 얹혀 있던 한 켤레의 고무신이 신문지를 안고 모로 근더진다. 그리고 그 속에서 비죽이 나지는 빨간 인조견 모본단 댕기감이 하나.
음전이는 댕기보다도 파란 바탕에 분홍 꽃이 알숭달숭 돌라붙은 고무신이 더 눈에 띄었다. 자기도 모르게 입이 벌려졌다. 그런 신을 한번 신어보면 신어보면 했더니 정말 신어보누나 하는 생각

에 더할 수 없이 기꺼웠던 것이다.

'맞을까? 왜, 안 맞을 견양을 해가지고 갔는데' 생각을 하며 급한 마음에 앉은 자리에서 목다리(꿰진 버선) 채로 그냥 신어보았다. 그린 듯이 맞는다.

"이거 얼마 줜?"

"엣 낭을 꼿꼿이 내리웠느니라."

"또 이 댕긴?"

"건, 두 낭에 외상 없구."

하고, 오라비는 거드러청을 넣어서 대답을 하고 나더니, 또 무슨 딴말을 할 게 있는데 어머니가 거리끼는 듯이 일변 어머니를 길끗길끗 바라보다가 마침 은전이가 하다 말고 나갔던 설거지를 끝내려고 부엌으로 나가는 눈치를 보자,

"내 족께와 양말꺼지 사구 이잉? 그르커구 말이야, 한 낭이 남거던, 그래서 내레 그걸루 엣다 받아라!"

하고, 사서는 그 자리에서 그냥 입고 나왔다는 새까만 양달리 조끼주머니에서 박가분朴家粉 한 갑을 꺼내어 음전이 무릎 위에 던진다.

음전이는 놀랐다. 반가움보다 놀람이 앞섰다. 너무도 뜻밖의 일이라 꿈인 것만 같은 것이다. 무릎 위에 와서 턱 하고 떨어져 안기는 분갑을 음전이는 물끄러미 내려다볼 뿐, 창졸간 뭐라고 말을 해얄지를 몰랐다. 그러지 않아도 분을 한 갑 사다 달라리라 총알같이 별러 왔으나 어쩐지 그것은 댕기 같은 것과는 달리 수줍음을 느끼게 함이 떠날 때까지 차마 입이 열리지 않아 필경은 말을 못 내고 혼잣속으로 종일 분이 마음에 걸려 제 못난 속을 얼

마나 꾸짖으며 한탄해왔는지 모른다. 그렇던 것이 이제 이렇게까지 자기의 마음을 헤아려주는 오라비의 남다른 따뜻한 정을 받아보니 세상이 자기에게 대하는 냉정은 더욱 차기만 한 것 같았다. 음전이는 기꺼운 마음에도 알 수 없는 감격에 눈 속이 뜨거워 옴을 느꼈다.

"그 댐엔 또 말이야, 요골 좀 보람으나?"

하면서 샛노란 단풍 갑을 꺼내어 경례나 붙이듯 귀 곁에 바짝 들어 보인다.

음전이는 그게 무언지 몰라서 멍하니 바라만 보았다.

"이걸 몰라? 골련이야 골련. 멩질날이니 나두 이걸 한 대 푸이야디. 엄메 대주디 말라 너 괜히?"

하고 나서 어느 틈에 벌써 개봉을 해서 피웠던지, 피다 둔 반쯤 탄 꽁다리를 등잔불에 붙여서 삽작 물고 한 모금이라도 허비하기가 아까운 듯이 첫 모금부터 사알살 들여마시어선 두 콧구멍으로 삐국이 연기를 몰아내며 어머니가 그러다가 들어오나 해서 나오는 연기를 일변 손을 내저어 이리저리 헤친다.

밤이 새었다. 설이다. 기다리고 기다리던 설이다.

가마니 치기에 어젯밤을 꼬박이 새고 난 밀려온 잠이면서도 음전이는 잠이 깊이 들지를 못하고 새벽부터 깨어서 밝기를 기다리며 오늘 하루의 지날 모양을 이불 속에서 갖가지로 그려본다.

─분홍 꽃 바탕에 파란 버들 이파리가 콧등에 쪽 갈라 붙은 고무신, 금자수복金字壽福 앞뒤 끝에 새겨진 빨간 댕기, 그 댕기를 지르고 그 신을 신고 널 터로 간다. 널은 몇 집이나 놓았을까, 아이들은 얼마나 모일까, 그들도 다 그런 고무신을 신고 수복 달린 댕

기를 질렀겠지, 널을 뛸 땐 무엇보다도 빛나는 것이 댕기다. 뛰어
오를 때마다 굽실거리는 머리채와 같이 공중에서 나는 댕기, 자
기도 오늘은 널 위에서 빨간 댕기를 날려 존재를 알리리라, 자랑
하리라, 호박떼기, 여우잡기, 오늘 밤은 놀면서 밝히자— 한참 공
상이 아름다운데, 프드득 프드득 홰에서 닭이 내리는 깃 부츰 소
리가 연달아 들린다. 음전이는 일어남이 늦어진 듯이 사뿟이 이
불을 젖히고 일어났다. 창이 희그스름하게 밝았다. 언제 어머니는
또 일어나서 부엌으로 나갔던지 벌써 차렛메가 잦는 구수한 밥물
냄새가 샛문 틈으로 스며든다.

음전이는 세수를 하고 들어와 윗간으로 올라가서 장지를 닫았
다. 오라비 보지 않는 데서 조용히 분성덕을 하자 함이다. 언제나
감추어두고 혼자 살근이 꺼내어보던 몇 조각인지도 모르게 떨어
져 나간 조각 거울을 바라지 문턱 위에 기대어놓고 얼굴을 돌려
비춰어가며 분을 바른다.

그러나, 처음으로 발라보는 분은 아무리 손질을 해야 골고루
필 줄을 모르고 몇 번이고 고쳐도 얼룩 흔적을 말끔히 없앨 수가
없었다. 그러지 않아도 발라보지 않던 분 바른 얼굴이 여느 때와
는 달리 수줍은데, 얼룩 흔적이 더욱 마음에 키어 어머니가 혼자
밖에서 차례 준비에 배바쁜 줄을 모르지도 않건만 옷을 다 갈아
입고도 나가지 못하고 이리도 문질러보고 저리도 문질러보며 맵
시를 보다가 필경은 어머니의 부름을 받고야 부엌으로 내려갔다.

마을 안은 벌써 사람의 물결이다. 울긋불긋하게 가지각색으로
차리고 나선 아이들은 떼를 지어가지고 세배꾼을 따라 우르럭우

르럭 밀려다닌다.

이것을 본 오라비는 차례가 끝나기 바쁘게 자기도 세배를 다닌다고 마을 안으로 들어갔다.

세배꾼들은 패거리 패거리 집집마다 드나든다. 그러기 음전네 집에는 누구 하나 세배랍시고 들어오는 아이도 없다. 온대야 대접할 음식도 여투어놓지 못하였거니 도리어 미안할 노릇이나, 마치 호구조사나 하듯 가가호호 한 집도 빠짐없이 온 동네를 들고 나면서도 유독 자기네 집만은 살짝 빼고들 돌아가는 것이 그리 유쾌한 일은 아니었다.

음전이는 마당 끝에 나가 서서 모든 즐거움을 오늘 하루에 못 즐기면 즐길 날이 없으리라는 듯이 남녀노소 할 것 없이 마을 안이 온통 떠나서 이리 돌고 저리 나며 추운 줄도 모르고 설레는 마을 안의 설날 풍경을 멀거니 바라보고 어서 자기도 저 속에 한몫 끼었으면 하는 생각에 마음이 바쁘다. 계집애가 아침부터 서둘지를 말고 해나 좀 퍼진 다음에 떠나라는 어머니의 말림도 듣지 않고 음전이는 다시 방 안으로 들어가 거울에 얼굴을 비춰어 매를 내고 옷고름을 단정히 다시 고친 후 부랴부랴 널 터로 달려갔다.

널을 놓은 집은 이 마을에 세 집이 있었다. 음전이는 그 가운데서 제일 아이들이 많이 모인 배 선달네 널 터로 갔다. 거기엔 자기와 같이 나이 지긋한 처녀들도 수두룩이 모였다.

음전이는 무엇보다 먼저 자기의 차림차림이 그들보다 떨어지는 것은 아닌가 그것부터 살펴보았다.

그러나, 오십 명은 훨씬 넘을 그 처녀들 가운데서도 몇몇 색시를 내놓고는 별로 자기보다 뛰어나게 차린 처녀가 없다. 아니, 도

대체 보자면 오히려 자기보다 못하게 차린 편이 반은 넘을 것 같다. 고무신은 물론, 인조견 댕기 하나 못 사다 지른 아이들이 수두룩한 것이었다.

이것을 보니 음전이는 자기의 옷도 그들과 같이 섞여서 놀기에 조금도 부끄러움이 없는 것을, 아니, 도리어 빼고 나서기에 족한 형편임이 한없이 기꺼웠다.

널은 쉴 새가 없다. 한 패가 내리면 다른 한 패가 제각기 먼저 뛰겠다고 서로 다투어 밀치며 제치며 오른다. 그래가지고는 쥐― 쥐― 서로 소리를 내어가며 밟는다. 그럴 때마다 공중을 뛰며 내리는 처녀들의 엉덩이까지 츠렁거리는 칠같이 새까만 탐스러운 머리채가 물결같이 굽실거리며, 그 바람에 팔느락팔느락 공중에 나부끼는 댕기들은 그들의 이 한때의 더할 수 없는 자랑인 듯하였다.

음전이도 이 널에 비위가 아니 동할 수 없었다. 늠실늠실 마음은 설렌다. 이 많은 처녀들 가운데서 자기의 댕기도 공중에 날려 빛내고 싶다. 그러므로 자기의 존재도 알려질 것이 아닌가 생각은 더욱 음전의 마음을 설레게 했다.

멀거니 바라보고 섰던 음전이는 널을 뛰던 한편짝 처녀가 그만 기운이 진해서 맥없이 주저앉는 것을 보자 이 기회를 놓치지 않으리라, 후덕덕 달려드는 무수한 아이들을 밀어제치고 덥석 널 위로 먼저 뛰어올랐다.

그러나, 저편짝 처녀는 널을 밟지도 아니하고 그대로 서서 마주 바라만 본다.

"너머 세게 말구 웅? 난 잘 못 뛰."

하고, 음전이는 사양을 하며 저적저적 밟고 있었으나, 그 처녀는
널을 밟지도 아니하고 무엇을 생각하는 듯이 그냥 서서 있더니,

"아이구 나두 이전 멕이 나서 못 뛰갔다. 누구 여기 올라세 안
뛰간?"

하고, 사방을 둘러 살피며 내린다.

이 음전이는 이상했다. 언제까지든지 혼자 도맡아가지고 뛰랴
는 듯이 앙탈을 부리며 내려서기를 아까워하던 그 처녀가 이렇게
도 사양을 하는 것이다.

그러나, 이 또한 웬일이랴! 자기네들의 차례가 오지 않아 그렇
게도 널뛰기를 서로 다투던 처녀들은 누구 하나 음전이와 마주
그 자리에 올라서려고 하지 않는다. 뉘가 음전이하고 그 널을 뛰
나나 보랴는 듯이 제각기 서로 얼굴들을 돌려가며 서로 살피고
있을 뿐이다.

음전이는 더 생각할 것도 없이 벌써 그것이 무엇을 의미하는
것인지를 알았다. 금시에 가슴이 메어지는 듯하였다.

그렇다고 널 위에 다투어 올라섰다가 그저 내려서잠도 창피한
노릇이다.

"너 나하구 안 뛰간?"

음전이는 자기 곁에서 아까부터 서둘던 제일 허줄하게 차린 아
이에게 말을 건네 물었다.

그러나, 그 처녀는 음전이의 이 말이 자기를 붙잡아 끌기나 하
는 듯이 뒤로 비실비실 피해가며,

"난 어즈께 너네 마당에 놀레 갔다가 엄메한테 욕꺼지 얻어먹
었다야!"

하고, 되지도 못할 소리를 한다는 듯이 눈을 동글하게 뜬다.

아, 이 모욕! 음전이는 정신이 아찔했다. 그들과 자기와의 사이에는 이렇게도 높다란 장벽이 여전히 가로막혀 있는 것이다. 이 한 마당 모인 처녀들이 일제히 트나 한 듯이 자기와는 놀음의 상대가 되어서는 안 된다. 완전히 벗었다고 알던 옛날의 때, 그것은 그냥 자기의 얼굴에 두드러지게 붙어 있는 듯이 같은 사람으로 대하여주지 않는다.

섧다 할까 분하다 할까 뭐라고 할 수 없는 아픈 마음에 음전이는 어릿더릿한 정신을 수습할 길이 없이 널 위에 그대로 선 채 어찌할 바를 모르고 멍하니 땅만 바라보다가 멋쩍게 슬며시 내려섰다. 그대로 이 널 위에서 내려선다는 것은 더욱이 자기의 모욕을 말하는 것 같았으나, 금시 터질 것같이 가슴속에서 들먹이는 눈물을 참아낼 길이 없어, 그 위에서 눈물을 보인다는 것은 그보다도 오히려 더한 모욕을 사는 것 같았음으로서였다.

"아츰부터 놀레를 못 가서 서둘더니 너 와 발쎄 오네?"

불의에 돌아오는 음전이를 보고 그 어머니는 이상해 묻는다.

음전이는 열어 잡은 문고리를 채 놓지도 못하고 대답 대신 엉엉 하고 설움을 터뜨린다.

"아니 야레 이게 웬일이가!"

하고, 어머니는 의아한 눈이 더욱 둥글해진다.

세배를 와 앉았던 남창 아저씨도 까닭을 몰라 역시 의아한 눈이 둥글해서 음전이를 바라만 본다.

이 남창 아저씨라는 이는 이 면의 구역을 맡아가지고 있는 백정으로서 음전네와는 둘도 없는 세교 집안이었다. 경사 때이면 서로 빠지는 일이 없이 거래를 하여온다.

그러나, 오늘의 어머니는 백정이라는 직업을 씻어버리고 옛날의 때를 벗기 위하여 남모르게 이 촌중으로 이사를 해왔던 것이니. 남창 아저씨가 세배라고 찾아온 것도 그리 향그럽지 않았다. 아니, 그가 자기네 집에 드나들므로 자기네의 옛날의 불미가 드러날 우려가 없지 않아, 짐짓 불안한 생각까지 갖게 하였던 것이다.

하지만, 음전이는 이 순간, 남창 아저씨를 보자, 반가운 정이 전에보다 더욱 샘솟아 넘침을 금할 길이 없었다. 남 아니 오는 세배를 와준 자기의 집에는 단 한 분의 세배 손님이었다. 그러기에 호소할 길 없는 자기의 이 안타까운 심정을 어머나 오라비를 내놓고는 이 세상에서는 다만 남창 아저씨 하나밖에 더 알아줄 사람이 없는 것이다.

음전이는 억에 넘치는 분과, 반가운 정에 참을 수 없이 남창 아저씨의 무릎 위에 달려들어 머리를 내던지고 느낀다.

“아니, 음전아! 이게 웬일이가 응? 음전아!”

영문을 모르는 아저씨는 안기는 대로 음전이를 안을 밖에 없었다.

음전이는 말없이 그저 제 설움에 어깨만 들먹인다.

“아, 이년이 이게 글쎄 무슨 지랄이냐? 남창 아저씨보구 웬 지랄이야 지랄이! 말을 하구나 울나무나. 시원히 이년아!”

어머니가 답답한 듯이 음성을 높이며 손을 대려고 하니,

“글쎄 아덜이 올에두 나허군 놀디 안을내는데 멀 너울두 너울두⋯⋯.”

하고, 음전이는 이 설움을 어떻게 참고 견디느냐는 듯이 머리를

이리저리 앙칼스럽게 아저씨의 무릎 위에 흔들며 비빈다.

그제서야 어머니는 비로소 영문을 알았다. 더 할 말이 없다. 별안간 안색이 흐리더니 바깥으로 나가버린다.

아저씨도 이에는 위로할 말을 몰라, 저도 모르게 음전의 머리만 만지고 있었다.

"아제야! 우리 어드메 멀리루 이새 가서 살자우 웅? 아제야!"

한참 만에 음전이는 이렇게 애원을 하며 눈물에 젖은 눈을 든다.

"나는 또 쌈을 했다구. 그까짓 걸 멀 다 개지구 서러워서 그르네? 어서 그체라. 정월 초하룻날 왜 울음으루 쇠갔네 쇠길!"

하고, 아저씨는 달래었다.

그러나, 음전이는 그 모욕을 그대로 참기에는 너무도 서러운 듯이 다시 눈물이 터진다.

"글쎄 아제야! 난 여기선 아무래두 안 살래, 그까지 꺼."

음전이는 설움에 흐득이며, 그러니 이걸 어떻게 살겠느냐는 듯이 오늘 하루의 지난 경과를 눈물과 같이 쏟아놓는다.

아저씨는 이것을 들어가며 갖가지로 위로를 하여보았으나, 음전이는 설움을 그쳤는가 하면 다시 생각하고는 느끼고, 또 흐득이기를 한나절이 넘도록 그치지 않는다.

남 다 즐기는 이 하루를 음전네는 애수에 찬 눈물을 이렇게도 짜낸다. 세배를 다닌다고 아침을 먹기가 바쁘게 뛰어나가던 그 오라비도 세배꾼들이 같이 따라다니게를 못 한다고 풀이 죽어서 이어 들어와서는 불안한 심사에 문밖에도 나가지 않고 진종일을 방구석에 들어박혔다.

이것들 두 남매의 처지를 생각할 때 어머니의 마음은 메어지는 듯하였다.

"음전아! 그만 그치고 일어나 저녁 먹어라. 이놈의 고당을, 음전아! 우리 또 데나자!"

저녁을 들여다 놓고 하는 어머니의 말은 음전이를 위로하려고만 해서 하는 말만은 아니었다. 어머니는 어떻게 해서든지 자식들이 머리를 들고 사는 것을 보기 위하여 단연히 이 촌중을 다시 또 떠나려고 결심을 하였던 것이다.

"새완(아저씨)! 이 집 얼른 좀 팔아주우 에? 새완!"

아저씨는 돌연한 이 부탁에 큼 놀라며 뜨던 밥술을 놓는다.

"새완! 고롬 이 고당에서야 사람이 어드케 사우? 어드메던지 또 사람 살 곳으루 떠나야디요."

"엄메야! 정……?"

"정말이디? 이잉야! 엄메야!"

음전이와 오라비는 어머니의 그 떠나자는 말에 새 정신이 드는 듯이 일시에 닥챈다.

이 소리에 어머니는 너무도 기에 차 말보다 눈물이 쭈루룩 두 눈으로 앞서 나온다.

"새완! 웃는 말이 아니에요. 부디 좀 아덜을 살게 해주우? 그르니 새완밖에 믿을 사람이 세상에 어디 또 있소?"

"부디 이잉야! 아제야!"

아저씨를 떠나보내면서도 잊지나 않았을까 다시금 그들은 아저씨를 붙들고 제각기 당부를 한다.

음전이는 아저씨를 떨어지기가 싫어서 신작로까지 따라 나가 작별을 하였다.

이미 날은 어두웠건만 마을 안 처녀들의 널뛰는 소리는 끊임없이 터드럭터드럭 들려온다.

음전이는 이 널뛰는 소리를 가슴 아프게 들으며 발길을 돌렸다.

저녁 바람은 차갑게도 가슴에 안기며 댕기를 쓸데도 없이 팔랑팔랑 날려준다.

― 〈조선문단〉, 1935. 12.

목가 牧歌[1]

1

"이번에는 네 처까지 다 데리고 올라가게 하고 내려왔지?"

내가 집으로 내려온 날 밤에 아버지는 나를 불러 앉히더니 이렇게 물으신다.

봄에 내려왔을 때 아버지가 이제는 돈을 아니 주시겠다고 하시므로, 이번까지 돈을 주시면 내 아내까지 다 서울로 데려다 살림을 하겠다고 굳이 졸라서 그때에도 또 돈 3백 원을 가지고 올라갔던 것이므로, 이번 내려오면 으레 이러한 말씀은 들으리라, 예기하였던 것이다. 그러나, 아직 그렇게 되지는 못하였다. 나는 대

1 〈신인문학〉에 발표했을 당시의 제목은 〈신사 허재비〉였음.

답할 말이 없었다.

"네— 장차로는 그리되겠습지요."

할 밖에. 하니까 아버지는,

"무엇이! 장차라니."

놀라신다.

"일이 아직 채 되지를 못해서 그럽지요."

했더니,

"아니 일이라는 게 대관절 무슨 일이관데 그리 힘이 든단 말이냐? 어디 좀 자세히 알아나 보자. 이게 삼 년쨴가 원 사 년쨴가?"

아버지는 그 일이라는 것이 너무도 세월이 없는 듯이 이렇게 대들며 턱을 내미신다.

아닌 게 아니라, 일이라는 것을 아버지도 의심하지 않을 수가 없었다. 그 실에 있어서 나의 일이라는 것은 취직에 있었으나, 학교를 졸업하고 나서 사 년 동안이나 취직을 못 하고 돈만 가져다 쓴다기는 너무도 창피하여 돈을 얻어내는 한 수단으로 회사를 하나 만든다고 거짓말을 해놓았던 것이다. 그러니, 그 일이라는 것은 내가 취직이 되어서 달리 거짓말을 꾸며대기 전에는 끝은 언제나 나지 못할 것이다.

그런데다가 나는 이번에도 이러한 형편에서 또 돈을 가지러 내려왔으므로 역시 그 뜻대로 대답하지 않을 수 없었다.

"글쎄 그 회사 때문에 그렇지요, 뭘—."

"거 무슨 회사기에 그렇게 힘이 든다느냐?"

"한숫 다 되었는데 아직 돈이 좀 부족해서 그래요."

아무래도 나는 돈 이야기를 또 꺼내야 될 것이었으므로 아예

이 기회에 대답 삼아 또 내다 붙었다.

"아니 뭐 뭣이! 또 돈?"

아버지는 인제 돈 소리는 듣기도 무섭다는 듯이 흠칠 하고 놀라시며 얼굴을 모으로 돌리신다.

내 일을 내가 생각해도 한심하지 않은 것은 아니었다. 학교를 졸업한 지가 벌써 사 년이나 넘었는데 취직을 못 하고 집에서 돈을 가져다 쓰자니 실로 아버지를 대할 면목이 없었다. 그것도 남과 같이 여유나 있는 돈이면 모르거니와 얼마 되지도 않는 전답을 팔아다 쓰자니 딱한 노릇이었다.

그러나, 집에는 있을 수가 없는 것을 어찌하노. 오락기관이 있나, 이야기 동무가 있나, 이렇게 와서 며칠씩 있는 것도 참으로 참기 거북한 노릇이어늘…….

그래서, 어떻게 해서라도 서울 같은 도시에 취직을 하고 살으려니까 좀처럼 되지를 않는 것이다. 뒴네 하고 속아서 넘어가는 되지도 않는 취직에 운동비만 쓰게 되는 것을 생각하면 시켜준다는 그 녀석들이 괘씸해서 그만 집어치우고 집으로 내려와 문화주택이나 하나 본때 있게 지어놓고 라디오, 축음기나 쓱 틀어놓고 앉아서 소일을 하고 싶은 생각도 없지는 않으나, 그러니 위명이 대학을 졸업하고 취직 하나 못 한다는 것은 자신으로서도 부끄러운 노릇이거니와, 우선 동네 사람들의 치소란 원 들을 수가 없었다.

속세를 벗어난 성자처럼 도시를 떠나 청아한 농촌에 파묻히는 것도 누가 그렇게 알아주기만 한다면 오히려 보다 더한 명예가 될는지도 모르겠는데 땅이나 파먹는 무지한 것들이란 이런 것을 알아주지를 못한다. 이건 바로 대학을 졸업하면 반드시 무엇이든지 한자리 해야 되는 줄로만 안다. 공부란 자기 수양을 위해 하는 것이지 취직을 위해 하나? 생각하면 참 기가 막힐 지경이다. 더 참고 앉았을 수가 없었다.

"이제 오백 원만 가졌으면……."

아버지야 놀라건 말건 나는 또 이렇게 내다 붙였다. 아무리 해도 나는 그렇게 못 살 것이니까 아니 조를 수가 없었던 것이다. 취직 운동비도 그렇거니와 우선 가을 양복도 또 한 벌 하여야겠고 겨울까지 서울서 나려면 아무리 절약을 하여도 그렇게 아니 가지고는 예산이 맞지를 않았다.

"아니 회사를 금으로 만드니 은으로 만드니?"

대답도 없이 앉았던 아버지는 입맛이 쓴 듯이 끙 하고 갑으며 한숨만을 남기시고 획 나가버리신다.

2

"아버님! 어서 오백 원만 더 해주세요. 이번까지 주시면 제 손으로 벌어 쓰게 될 것입니다."

그 이튿날 아침 나는 아버지를 또 붙들고 졸랐다.

"안 된다! 안 돼!"

아버지는 이제는 도무지 안 주시기로 결심을 한 듯이 힘있게 막고 패를 주지 않으신다.

"그러니, 하던 일을 성사를 해놓아야지 이제 다 된 일을 돈 오백 원 때문에 못 한다면 일을 하던 본위도 그렇거니와 어디 제 체면상이 되었습니까?"

"체면! 체면이 안 될 게 무엇이냐? 그러다 그 체면 더 버리지 말고 아예 그런 생각을 단념해버려라."

"그러면 그것두 안 하면 놀기야 어떻게 합니까?"

"놀다니! 이게 무슨 소리야. 놀고야 밥을 먹나! 농사 해야지 농사—."

나는 이렇게 몰이해한 아버지인 데 자못 놀랐다.

"아버님! 그게 어떻게 하시는 말씀이십니까? 제가 농살 해요? 대학을 졸업하고 농살 한다면 그 치소는 뉘가 받습니까. 제 자신도 그렇거니와 그건 아버님께도 도리어 불명예에요."

"치소는 엇놈이 한단 말이냐. 내 손으로 내가 일하는데…….공부한 놈은 뭐 밥 안 먹구 산다듸?"

아버지는 비웃는 태도이시다.

"또 그뿐 아니라, 아버님 이거 보세요. 성자야 능지성인이라고 농촌에서야 사람을 알아주어야 안 합니까. 그러니, 그 몰상식한 것들과 어떻게 밤낮 마주 앉아 살아요?"

"네가 그것부터 틀린 정신이야. 네가 공부를 하였거든 몰상식한 촌사람들을 가르쳐서 가히 이야기 동무가 될 만한 사람으로 만드는 것이 네 자격이지 뭣이 어째? 어떻게 마주 앉어? 난, 원, 요즘 놈들 알 수 없더라 공부를 해가지고 와선 눈깔이야 높아가지구 촌사람들을 무시하고 우쭐거리며 서울 서울…… 서울이 밥 먹여주냐? 사람은 흙 속에서 향기를 맡을 줄 알아야 사는 게야 내 원 참. 응……."

힘없이 한숨을 내쉬며 아버지는 재떨이에다 대를 탁탁 터신다.

이렇게 이야기하는 아버지가 나는 딱했다. 다시 더 말하고 싶지도 않으나 그것은 아무리 해도 내 자신을 두고 하는 말 같아서 잠자코 있을 수도 없었다.

"아버님! 그거야 어디 된 말씀입니까. 거 다 사람 나름으로 가는 게지요. 그리고, 또, 모르는 사람을 가르치는 데도 분수가 있지 낫 놓고 기역자도 모르는 것들을 어떻게 가르칩니까. 전문학교의 교수는 못 돼도, 적어도, 중학교쯤은 되어야지 우선 체면상이 안 그래요?"

나는 아버지가 너무도 나라는 인물을 몰라주는 것 같아서 이렇게 이야기를 했더니, 어처구니없는 듯이 픽 웃으신다. 하시고는 간지럽게 내 낯을 쳐다보신다.

나는 부끄럽담보다 불쾌했다. 아버지가 아니면 하고 싶은 말을 다 하여 한번 튀겨서 마음을 풀고 싶었으나, 아버지인지라, 아무리 불쾌해도 그럴 수는 없었다. 그리고, 내 뜻을 이루자면 또한 어디까지던지 아버지의 마음을 상하지 않고 사야만 되겠기에 나는 그대로 잠자코 말았다.

3

그래서 어떻게 해야 아버지의 뜻을 살꼬 하고 가까스로 궁리를 하며 며칠을 지나자니까 어느 날 밤 아버지는 나를 건넌방으로 부르신다.

건넌방 윗간에는 맏형님, 작은형님 두 분이 아버지를 향하여 고개를 숙이고 앉아 있었다. 나는 내게 대해서 무슨 의논이 있나 생각을 하며 나도 한켠 짝에 치우쳐 앉았다.

"자! 내가 너희들을 다 청해 논 것은 다른 게 아니로다."

아버지는 내가 들어와 앉는 것을 보시더니 말을 이렇게 꺼내신다. 우리 삼 형제는 잠자코 들었다.

"인제는 이렇게 하는 수밖에 없다."

다시 아버지는 이런 말씀을 하시며 나를 바라보신다.

"네 —."

무슨 말인지는 모르면서도 나는 급한 마음에 얼른 대답을 했다.

"오늘 저녁 너희들의 세간을 아예 다 가르자. 그래야 되겠다."

그리고, 우리 형제를 한 번씩 훑어보신다.

아버지의 이 계획은 나를 어디로 가지 못하게 살림살이를 맡겨서 붙들어두려는 수단에서 나온 것임을 나는 짐작했다. 그러나, 나는 이 소리가 얼마나 반가웠는지 모른다. 그러지 않아도 전권에 자유가 없는 나는 언제부터 속으로는 그리 해주었으면 하고 바라고 있었으나, 아직 형도 세간을 안 났으므로 나부터 먼저는 내줄 수도 없을 것 같아서 말을 못 내고 있던 차이다. 그렇지만 이 자리에서 바로 대답을 하면 너무도 제 속을 들여다보이는 것 같아,

"글쎄요."

이렇게 시원치 않은 뜻을 보였다.

하니까, 아버지는 떨지해하는 대답인 줄만 알고 바짝 다지신다.

"글쎄요라니! 아예 오늘 저녁 제 몫금씩 다 가르자."

이러한 아버지의 의견에 형님 두 분은 물론 동의였다. 그것은

자기네들은 돈 한 푼 쓰지 못하고 꾸덕꾸덕 일만 하는데 벌어놓으면 내가 죄다 올라다 쓰는 것이므로 혹은 이것이 형님들의 간청으로 된 일인지도 모를 일이었다. 형님들은 나의 대답이 어서 떨어지기를 기다리는 듯이 나의 얼굴을 쳐다보고들 있었다.

나는 할 수 없이 하는 듯이,

"글쎄요 아버님이 그렇게 하여야 되시겠다면 그리도록 합지요."
하였다.

하니까, 아버지는 뜻대로 되는 것이 반가운 듯이 빙그레 웃으시며,

"한데, 세간은 이렇게 갈러야 되겠다. 너희들도 다 알지만 우리 논이 지금 남아 있는 게 꼭 1만 2천 평인데 큰집이 5천 평, 그리구, 작은 아 4천 평, 셋째 너는 3천 평. 나는 벌써 속으로 다 이렇게 작정을 해놓았다. 셋째는 3천 평이 적다고 하겠으나 적은 게 아니야 이렇게 해야 작은 아가 나무럽질 않어."

계획적인 선언을 하신다. 나는 도무지 어째서 그런지 몰랐다. 그래 그 이유를 물으니까 하시는 말씀이 내가 공부를 하며 쓴 돈이 1만 5천 원이나 나마 된다고 하시면서 집안 돈을 혼자 썼으니 나의 목은 으레 적어야 옳다는 것이었다.

나는 그 말을 들을 수가 없었다. 내가 세간 나는 것을 바라는 뜻은 갈라놓은 후에는 그것을 내 임의로 팔아서 서울 올려다 집을 잡고 살려던 차이었다. 예산대로 제 몫 다 온다 하더라도 그것 가지고는 수지가 틀리거니 이제 그나마도 못 되는 것을 나는 받을 수가 없었던 것이다.

"그렇게 하시면 저는 세간 안 납니다. 단연히 안 납니다."

나는 굳게 이의를 제출하였다. 그러나, 한번 말씀을 내신 아버지는 종시 듣지 않으셨다. 형들도 그리해야 옳다는 듯이 모두 아버지의 편이었다.

나는 도무지 골이 나서 뛰어나오고 말았다. 하지만 아버지 역시 태도는 강경하셨다.

4

며칠이 지난 어떤 날 아침이었다. 나는 읍에를 좀 가볼 일이 있어서 양복으로 옷을 바꾸어 입으려니까, 양복이 두었던 곳에 없었다. 어머니더러 물어보아도 모르신다 하시고 누이도 알 수 없다고 한다. 그러면 아내가 어떻게 했을 것인데 세간을 갈랐다는 소리를 들은 이후부터 아내는 기뻐서 벙글거리더니 오늘 아침은 일찍이 우리의 몫에 던져진 논에 새를 보러 나갔다고 한다.

나는 아내의 심사에 더할 수 없이 불쾌했다. 세간을 꼭같이 갈라주지 않으면 끝내 안 난다고 졸라야 할 것인데 아내는 그것으로도 만족해서 새까지 보러 다니는 것이다. 양복 건도 물어볼 겸 나는 담박 들로 나가서 끌어들여 오고 싶었으나 차 시간이 급해서 그리 할 여유가 없었다. 그래서 저녁때 돌아와서 톡톡히 알아듣도록 일러야겠다고 머릿속에다 불쾌한 금을 빡 긋고 할 수 없이 두루마기를 떨쳐입고 떠났다.

그러나, 저녁때에 돌아오자던 것이 하루를 묵어서 그 이튿날도 저녁때에야 나는 돌아왔다.

뒤란에서 넘어진 바주[2]를 세우시던 아버지는 내가 주의를 벗고 나오는 것을 보시더니,

"애!"

부르신다.

"금년에 참 벼는 잘 됐느니라. 이삭이 막 방망이 같두나. 어제 종일 벌을 한 바퀴 돌아보니까 우리 벼가 제일이드라."

나더러 들으라는 듯이 이야기를 하고 나시더니,

"너 고래에 나가서 새 좀 봐라. 저녁때가 되면 참새 때문에 얼마나 축이 나는지. 내 뒤란에 바주 마저 세우고 나갈게 좀 나가봐라."

이르신다.

나는 그것이 어지간히 싫었지만 대답을 아니 할 수가 없었다. 네 논에 새를 보아라 하고 따지어 이르신다면 그것은 볼 수 없었지만 따지지 아니하고 보라는 데는 마달 수가 없었다. 할 것도 없으니 나는 산보 겸 나갔다.

집에 내려온 지가 십여 일에 나는 이 고래트리를 처음 나왔다.

벼는 내 소견에도 참 잘 된 것 같았다. 알이 뚜굴뚜굴한 것이 다닥다닥 붙은 참된 이삭이 논배미마다 즈런히 깔려서 바람이 스칠 때마다 굽실굽실 파문을 놓으며 우쭐거렸다.

이 1천 5백 평이나 되는 고래트리를 주위로 내 몫에 갔다는 한쪽 구석의 논배미에는 허재비[3] 하나가 위풍 좋게 작대를 들고 섰는데 작대 끝에 매달린 산산히 찢어진 타울이 바람에 풍겨서 이리 뛰고 저리 뛰며 펄럭거렸다. 소를 먹이려 타고 나가는 마을 아

---

2 대, 갈대, 수수깡, 싸리 따위를 엮어 울타리를 만드는 물건인 바자의 방언.
3 허수아비.

이들 서넛이 지나가며 이 허재비를 보고 노래 격으로 다음과 같
이 부르며 지나간다.

누른 논에 허재비 우습고나야
양복쟁이 허재비 신사허재비

이 소리를 듣고 보니 그것은 과연 양복쟁이 허재비였다.
비가지로 그린 박 첨지 상에다 맥고모자를 비스듬히 쓰고 앞가
슴을 턱 잡아 젖히고 서 있었다.
순간, 나의 마음은 나도 모르게 산뜻하였다. 그 양복은 빛이 심
히도 나의 것과 같았음이다. 그것이 내 양복이 될 이치는 물론 없
다고 생각은 하면서도 그래도 미안쩍어 가까이 가서 보았더니 놀
라지 않을 수가 없었다. 그것은 분명한 나의 양복이었던 것이다.
나는 이것이 아버지의 소위일 것을 짐작했다.
전답을 꼭같이 주지 않으면 세간을 아니 난다고 고집을 하여도
듣지 않고 건넌마을에 내 집까지 사 놓고 내 뜻에 맞게 수리를 하
려고 하는 것을 굳게 듣지 않았더니, 아버지 역시 굳게 나의 발목
을 잡아매려고 양복을 버렸는가보다 짐작되었다. 그러나, 양복을
감춘다면 모르지만 저렇게 버리게 만드는 것은 너무 과한 일이
아닐 수가 없었다.
나는 입맛이 쓰담보다 골이 났다. 그것은 갓 지은 것임에 아깝
지 않은 것도 아니지만 도무지 불쾌해서 견딜 수가 없었다. 그러
고 보니 나더러 새를 보라고 한 것은 허재비를 보라고 고의로 이
른 말인지도 모를 것 같았다.

대체 아버지는 양복이 왜 저리 미우실까.

나는 볼이 부어서 집으로 달려 들어왔다.

5

"너 왜 벌써 들어오니? 지금이 한참 새들이 모여들 땐데……."
하시다가 아버지는 나의 통통히 부은 볼을 살피시고는 어쩐 일
인지 몰라 이상한 눈으로 바라보신다.

생각하면 말도 하기가 싫어서 나는 잠자코 앉아 있었으나 아무
래도 그대로는 견딜 수가 없어 말을 꺼냈다.

"제 양복 간수 안 했나요? 아부님."

"머 논에서 못 봤니?"

"논에서 보다니요?"

"왜 그 허재비를 논에서 못 봤어?"

"아부님 망년이세요? 일부러 그리셨어요?"

"아니, 난 또 그건 못 쓸 게라고? 걔가 양복으로 허재비를 만들
어 세우더니 그게 그럼 쓸 겐가? 난 모르겠다. 네 아낙이 어제 아
침에 내다 세웠으니."

아버지는 도리어 의아한 눈을 동그랗게 뜨신다. 나는 그제서야
그것이 아내의 장난인 것을 알고 세간을 나서 농사를 해먹자고
밤낮 조르더니 필야엔, 하고 생각을 하며 안으로 달려 들어갔다.

"내 양복 어쨌니?"

나의 이 말에는 날이 서 있었다.

"제발 이젠 양복 생각은 말으세요 좀."

아내는 미안한 듯이 머리는 못 들고, 그러나 반은 아양에 가까운 목소리로 어른다.

"양복 어쨌나 하는데⋯⋯?"

"글쎄 일하실 데야 양복해서 멀 하우. 고운 옷을 입으시문 손에 흙 묻히기가 싫은 거에요."

"이년은 계집년이 멀 안다구 밤낮 벙벙? 이년아! 양복을 어쨌어?"

나는 참을 수 없어 소리를 높였다

"아이구 글쎄 참 그 허재비 같은 양복쟁이라구 동네 사람들이 수군거리며 손꾸락질하는 꼴은 참 전 부끄러워 못 보겠어요."

나는 창피하여 더 말을 못 했다. 과연 동네에서들은 이렇게까지 수군거리는 것인가 하니 한껏 벼르고 있던 나의 주먹은 그만 힘없이 떨렸다.

"글쎄, 고 열 마지기로 농사나 지어먹어야지 서울 가서 계시면 몇 해에 없어지겠어요. 그거마자 팔아먹으면 불쌍한 건 나에요. 그래 제것 없으면 어딜 가 밥을 빌어먹어요?"

나는 아내가 그 열 마지기에 만족해하는 데 그렇지 않아도 치부해 있던 그어 넣었던 금이 갑자기 불룩하고 일어섰다.

"이년아, 너는 똥을 줘도 그저 좋아서 먹겠구나. 그 논 열 마지기가 그렇게 귀하니? 다시 그 논에 새 보러 다녔단 봐라."

핀잔을 주었더니,

"아이구 그래서 당신은 봄에는 내 노리개까지 살살 긁어 올려다 다 팔아먹었군. 안 속아요. 글쎄 이전."

톡, 쏜다.

아버지가 뒤란에서 이 소리를 듣고 히죽히죽 하고 웃으신다.

뽐내던 내 위신에 창피해서 견딜 수가 없었다. 등골에서 땀이 오싹 하고 서리우며 낯이 확확 달아왔다.

그러니, 뱉아놓은 말이라, 다시 틀어막을 수도 없고, 손을 한 개 대서 창피한 꼴을 자위라도 시키자니 북처럼 치면 더 큰 소리만 날 것 같아서 흥분에 떨리는 마음을 억지로 누르고 눈을 흘겨서 그러지 않아도 어느새,

"그리구……."

하고, 뒷말을 꺼내는 아내의 주둥이를 틀어막으며 문밖으로 나왔다.

　　누른 논에 허재비 우습고나야
　　양복쟁이 허재비 신사허재비

소를 먹여가지고 고래트리로 들어오던 아이들이 그 허재비를 보고 또 이렇게 노래 격으로 건드리는 소리가 들린다.

이제 와서 이 소리를 들으니 나를 두고 하는 소리인 것처럼 부끄럽다.

— 〈신인문학〉, 1935. 12.

오리알

1

반 삼태기가 넘게 짊어놓은 자갈을 만금은 지고 일어섰다. 뼈마디가 졸아드는 듯이 짐은 무겁게 내려누른다. 누르는 맛이 아침결보다 차츰 더해오는 것은 피로에 지친 까닭인가, 발자국을 떼니 걸음까지 비친다.

그러나 만금은 지게 작대기에 옴을 실어가며 또박또박 걸음을 옮겨 짚는다. 열 살 난 아이에게는 확실히 과중한 짐이다.

부르걷은 무릎마다 아래로 튀어질 듯이 불근거리는 두 개의 종아리, 자식의 그것을 뒤에서 쫓아오며 내려다보는 어머니의 마음은 꽤 애처로웠다. 자식의 짐을 좀 헐하게스리 자기가 좀 더 갈라였더라면…… 하는 생각도 순간 미쳤으나 그것은 애처로움에서

의 정뿐이요, 이미 광주리 전이 넘도록 인 자기의 돌 광주리만 해
도 목이 가슴 속으로 빠져들어 가는 듯이 거북한 것을 뒤미처 느
낄 땐 오직 그만한 억센 힘을 못 가진 것만이 안타까웠다.

아버지나 생존해계셨으면 자식은 아직 이런 고생은 아니 하고
도 지내게 될 것이 아닌가— 하는 쓸데없는 생각도 해보며 고르
지 못한 산등의 사탯길을 조심조심 걸어 내려와 후유 하고 한숨
과 같이 걸음을 세우고 숨을 돌리며,

"얘, 만금아 좀 쉬어서 가지 않겠?"

하고 아들을 내려다보았다.

"그대로 가요."

만금은 귓바퀴에 진땀을 쭉쭉 흘리면서도 힐끗 한번 어머니를
돌아다보았을 뿐 배칠배칠 그대로 걸었다.

무엇보다도 지게 멜빵이 매달린 양쪽 어깨가 부풀어나 일어서
는 듯 쓰리고 못 견디게 허리는 끊어져 왔다. 그러니 만금인들 좀
쉬어서 가고 싶은 마음이야 없었을 것이랴만, 모아놓은 그 돌은
오늘 하루 안에 초시네 집에까지 말짱하게 져다 놓아야 돈을 받
을 수 있으리라는 것을 미루어보고, 아직 남은 돌이 다섯 짐도 더
될 것과, 벌써 한나절이 기운 해와를 맞비겨 볼 때 만금은 한 걸
음이라도 지체할 수가 없었던 것이다.

돈 50환, 그것은 확실히 오늘 저녁 안으로 필요했다.

'어머니도 아버지도, 아니 집까지 모두 잃어버리고 노상에서
헤매는 전재 고아를 위하여 우리 가난한 주머니라도 다 같이 털
어서 전반 생도가 50환씩 동정을 하기로 하자.'

이런 의미의 말을 담임선생으로부터 들었을 때, 만금은 눈물을

흘렸다. 그것은 자기의 사정도 같았기 때문이다.

바로 작년 여름 그 끔찍스럽던 물난리로 말미암아 자기네 집에서도 지은 농사는 물론 숟가락 한 가락 남기지 않고 집채로 물에다, 아니 이 통에 아버지와 누이까지 잃어버리고 어쩌다 어머니와 자기만이 살아나서 쌀 한 알 없이 굶던 생각, 그 여울은 지금까지도 벗을 수 없어 빚을 잔뜩 지고도 끼니에조차 헤매이게 되는 신세임을 생각할 때, 어머니조차 없는 그들의 정황이야 오죽하랴 싶어 만금은 자기도 그 돈 50환은 어떻게 해서라도 가져오리라 마음에 새겼다.

그러나 한 달에 백 환씩인 월사금도 아직 두 달 것이나 밀려오는 처지였다. 50환이란 하잘것없는 돈이었지만 그것이 그리 용이하게 마련되는 것이 아니었다.

만금은 이것이 어쩐지 월사금을 못 가져가는 것과는 달리 마음이 안타까웠다. 비록 50환이라는 돈이 그들의 배를 끝내 불려주지는 못한다 하더라도 당장 주린 배에 한술 밥이라도, 그리고 따뜻한 자리에서 하룻밤의 잠자리라도 보태어주고 마련해주면, 아니, 그 한술 한술 밥이 모여서 한 그릇 밥이 될 것이 아니냐 하던 선생님의 말씀 그대로 만금은 자기도 한술 밥을 그들의 곤 밥그릇 위에다 덧얹어주고 싶었다.

만금은 그날 밤 선생님의 이런 말씀을 듣고 야학에서 돌아오는 손, 어머니를 붙들고 50환만 해달라고 졸랐다.

어머니도 만금의 그 말을 듣고는 어떻게 해서든지 그 돈 50환만은 마련해주리라 무척 애를 써보았건만 하는 수가 없었다. 그러다가 지난 토요일 날 밤에 선생님은 오는 화요일 날 저녁까지에는 전반 생도가 죄다 가져오도록 하라고 또다시 재촉하는 말을 듣고 만금은 또 눈물을 흘렸다. 지금 형편으로서는 아무리 애를 써봤댔자 그때까지에 그 돈이 마련될 것 같지 않았기 때문이었다. 그랬던 것이 뜻밖에도 그 이튿날 아침 나무하러 산으로 가다가 윤 초시네가 집을 지으면서 자갈을 산다고 동네 아이들이 분주히 돌주이를 하는 것을 보고 만금이도 그 자리에서 지게를 벗어 던지고 그 아이들과 같이 돌주이를 시작하였던 것이다.

그리하여 어제는 진종일 돌을 주워 모으고 오늘은 아침부터 그것을 져 나르던 것이었으나 짐을 져보니 생각과는 달라 혼자로서는 도저히 오늘 하루에 그 돌을 다 져 나를 수가 없어 점심참부터는 어머니까지 졸라서 끌고 나왔던 것이다.

2

윤 초시네 집 밭 도랑에는 올송졸송 돌더미가 수십 개 이루어졌다. 그리고 그 돌더미 곁에는 돌 임자 아이들이 제각기 지켜 서서 어서 검사를 마쳐주기를 기다리고 있었다. 만금의 돌더미도 그 많은 가운데서 빠지지 않게 큰 더미에 꼽힐 하나이었다.

윤 초시네 머슴은 석유통을 들고 다니며 일변 돌 되기에 바쁘고 초시 아들은 수첩을 꺼내 들고 연필 끝을 혓바닥에다 찍어가며 머슴이 부르는 대로 치부를 한다. 만금의 돌은 열 상자였다.

"너는 4백 환이다."

하고 초시 아들은 조그만 것이 돌은 많이도 졌다는 듯이 만금을 한참 노려보더니 혀끝에 굴리던 연필을 또 수첩 위로 옮겼다.

4백 환, 만금은 야학에서 갓 배운 구구법을 외어보았다. 한 상자에 40환씩이면 열 상자이니 일 사는 사 4백 환, 그리고 그것이 틀림없음을 알고 순간 형용할 수 없이 기뻤다. 그것을 가졌으면 그렇게도 애타던 그 50환은 우선 오늘 저녁으로 학교에 갖다 낼수 있을 것이다. 자기의 힘으로 벌어서 헐벗고 굶주려 우는 전재고아들의 한술 밥에 자기의 힘도 이처럼 미치는 것이 더할 수 없이 기꺼웠다. 그리고 남은 3백 50환으로는 밀린 월사금 낼 수 있으므로 부끄럽지 않게 뻐젓이 학교에 다닐 수 있을 것이고 또 손에 잡히지 않을 만큼 닳아빠진 연필 꽁다리도 인제 집어던지고 새것을 마련할 수 있을 것이다. 그리고 또 공책도…… 하고 생각하니 만금은 기꺼움에 피곤한 줄도 모르고 밭도랑 위에 두 다리를 쭉 펴고 주저앉아서 어서 돈을 받았으면 하고 딴 아이들의 검사도 빨리 끝이 나주기를 눈이 빠지도록 기다리게 되었다.

해가 이미 저물어서야 돌 검사는 끝이 났다. 아이들은 이제야 돈을 받게 되었구나 하고 마지막 검사가 끝나기 바쁘게 초시의 아들 앞으로 모두들 우루루 몰려들었다. 그러나 초시 아들은 돈은 계산해줄 염은커녕 수첩을 그대로 접어서 호주머니 속에 쓸어넣었다. 해가 이미 졌으니 돈은 낼 수가 없다는 것이 그 이유다. 그것은 해만 지면 어떠한 일이 있더라도 돈은 일체 대문 밖으로 내어 보내지 않는 옛날부터 지켜온 윤 초시네의 엄중한 가풍이었던 것이다. 그러면서 내일 오정 때쯤 모두 사랑으로 와서 돈을 받아가라는 명령뿐이었다.

이 소리에 아이들은 그만 맥이 탁 풀렸다. 더욱이 오늘 저녁 안으로 돈이 필요한 만금이는 눈앞이 다 아찔하였다. 돈을 벌어놓고도 그 돈을 못 가져다 내다니, 내일은 그것을 전부 신문 지국에 가져다 맡긴다는데ー. 생각하면 할수록 안타까운 일이었다.

"주사님, 전 돌값 이제 주문 좋겠어요."

만금은 생각다 못하여 입을 열었다.

"오늘 저녁은 못 준다니까 그래."

하고 초시 아들은 만금을 한참이나 쳐다보더니,

"으응, 네가 최만금이지. 넌 이제 너의 어머니를 좀 보내라."

하고 수첩을 다시 꺼내어 만금의 이름 꼭대기에다 무어라고 표시를 하였다.

이것을 본 만금은 자기는 따로 특별히 고려를 하여주는가보다고 기꺼움에 두말없이,

"네에."

하고 대답을 흘리면서 집으로 내달렸다. 그러고는 저녁이나 먹고 가보자는 어머니를 재족재족 졸라 초시네 사랑으로 보냈다.

만금 자신도 진종일을 시달린 몸이라 어지간히 시장한 것이 아니었으나 저녁을 먹을 생각도 아니 하고 야학이 늦어지는 것 같아 책보까지 미리 싸서 대문 밖으로 나와 어머니를 기다렸다.

그러나 어머니는 좀처럼 돌아오지 않았다. 이미 날은 어두웠다. 벌써 마을에서는 한 집 두 집 불을 켜기 시작했다. 야학에서도 머지않아 종소리가 들릴 것 같았다. 만금의 마음은 초조하였다. 어둠 속에다 고개를 내빼고 기웃거리며 기다리다 못하여 이어 초시네 사랑으로 가서 어머니를 만나고 야학으로 직접 가리라 생각하는데 그제서야 어머니는 어슬어슬 돌아오고 있었다.

만금은 반가움에 저도 모르게 달려가 치맛자락을 붙들고,

"4백 환이지!"

하고는 어머니의 손아귀부터 더듬었다.

그러나 어머니의 그 손에도 아무것도 없었다.

"응, 4백 환이지? 어머니."

하고 만금은 어머니의 다른 한 손에다 또 손을 가져갔다.

그러나 어머니의 그 손 안에도 아무것도 쥐인 것이 없었다.

순간, 만금은 어쩐지 마음이 섬드레해짐을 느끼며 어머니의 치마끈으로 손을 옮겨 붙들었다. 그리고 얼굴을 올려다보았다. 어서 하여 달라는 조급한 대답의 재촉이었다. 어머니는 아무 대답도 없이 한참이나 만금을 내려다보다가,

"넌 뭘 잘 듣지두 못하고 와서 그러니, 우리는 돈을 주지 않겠다는데ー."

하고 한숨을 꺼지게 쉬었다.

이 소리를 듣는 만금이는 그 이유를 물을 여유도 없이 갑자기 정신이 팽 돌며 눈앞이 아물거렸다.

"그러니 할 수 있니. 네 아버지가 작년 여름에 보리쌀 두 말을 갖다 먹은 게 있는데 그걸 갚지 못했다구 그 값으로 그 돌 값을 탕감한대더라. 그래서 날 오라구 그랬구나."

하고 어머니는 쓴 입을 다시었다.

그러나 만금이는 아무리 아버지가 진 빚이 있다고 해도 이제 그 돈 50환을 필요로 해서 그렇게 힘들게 일한 그 돌 값을 그 빚으로 때어버릴 수는 없을 것 같았다. 그리고 설혹 그런 생각을 초시네가 가지고 있다고 하더라도 자기가 그 돌을 지게 된 그 연유

를 말하면, 그리하여 오늘 저녁으로 절박하게 된 사정을 알게 된다면 딴 애들은 안 주더라도 자기의 돈만은 곧 내어줄 것 같았다. 분명히 어머니가 자기 사정을 전하지 못한 탓이리라 여기고 만금이는 선 자리에서 초시 댁으로 내달았다.

3

"너 왜 또 오니? 어머니 보지 못핸?"

사랑문 안으로 들어서는 만금을 보자, 초시 아들은 귀찮다는 듯이 눈살을 찌푸렸다.

"어머닌 봤어요."

"봤는데 왜 또 와?"

"보리쌀 값은 요 다음에 벌어 갚아두 오늘 돌 진 값은 이제 주믄 좋겠어요."

그리고 만금은 이 밤 안으로 돈 50환은 학교에 가져다 내지 않아서는 안 될 절박한 사정이라는 것을 낱낱이 말하였다.

그러나 초시 아들의 귀에는 그런 말이 들어가지 않았다.

"글쎄 너의 어머니에게 말을 다 했대두 그러누나."

하고 초시 아들은 그러니 더 말할 필요도 없다는 듯이 획 안으로 들어가 버리고 말았다.

그래도? 하고 한 줄기 희망을 품고 왔던 만금의 눈앞은 다시 아찔하였다. 참기 어려운 눈물이 순간 쭈루루 쏟아졌다. 만금은 발길을 돌렸다. 그러나 길이 보이지 않았다. 야학으로 가야 하나 집으로 돌아가야 하나, 어떻게 해야 좋을지를 몰라 망설이며 초시네 사랑 뜰을 나와, 담 모퉁이를 꺾어 돌던 순간 횡 하고 여무지게 땅바닥에 나가 엎드러졌다. 그러지 않아도 어두운 길에다 마음의 갈피를 못 잡아 돌부리에 걸렸던 것이다.

그러나 놀란 것은 그것만이 아니었다. 넘어지는 바람에 손에 들었던 책보가 두 발 가웃이나 앞으로 달아나 대뜸 기슭으로 떨어졌기 때문에 간신히 정신을 수습하여 그 책보를 찾으려 어릅쓸며[1] 돌아가다가 하마터면 뒤로 또 곤두박질을 할 뻔하였던 것이다. 어릅쓸던 손이 담 밑으로 들어갔을 때, 그 안에서 오리 한 마리가 기겁을 하여 날개를 치며 면판을 밧쫓고 마주 달려 나왔던 것이기 때문이다.

그러나 그다음 순간 그것이 어떻게 된 연고이었던 것임을 알았을 때 만금은 가슴이 두근거림을 느끼었다. 책보를 더듬으려 다시 어릅쓸던 만금의 손에 잡히는 것이 있었던 것이다. 담뜸 밑으로 오목하게 닦인 집검부지 속에 낳아놓은 오리알이 그것이었다. 쓸어보니 오리알은 한 알이 아니요, 세 알이나 대글거렸다. 만금은 그것이 오리알이라는 것을 짐작하게 되는 순간 그것을 학교 앞 거리 상점에 가져다 팔았으면 50환은 넉넉히 받을 수 있으리라는 생각이 머릿속에 떠올랐던 것이다. 그리고 그것은 안타깝게도 만금의 마음을 찰지게 붙들고 놓지 않았다.

'죄다. 남의 물건을 훔친다는 것은 죄다.'

만금은 몇 번이나 이런 생각을 하고는 그 자리를 떠나려 하였

---

1 '어루만지며'의 방언.

으나, 뒤미처 그의 눈앞에는 헐벗고 굶주려 우는 전재 고아가 나타났다. 그러고는 살려달라는 듯이 자기의 어깨에도 그들이 무수히 달려와서 매어달리는 것 같은 환상이 눈앞에 어릴 때, 그의 손은 어느새 벌써 오리알에 가 닿아서 떨리고 있었다. 그는 더 생각할 여지가 없었다. 한 알, 두 알, 세 알 연거푸 들어내어서 책보에 쌌다. 그는 죄를 범하였다는 두려운 생각보다 돈을 마련할 수 있다는 것이 앞서서 그의 마음을 즐겁게 하였다. 만금은 가게에 달려가 한 알에 20환씩 세 알에 60환을 받아들고 그 길로 사무실로 들어가 그 60환을 모두 내놓았다.

"넌 이거 10환이 더 왔구나."

하고 돈을 세어보던 선생은 만금의 앞으로 10환 한 장을 도로 밀어놓았다.

"선생님, 전 그 60환 다 내겠어요."

만금은 그것이 잘못이 아니고 10환을 더 낸다는 뜻을 밝히었다.

선생은 만금의 뜻밖의 대답에 눈이 둥글하여,

"아니, 그럼 너는 10환을 더 낸단 말이냐?"

하고 만금을 뚫어지게 바라보았다.

"네에, 저는 10환을 더 내겠어요."

선생은 놀라지 않을 수 없었다. 이 눈물의 성금! 월사금도 못 가져오는 만금의 처지를 모르지 않았다. 그 실은 50환도 만금에게서는 믿지 않고 있던 선생이었다. 그렇던 만금이가 이제 50환에다 10환을 더 얹어 가져왔다! 이 10환 한 장은 실로 몇만 환 금을 누르는 참된 성의 그대로의 큰돈이라고 선생은 생각하였다.

"너 아무쪼록 공부 잘해라. 너는 반드시 장래에 훌륭한 인물이 될 것이다."

하고 선생은 참으로 감격하여 만금의 머리를 어루만져주었다. 그리고 첫 시간인 산수 시간은 만금의 칭찬으로 탁상을 울려가며, 가난뱅이로 세상에 이름을 떨친 '링컨'이니 '후버'니 하는 위인들을 끌어다 그 내력을 말하며 수양 강화를 한바탕 베풀었다.

4

이튿날 만금의 전재 고아 동정금에 대한 사실은 온 동네에 쫙 퍼졌다. 동네에서도 동정금을 모집하게 된 야학 선생은 동네 사람들로부터는 동정금을 내게 할 그 성의를 고취하기 위하여 가는 곳마다 만금을 내세우고 칭찬을 하였던 것이다.

그리하여 만금의 동정금에 대한 사실은 이 집 건너 저 집 건너 온 동네에 쫙 퍼져 이야깃거리가 되고 보니 그 돈은 오리알을 판 돈이라는 사실이 자연히 상점 주인의 입으로 흘러나와 오리알을 잃은 초시네 귀에까지 흘러 들어가게 되었다. 그리하여 그 돈은 초시네 오리알을 밤에 훔쳐다 판 돈이라는 것이 필경 밝혀지고 말았다. 그러니 만금을 두고 동네방네 칭찬을 돌아다니던 선생은 멋쩍은 입을 다시지 않을 수 없게 되었다.

"너 어제 그 돈 60환을 어디서 마련했니?"

그날 밤 선생은 야학으로 올라가자 만금을 사무실로 불러들이고 질문이었다.

"……."

"요놈아, 왜, 대답을 못 해?"

선생은 분함을 참을 수 없는 듯이 다짜고짜 만금의 뺨을 한 대 후렸다.

"요놈, 뉘가 도둑질해다가 그 돈을 가져오라구 이르던? 그리구는 빤빤스럽게 선생을 속이구. 응 요놈."

다시 건너가는 선생의 손은 만금의 귀 곁으로 가서 또 찰싹 소리를 내었다.

할 말이 없는 만금은 그저 바들바들 떨며 눈물을 흘릴 뿐, 부끄러움에 못 참는 머리만이 점점 수그러질 뿐이었다.

"거짓말을 다시 또 할 테냐? 요놈."

"안 하겠습니다."

"도둑질을 또 할 테냐? 요놈."

"안 하겠습니다."

"다시 그런 못된 짓을 어디 또 해봐라. 이 자리로 당장 그 오리 알을 물러다가 초시댁에 가져다드려."

하고 선생을 돈 60환을 테이블 서랍에서 꺼내어 책상 위에다 획 밀어 던졌다.

선생의 손끝에서 힘 있게 밀리는 돈이 눈앞으로 미끄러져 들어오는 순간, 만금은 갑자기 설움이 북받쳐 울음을 어찌할 수가 없었다. 들먹이는 어깨 따라 가다듬었던 눈물이 또다시 주르르 흘러내리며 지전 위에 뚝뚝 떨어졌다.

"냉큼 집어 들고 나가지 못해!"

깩 소리와 같이 텅 하고 선생은 주먹으로 테이블을 울렸다.

만금은 말없이 떨리는 손으로 돈을 움켜 들었다.

어제저녁 상점에서 오리알과 바꿔 들었을 때의 그 돈과의 감정의 교차를 손안에 느낄 때 만금은 가슴이 찢어지는 듯하였다. 힘없이 발길을 돌리는 걸음 좇아 마룻바닥 위에 점점이 떨어지는 말간 눈물방울을 만금은 밟고는 또 떨어뜨리고 떨어뜨리고는 또 밟으며 무거운 걸음을 옮겨놓고 있었다.

— 〈조선농민〉, 1936. 4.

심원 心猿

가산이 패한 것은 확실히 마음에 언짢았으나, 원통까지 한 일은 아니었다. 그러나 가세가 떨림에 인격조차 떨어지는 것은 원통한 일이 아닐 수 없었다.

성재 씨는 감자를 캐가다도 문득 떠오르는 생각에 호미를 먼즉 놓았다.

'법이 없어도 살 사람이다. 성재야 머 악한 짓을 해본 때가 있가끼.'

'악한 짓두 눈깔이 바루 백이구야 허지. 원래 성잰 위인이 어리석은걸. 제레 밥을 안 굶고 ─.'

확실히 전자보다 후자는 듣기 역한 소리다. 아니 모욕에 가까운 말이다.

그러나 그것은 지금 일반으로부터 자기를 가리키는 말이다. 그런 말을 듣는 데 마음이 허한다면 역할 것도 없겠다. 그러나 그렇지 않다고 아는 자기의 마음을 몰라주는 데 안타깝다. 옛날이나 지금이나 그 성재, 그 성재임에는 누구보다 자신의 양심이 자신을 더 잘 안다. 그 무엇이 세인으로 하여금 자기의 마음을 이렇게 삐뚜로 엿보게 만들었노.

그러나 그것은 이 밖에 더 나아가 그 귀착점에 생각의 실마리는 풀리지 못하고 얼크러진다. 재산이 있을 때 오던 찬사가 이렇게 바뀐 것이니 파산에 원인이 있으리라는 그저 막연한 추측이 저로라고 나설 뿐, 그리고 다음 순간엔 더러운 돈이란 귀결로 언제나같이 끝 맺혔다.

하지만 그렇게도 더러운 돈이라고 내심으로 저주는 하면서도 그 돈을 다시 잡아보려 될 수 있는 데까지 힘을 다해보기에 애를 쓰고 있는 자신임을 부정하지 못할 때 가장 바른 마음의 소유자라고 자처하던 자신의 신상에 일어나는 한 커다란 의욕을 물리칠 수가 없었다.

모을래서 모았던 돈이 아니었고, 또 알뜰히 돈에 목을 매고 살지도 않았다. 한결같이 사랑문을 열어놓고 오고가는 손님 접대를 잊지 않았고 공공사업에 기부 같은 것도 기회만 있으면 아낀 적이 없었다. 그리고 만 원에 가까운 채권을 포기하여 인근 수백여 빈농으로 하여금 북만주 길을 잊게 한 적도 있다.

이로써 사람들은 자기를 가리켜 법이 없어도 살 사람이라는 믿음의 칭호를 주었거니와, 이것은 결코 명예를 위하여 불러왔던 사실도 아니었고, 장차 그 명예 속에서 행복을 찾는 것도 아니었다. 다만 그 명예가 양심의 반증이라고 아는 것이 기꺼웠고 기꺼우니 그 속에서 행복을 느낄 뿐이었다.

그러나 이런 행복 속에서 삶을 찾는 마음은 돈에 대한 애착을 몰랐다. 세간을 임의로 할 수 있는 자유를 가진 지 불과 십여 년에 천여 석 추수의 토지는 냉정하게도 뭇사람들의 손으로 흩어졌다. 그리고 궁박 궁한 나머지 집칸을 파는 것으로 밑천을 삼아 마을 끝에 한 채의 주막을 옮기고 술을 파는 것으로 생계를 삼지 않아서는 안 되는 구차한 살림으로 전락을 하게 되니 법이 없어도 살겠다던 성재 씨의 신상에는 별의별 소리가 인격을 물어뜯기 시작했다.

오십 년 생애의 이 한 사람의 몸뚱어리에 오고 가는 변화—. 내 돈을 내가 없앤 것이요, 또 그리함에 그들을 위함이 있었을지언정 누구의 것 하나 다친 것이 없건만 무리하게도 주었다 빼앗는 명예—.

성재 씨는 새삼스럽게나 생각하는 듯이 다시금 놀라며 한숨과 같이 힘없는 손에 또 호미를 들었다.

패어서 헤치는 흙 속에서 콩알 같은 감자알이 수둑이 묻어 나온다. 한 달만 지나면 마음대로 주먹같이 크게 자랄 감자알들이다. 그리고 그때면 제법 양식이 되어줄 그 감자이언만 무참히도 호밋날에 목이 잘리는 것이 마음에 아쉽다. 아직 감자 포기를 파들추기에는 너무도 이른 시기인 것은 모르는 배 아니었으나 시재의 용도에 말유하다. 기껏 컸대야 몇 포기 새에 달걀만큼씩한 것이 한 알씩 덧묻어 나오는 그 요행이 이렇게 한참 자라는 감자 포기를 파 들추게 되는 것이다.

이러다가는 맺히는 감자를 다 파버리게 되지는 않을까 짐짓 염려가 없지 않았으나 여름철의 술장수는 맞돈에 궁하다. 떨어진 안줏감에 저녁 술손님을 볼 수 없으리란 것이 이렇게라도 하지 않으면 안 되었던 것이다. 내키지 않는 마음이언만 성재 씨는 포기마다 호밋날을 아니 끌고 다니는 수가 없었다.

간신히 마련된 감자알이 납작납작하니 얇게 썰려서 접시 위에 뒤개어 얹히었다.

그러나 개똥벌레가 불을 켜기 시작해도 손님은 얼씬도 않는다.

단오목을 지나니 손님은 알아보게 발을 끊는다. 여름철과 술장수는 이렇게도 인연이 멀었다.

그래도 밤마다 손님이 서넛은 없어본 일이 없는데 이제나 오려나, 이러다가는 이달엔 색시의 몸값도 어렵잖을까, 이십 원도 큰돈일 것 같다.

색시는 쓸데없이 윗간에 혼자 넘어져서 노랫가락을 입버릇처럼 흥얼거린다.

저것을 데려다 놓고 사람들을 호려들임으로 삶을 지탱해가려는 자신이 가엾기도 했다.

동네의 새파란 젊은 축들이 저것을 보고 밀려 나와 뒤덤벅실 때 당연히 일러야 할 도덕상 책임을 지고 있는 윗사람으로서 못 본 체 슬그니 자리를 피하지 않아서는 안 되는 것이다. 여기에 마음이 괴롭다.

그러나 그들이 갈 때에 떨어치고 간 돈을 손에 쥘 때는 말 바로 상쾌한 일이다. 분명히 전에 느껴볼 수 없던 더러운 즐거움이다. 그렇지만 그 즐거움을 군이 찾고 또 가지지 않아서는 안 된다. 그것은 부정할 수 없는 사실이다. 지금도 그 즐거움의 대상이 되어 줄 손님을 기다리고 있는 것이 아닌가 할 때 성재 씨는 자기의 맘속을 이렇게도 알 수 없이 파먹는 벌레가 야속도 했다.

한숨과 같이 몸을 뒤채 일으켰다. 그리고 샛문을 밀고 손님을 위하여 준비하여놓았던 술상 위에서 주전자를 집어 들었다. 괴로움의 벗이 술인 줄을 안다. 마음의 위안을 찾자는 것이다.

"그 바른 술을 또 축내디. 에이구 뒤상두!"

마누라의 말은 듣는지 마는지 성재 씨는 잔에 술을 따른다.

"술이 없다던 걱정두 그저 괴난 소리야! 그러기 우린 이런 노릇두 못 해 먹구 산대니깐."

이 소리는 분명히 남편의 인격을 물어뜯는 말이다.

그러나 비로소 지나보는 것이 아니다. 대꾸를 하려다가는 한정이 없음을 안다. 잠자코 부어서는 곰배님배 마시는 사이 주전자는 점점 가벼워지며 까꿉서기를 요하더니 주룩 하고 방울만이 뚝뚝 잔 안에 든다. 열 잔도 못 부었다고 아는데 술은 끝이 난 것이다.

성재 씨는 그것을 한 병이라고 넣어서 사람을 속이는 것이 비로소 깨닫기는 듯 낯이 간시러웠다. 반병은 좀 넘을까. 그렇지 않으면? 생각하여보는 동안, 저적거리는 발자국 소리가 마당에 들리다 멎는다. 성재 씨는 안주로 가던 손을 내밀다 말고 다시 귀를 가다듬었다. 수군거리는 소리가 극히 가늘게 흘러든다. 얼른 주전자를 밀어놓고 눈짓을 색시에게 주며 골방으로 들어갔다. 자기 때문에 자유로 들어올 수 없는 젊은 술꾼들의 행색임을 짐작할 수 있었던 것이다.

손님을 맞아들인 색시는 손님이 다섯이나 되는데 술이 모자라겠다고 마누라와 같이 상을 차리며 수선거리는 소리가 들린다.

다섯 명의 손님이라는 데 성재 씨는 적지않이 정신이 새로웠다. 그러나 술이 모자라서 양전에 돈을 남겨 돌려보낼 생각을 하니 그 바른 술을 축낸 것이 금시 후회스럽다.

성재 씨는 은근히 계획해오던 창안을 생각해보았다. 그리고, 그것의 실현을 순간 미련도 없이 이제 베풀기를 주저치 않았다. 술에다 물을 타자는 것이다. 이 법칙에 손님들은 으레히 상들을 찡글 것이나, 그런 술을 먹이기 위한 색이 있고, 또 이런 노릇은 색에 끌리는 축들이야만 뜨끔히 떨어뜨리는 것이 있다. 그러한 인물이 수두룩함을 이제 손님들 가운데서 진맥해온 것이다.

성재 씨는 가만히 일어나 뒷문을 밀고 부엌으로 돌아가 두 병 술에다 한 병쯤 물을 타서 세 병을 만들기를 일렀다. 그리고 취한 기색이 드러났음에도 술을 그냥 찾을 때에는 좀 더 물질을 해도 괜찮으리라고 다시 한번 참고로 이르고 골방 속으로 되돌아와 누웠다.

협착하고 불 없는 골방 속은 가슴을 누르는 듯이 답답하다.

방 안은 차츰 시끄러워진다. 손님을 호리는 색시의 노랫가락이 귓가에 역하다. 이런 짓을 아니 하고는 못 살까? 차라리 듣지 않으리라, 성재 씨는 잠을 청하려고 눈에 힘을 주어 감았다.

거의 열 잔 푼수나 들이킨 술은 벌써 어릿더릿 정신을 흐리기 시작한다. 감은 눈앞에서 천장이 빙글빙글 돌아가는 것 같다. 잠이 어릿어릿 몸이 녹아진다고 느끼고 있는 순간, 성재 씨는 바늘에 귀를 찔리는 듯 놀라고 눈을 번쩍 떴다.

"크으, 에에 이게 무슨 술이야. 이거 물을 탔구나! 이렇게두 원물을 탄담! 이년아, 대관절 물에다 술을 탔네? 술에다 물을 탔네? 크으!"

그렇게도 지껄이는 소리가 무슨 소리인지 모두 몽롱하게 귓전을 흐르고 말건만 그 한마디, 그것은 귀를 때리는 것같이 쑥 들어왔다.

"사람의 일은 참 모를 거로군."

"참말이야. 제것 없으문 굶어 죽을 줄만 알았던 성재 영감이 술에다 물을 타다니!"

"흥, 이제야 눈깔이 바루 백이는 모양이디."

뒤미처 흘러드는 그들의 대화―성재 씨는 몸이 흔들릴 만큼 놀랐다. 자기를 비방하는 데서가 아니라, 그것은 결코 악평으로만 볼 수 없는 반은 더 자기의 인격을 돋우보는 말이라고 아니 들을 수 없는 까닭이다.

싱거운 술에 상들을 찡그리면서도 그들의 말은 이런 데 일치된다. 차마 못 할 짓이라 내심 허하지 않는 것을 눈을 딱 감은 데 지나지 않았으나, 그것은 도리어 종래의 악평에서 버젓이 벗어날 수 있고 따라서 또한 명예를 도웁는 소임도 되어 있는 것이다.

악의를 베풀수록 반비례로 인격은 올라간다. 명예가 결코 언짢을 이치 없지만 현재의 생활에서 삶의 가치를 찾지 못하는 성재 씨의 마음은 만족할 수 없었다.

바로 말하면 그 명예는 자기에게는 더할 수 없는 모욕인 것이다. 그러니 삶을 위하는 수단은 앞으로 자기에게서도 악의와 인연을 멀리할 수 없는 것임을 알 때, 좇아서 점점 올라갈 자기의 인격을 미루어보니 우스운 것이 세상사 같았다.

"자아, 어서 잔을 따려므나, 물 아니라 물 해내빌 탔대문 어때? 누가 머 술 먹으러 왔나?"

"암 그렇지, 그렇구말구 누가 참 머 술 먹으러 왔나, 요것 보러 왔디."

"아니, 참 요년 옥심이 너, 사람을 그렇게도 녹여내는 법이 어디 있다든?"

술에다 물을 탔건 말건 그들은 좋아라고 옥작이며 그저 진탕 치듯 먹어댄다.

마음이 허하는 계획은 아니었으나 색으로 위하여서는 아무런 불평도 없이 손님들은 그 술을 이렇게 먹는 것을 볼 때 성재 씨는 그 계획의 성공이 은근히 기꺼웠다.

그리고, 앞으로도 그런 법칙을 계속만 한다면 어느 정도까지 군색은 면해질 것이 아닌가 하니 마음의 고삐도 한결 늦춰지는 것 같았다.

성재 씨는 손님을 호리는 옥심의 애교가 귀여운 듯이 코웃음을 하며 녹아져 오는 몸에 사지가 늘어나는 듯하게 기지개를 켰다.

— 〈비판〉, 1938. 5.

청춘도

서곡, 창조의 마음

　자유로 허여된 꿈일진댄 아름다운 꿈이라도 꾸고 싶다. 세상을
경도시킬 걸작이야 꿈엔들 그려보기 바라련만 하다못해 마코라
도 한 갑 생기거나 그렇지 않으면 계집이라도…… 쓸모없는 시시
한 꿈이 비록 몇 시간 동안이나마 현실의 시름을 잊고 지낼 수 있
는 행복된 잠을 또 깨워놓는다.
　―어디로 들어왔는지도 모를 한 마리의 새앙쥐― 바르르 책
상귀로 기어올라 꿰어진 양말짝을 하릴없이 쏟다. 그리던 그림에
붓대를 대다 말고 조심스레 손을 어이 돌려 책상 위로 늘어진 꼬
리를 붙드는 찰나, 날쌔게도 고놈의 새앙쥐 팩 돌아서며 손잔등
을 물고 늘어진다.

'아 야아' 놀래며 손을 뿌리치니 어이없다. 새까만 방 안은 보이는 것 없이 눈앞에 막막하고 곤히 잠든 아버지의 숨소리만이 윗목에 한가하다.

무슨 꿈이야 못 꾸어서 하필 새앙쥐에게 물린담. 꿈조차도 아름답게 못 가진 자신이 가엾기도 했다.

상하는 반듯하게 누웠던 몸을 모로 뒤챘다.

눈을 뜬대야 보일 턱이 없는 새까만 방 안이요, 게다가 눈을 감기까지 했건만 눈앞은 환히 밝다. 빽빽이 둘러선 송림, 그 산턱을 떨어진 약수터 풀밭 길을 오불꼬불 금주는 걸어 내려온다.

"벌써 아침 물참을 보고 오십니까?"

"네, 머, 전보다 별로 일러 뵈지도 않는데요."

"아침 물은 방불이 차지요?"

"막 가슴이 뚫어지는 것 같애요."

제법 만나기나 한 듯이 말을 주고받기까지 해본다.

이렇게 금주가 안타깝게 잊히지 않은 것은 그 여자에게 반했으므로설까, 아무리 이성에 주렸었기로서니 가슴이 반이나 썩어진 듯한 그의 표정 — 배꽃을 비웃는 하이얀 얼굴은 금시라도 피를 콸콸 쏟아낼 듯한 정경이 아닌가. 그런 여자, 그 여자를 못 잊는다면 대체 어찌해볼 심판인가. 그래도 그 여자가 못 잊힌다면 자기는 오직 한 가지만을 아는 짐승과도 같지 않은가. 이것이 자기의 본성일까, 사람의 마음일까.

문득 이상한 촉감에 몸서리를 쳤다. 이성을 상대로 일어나는 불길임을 알았다. 초저녁 한동안을 이불 속에서 쌔우치던 불길이다. 맹렬히 붙음이 안타깝다. 끌 수 없음이 가엾다. 공상과 공상의 접촉은 기름과 같이 기세를 더한다. 등잔에 불을 켜고 일어나 앉으니 스스로 생각해도 우스운 꼴이다. 담배라도 있으면 하니 마코 향기가 혀끝에 일층 새롭다.

몇 번이고 털어봐도 없던 담배가 있을 턱 없는 지갑귀를 다시 털어보니 소용이 있을까. 삿귀라도 돌아가며 들쳐보자니 없는 꽁초는 샘날 수 없다.

허하지 않는 담배는 있었다. 선반 위에 아버지의 장수연갑이다. 도덕상 금단의 율칙이 두려운 것이 아니다. 율칙을 범하기 벌써 몇 번—초저녁에도 꺼내고 남은 것이 몇 대 되지 않음을 안다. 노여勞餘에 아껴가며 한 대씩 피는 담배여니 이제 마지막 남은 밑바닥을 긁어내기 거북함이 마음에 걸리는 것이다.

그러나 이성을 그리는 마음보다 못지않은 형세의 담배 맛이다. 참을래 참을 수 없어 한 대에 적당하리만한 분량을 다시 집어내어 궁여의 고안 그대로 신문지 여백을 쭉 찢어 두르르 말아 침으로 붙인 다음, 성냥갑을 더듬어 들고 문밖으로 나왔다.

스무날 달이 하늘에 밝다. 누동섶 개천에 돌돌돌 물소리가 청아하다. 달밤에 물소리는 이상히도 마음을 당긴다.

담배를 붙여 물고 누동으로 나갔다.

한 바퀴 뚜렷한 달이 개천 속에 떨어져 잠겼고, 물을 헤치고 달을 찢으며 잘박잘박 역류하는 송사리 떼—귀엽다 말을 할까, 나불거리는 지느러미, 오물거리는 주둥이, 달빛에 번득이는 찬란한 비늘—몸을 뒤챌 때마다 눈이 부신다.

물속에 가만히 손을 넣으면 놀래어 흩어진다. 그러나 얼마 아니 있어 다시 송사리 떼는 몰려와 툭툭 하고 길을 막는 손바닥을 주둥이로 치받친다. 정신을 차려 먹고 날쌔게 줌을 쥐니 포드르르 줌 안에서 한 마리의 송사리가 생명을 원하는 듯 꼬리를 떤다.

다시 한번 또 한 번 거듭하여보는 사이, 올라가고 또 내려오고 수없이 뒤를 따라 오락가락 몰려다니는 송사리 떼임을 깨닫고 평범한 행동에서의 향락만이 아님을 알았다. 본능에 충실하려는 봄의 행사임이 틀림없었다.

본능의 만족을 위한 거룩한 행사에 구속의 손을 대었음이 극히 죄송한 듯하였다. 본능의 만족, 자연의 행사—거기에는 털끝만큼이라도 구속이 있어서는 안 된다. 자유는 생명과 같이 절대하다. 미련도 없이 둔덕에 집어 던졌던 몇 마리의 송사리를 다시 물속에 집어넣었다. 물 밖에 자유를 잃었던 몸이 둔탁하게 헤엄을 쳐간다. 오그그 송사리 떼가 다시 몰려와 그놈을 에워싼다.

문득 한 마리의 새가 깃을 펴고 물속에 나타나며 송사리 떼를 놀래고 달을 가린다. 누동으로 날아드는 공중에 뜬 해오라기다.

돌아옴을 반겨 맞는 듯 버드나무 상가지 둥우리 옆에 앉았던 한 놈이 끼익 끽 소리를 지르며 목을 뺀다.

무심코 바라보던 상하는 거기에도 봄이 왔음을 알았다. 위태로운 가지 끝에서도 생동의 힘에 못 참는 장난이 한 자웅으로부터 일어나는 것이다.

생동의 힘, 봄의 사자—그것은 물속에도 공중에도 찾아왔다. 그러나 오직 땅 위에 선 자기에게만 없는 것 같았다. 알 수 없는 촉감에 다시 몸서리를 쳤다. 둘 곳 없는 심사에 담배 꽁지를 개천 속에 힘껏 메어 던지니 마음이 시원할까, 난데없는 물살에 송사리 떼만이 놀래어 흩어진다.

1. 욕망

어느 것이라고 맘의 자유에 깃을 쳐본 때가 있었으련만 예술과 계집에의 자유에 깃이 없음이 더욱 한스러웠다. 예술의 신비 속에 생을 찾고, 계집의 아름다움에서 향락을 구했다. 계집에 마음을 두었음이 어찌 이번이 처음이었을까, 여사무원을 건드린 것이 이렇게 자유를 구속하는 원인이 될 줄은 몰랐다.

사장이 눈 건 계집이라고 맘 두지 말란 법 없지만 사장이 눈 건 줄을 모르고 허투루 다룬 것이 실책이었다. 사원 감원은 축출의 빙자요, 눈치에 걸린 것이 축출의 원인이었다.

그렇지만 않았던들 ××회사에는 달마다 오십여 원의 월급을 틀림없이 지출할 것이요, 그것은 또 족히 생활을 지탱해주고 있을 것이다. 돈에 자유가 없으니 예술도 빛을 잃고 계집도 없었다.

부탁은 서너 곳에 두었으나 용이히 나서는 일자리가 아니다. 기다리기까지의 생활을 객지에서 붙안아가는 수가 없다. 그렇다고 집으로 돌아오니 놀고먹기가 어렵지 않은가. 어머니 아버지는 밭갈이와 씨 뿌리기에 날마다 나섰다. 자기 한 몸의 수양을 위하여 이미 전답 낟가리를 모두 옮어다 썼으니 궁여의 아버지를 받들어야 마땅할 것이나 뜻에 없고, 부모의 뜻대로 진작 장가라도 들었더라면 한 가지 괴롬만은 모르고 지날 것을…… 또 부모의 조력인들 안 될 것인가. 학교를 마치고 얻자, 가정을 이루기까지의 토대를 닦고 얻자, 보다 더 완전한 살림에의 포만을 모르는 욕망이 이제 와서 가까스로 괴로움을 던져주었다.

2. 예술

쓸데없는 지난날의 되풀이는 마음만 산란한다. 캔버스를 들고 산으로 올라갔다. 심심하니 소일로서가 아니다. 예술적 감흥에 못 참아서다. 산간의 시내, 곡간의 괴석, 약수터의 풍경 — 어린 날 모르던 이 모든 고향 풍물이 상하의 붓대를 끌었다. 오늘은 약수 터의 풍경을 눈 담고 떠난 것이다.

산턱을 떨어져 박힌 커다란 바위 위에 두 다리를 쭉 버드러치고 앉았다. 경사진 켠 아래를 내려다보니 한 폭의 그림 같다.

— 건너 산 너머 바라보이는 드높은 교회당 지붕, 그 산턱 밑 떨어져 일대엔 채찍을 들고 소를 몰아 밭 가는 농부, 좀 더 가까이 앞으로 큰길엔 무엇이 분주한지 끊일 새 없이 줄달아 속보를 놓는 행객, 눈 아래 약수터엔 생명을 붙안고 싸우는 수객들 — 모두 생을 위한 싸움임에는 틀림없으나 그 아름다운 자연의 경개임에도 흥취를 잃고 허덕이는 고달픈 인간이 상하의 마음을 흔드는 것이다.

약수터엔 지금도 수객들이 때를 잊지 않고 모여들었다. 담창쟁이, 속증앓이, 긴병쟁이 — 건강을 잃은 가지가지의 환자가 배지[1]를 들고 행렬을 짓는다. 금주도 의연히 그들의 행렬에 끼이기를 잊지 않았다.

벼랑진 돌 틈새로 솔솔솔 끊임없이 솟아오르는 약수 — 받으면 배지 안에 보이하게 안개가 서리는 물, 산속의 정기와도 같은 이

---

1 '바가지'의 방언.

물에 생명을 맡기고 봄을 찾는 그들.

그러나 이 산간에는 이미 봄이 무르녹았으되 그들에게는 봄이 오지 않았다.

벌레 먹은 몸이 서리에 절고 바람에 시달려, 그대로 한겨울 동안 눈 속에 생동의 힘을 빼앗겼던 산간의 생명인 온갖 종족들—잣나무, 들매나무, 섭나무, 구름나무, 소나무 켠을 등지고 떨어진 평지엔 소민재리, 도라지, 범부채, 깜박덩굴, 칡덩굴—꼽을래 꼽을 수 없는 초목들은 파랗게 잎새에 초록 물이 오르고 줄기는 싱싱하게 살이 찐다.

이것들의 생명을 길러내는 대자연—하늘을 엄한 아버지라면 땅은 자애로운 어머니다. 하늘에 솟은 해는 아버지의 눈이요, 땅 속을 흐르는 물은 어머니의 젖이다. 어머니는 젖을 주어 살을 찌우고 아버지는 열을 주어 건강을 단련시킨다. 비교적 숙성이 빠른 진달래와 동동할미는 이미 꽃까지 피웠다.

그러나 이 같은 아버지, 같은 어머니를 가진 자연 속에 생명의 부여는 같이 받았으나 한번 시들은 인간에게는 같은 산속의 정기를 받되 어머니의 젖이나 아버지의 단련도 아무러한 효과가 없었다.

삼십 명은 확실히 넘을 수객들의 얼굴에는 한 점의 봄빛을 찾을 길이 없고 구름같이 무거운 우울 속에 주름살을 못 편다.

금주, 이미 이 자연의 혜택을 받고자 세고에 병든 몸을 이끌고 산 천 리 물 백 리, 천백 리 길을 더듬어 이 산속을 찾아온 지 이미 이태—산간의 신선한 공기를 호흡하며 산간의 종족을 길러내는 자애로운 어머니의 젖가슴 속에 안기어 두 돌의 봄을 맞았건만 금주에게는 봄을 주지 않았다.

그래도 금주는 게을리하지 아니하고 하루같이 산속을 뒹굴며 때 찾아 약수터로 내려왔다.

이렇게 지성을 들여 삶을 위하여 마음을 다하면 서리에 절었던 풀잎이 거센 땅을 들치고 다시 봄을 맞아 파랗게 생을 빛내며 살이 쪄 자라는 것과 같이 금주에게도 다시 봄이 돌아올까. 두드러진 뺨을 능히 감추고 살이 올라 배꽃같이 하이얀 그 얼굴에도 진달래 꽃빛 물이 들어볼까.

이것을 그리는 것은 자유요, 그것은 예술이었다.

데생에 시험의 붓을 들었다.

배지를 한 손에 들고 골짜기의 잔디밭 위에 넋 없이 앉은 한 여인의 횡면 — 흰 닭에 검정 닭 모양으로 뛰어나게 차린 품이 그리고 그 날씬한 몸맵시가 금주임에 틀림없었다.

한 사람의 폐병 환자를 취급할 것은 잊을 수 없는 대상이었으나 하필 금주를 그리고자 한 바는 아니었건만 참을래 참을 수 없는 예술의 충동에서 시험하려는 붓끝에 못 잊는 금주가 모르는 듯 날아들음이 이상한 감흥을 자아내주었다.

폐병 환자임에도 불구하고 마음을 당기는 금주, 애타는 속에서도 못 잊는 예술의 감흥, 알 수 없는 신비로운 심경, 그것을 자연미와 조화시켜놓으려는 충동 — 그 소재의 하나가 금주다. 금주는 예술이다. 예술 속에 금주가 있다. 금주는 내 붓끝에 가리가리 요리될 것이다. 금주는 이미 내 것이다.

상하의 붓끝은 금주의 얼굴에서 몸까지 선에 힘을 주고 다시 그었다.

금주는 나를 그리라는 듯이 옴짝도 아니하고 앉아서 장글장글

한 햇볕을 가슴에 받으며 시간 나마를 그린 듯이 앉았더니 두세 번의 얕은 기침 끝에 괴로운 표정을 지으며 더듬어 오른다. 일상 가서 앉는 샘칫가 바위 위이려니 하였더니 뜻밖에도 상하를 향하여 직로²를 놓는다.

"오늘도 풍경이세요?"

상하의 앞에 우뚝 와 마주 서며 하는 인사다.

"네 그저…… 요샌 어떠십니까?"

"머…… 그저 그래요. 미안하시지만 제 초상 하나 그려주실 수 없을까요?"

자진하여서라도 그려주고 싶은 상하의 마음이다. 그러나 대번에 승낙은 싱겁다.

"내가 뭐 그림을 잘 그리나요? 어디."

"천만에요."

하다가 금주는 풍경 속에 그려진 여자 위에 문득 눈이 가고 시선에 힘을 준다. 아직 선으로밖에 되지 않은 그림이지만 그 윤곽만으로도 어딘지 그것이 자기임을 알아낼 수 있었던 것이다.

"아니 이게 제가 아니에요!"

금주는 자못 놀라며 물었다.

"네?"

"왜 풍경 속에다 저를 이렇게 그리세요?"

"그걸 모르십니까?"

금주는 가볍게 미소를 짓는다.

---

2 한 갈래로 곧게 뻗어 나간 길.

"알 수 없이 금주 씨가 그립습니다."

"알겠어요. 그러나 선생님! 용서하세요. 저는 며칠을 못 가 죽을 인간인가 보아요. 오늘도 각혈을 했답니다."

"모르지 않습니다."

"그러시면서 선생님은……."

"내 마음을 나도 모릅니다. 까닭 없이 금주 씨가 그립습니다."

"선생님, 절 잊어주세요. 저는 살겠다는 욕망밖에 아무것도 없습니다. 저도 봄이 그립습니다. 봄을 잊을 길이 있겠어요."

세상이 쓰림을 못 참는 듯 한숨 끝에 주려 잡은 눈가의 주름.

상하는 다시 더 말을 못 했다. 삶의 위대한 힘에 마음이 찔린 것이다.

삶의 힘! 그것은 금주의 욕망의 전부다. 청춘을 짓밟고 청춘에 살려는 봄 꿈의 보금자리에서 썩어지는 봄의 생명이 가엾기도 했다. 안타깝기도 했다.

상하는 이 가엾은 생명을 예술의 힘으로 영원히 살리고 싶었다. 다시 붓끝에 정신을 모았다.

"저를 그린 그림은 저를 주셔야 해요, 네? 선생님 약속하여주실 수 있겠지요?"

금주는 두 번 세 번 당부를 한다.

3. 애욕

그림을 그리는 며칠 동안 쉬임없이 자란 산속은 진초록으로 푸름이 거울같이 맑다. 산속은 청춘의 요람이라고 할까, 생기에 뻗은 산속, 이 산속에서 금주가 시들음이 거짓말 같지 않은가.

상하는 금주의 신변에 염려를 못 잊으며 일단의 정성을 다하여 끝낸 그림을 들고 산속으로 기어올랐다. 샘칫가 도랑을 끼고 잔솔을 피하여 기름진 풀잎을 밟으며 오불꼬불 돌았다.

샘칫가 바위 위에는 언제나같이 금주가 앞가슴을 풀어놓고 일광욕을 하고 있었다.

"할미꽃은 벌써 머리를 다 풀었군요."

"진달래꽃도 지나봐요."

하다가 금주는 캔버스 위에 주었던 눈을 문득 돌려,

"아이, 다 되었습니다그려, 그림이!"

그리고 손을 내밀어 그림을 눈앞으로 당긴다.

"원하셨던 초상만을 그린 것이 아니라 금주 씨의 마음에 어떨까 해서 퍽 자제됩니다."

다 그려졌다고 아는 그림이언만 상하는 그래도 어딘지 만족할 수 없는 듯이 들여다본다.

"아녜요. 이 그림이 제겐 더욱 좋아요."

"글쎄 그러시다면……."

"이게야 완성한 예술품이 아니에요? 이 그림 속에는 생명의 고민상이 여실히 표현되어 있어요. 봄을 모르는 제 심정이 제 얼굴에 어떻게 이렇게 드러났을까요."

"영원한 기념으로 드립니다."

"아이, 고맙습니다."

하기는 하나 맘에 없는 그림을 받는 듯이 별안간 표정이 구름같이 흐린다.

상하는 까닭을 몰라 다음 말에 간난을 느끼고 준비에 바쁜 동안,

"현실은 참 괴로운 것이에요. 이것이 산 인간의 풍경이 아니겠어요? 생명은 무엇으로 따질 수 있습니까? 선생님!"

"글쎄요, 욕망의 전부라고나 할까요."

"적절한 말씀이에요. 욕망이 제어된 곳에 생명은 없을 거예요. 청춘이 구깃구깃 구기운 제 심정이 어떠할 것입니까? 선생님!"

"가는 봄은 다시 돌아올 때가 있습니다."

"아녜요, 그야 위로에 말씀이지요. 인생의 봄은 거기에 적용되지 못하고 영원히 늙는가 보아요. 이제 보세요. 제가 며칠을 더 사나. 모든 것은 다 거짓이에요. 속아서 사는 것이 인생의 진리 같습니다. 저 너머, 저 교회당의 종소리는 성스럽게도 사람의 마음을 유혹합니다만 인간의 생명이야 좌우할 수가 있겠어요. 전도부인³의 설교에 이 약수터에서도 벌써 몇 사람이나 쫓아가 기도를 받았습니다만 기적도 없었습니다. 저는 이제 이 그림 속에서만 영원히 살까 합니다. 요구하였던 초상이 제 마음을 이렇게 표현한 그림을 얻게 되니 저라는 고깃덩어리는 썩어져도 정신만은 영원히 살 것이에요."

"세상을 그렇게만 해석하실 수 있을까요?"

"그렇지 않으문 뭐 기적이게요! 단지 제가 요구하던 제 초상만을 그리셨다면 저라는 인간밖에 더 그린 것이 되겠어요? 여기에는 제가 모든 인간을 대표한 한 본보기로 된 것이 더욱 좋아요.

---

3 한국 개신교 초기의 유급 여성 사역자.

세상을 비웃고 제 정신만을 살린 것이 되어 있지 않습니까? 새파란 청춘이 거기에 영원히 남는 것 같습니다."

"그러시면 애초에 초상을 원하셨던 뜻은 무엇입니까?"

"그건 묻지 마세요."

"비밀입니까?"

"비밀이랄 건 없지만 말씀드리기 거북해요."

"거북한 일 같으면야 나더러 원했으리라고요?"

"그럼 걸 기어코 알으셔야 하나요? 뭐 말씀 못 드릴 것도 없긴 없어요. 그럼 얘기하지요. 저는 이미 약혼을 했드랍니다. 결혼을 앞으로 얼마 남기지 않고 참다 못해서 이리로 왔어요. 그러니 사랑하는 이를 이렇게 멀리 떠나보내고 객지에서 그이가 오죽이나 제가 그리울 게야요. 그래서 저는 아내의 책임을 다하지 못하는 그이의 심정을 위로하여드리려고 선생님에게 제 초상을 원하였던 게지요. 말하자면 저는 괴악한 년이에요. 제 목숨만이 살아나겠다고 아내로서의 책임을 피하는 년이 괴악한 년이 아니에요? 선생님!"

상하는 놀랐다. 금주를 위하여 정력을 다한 예술품이 자기를 박차고 금주를 사랑하는 사나이의 청춘을 위로함으로 금주의 사랑에 만족을 줌이 되는 것이다. 사랑하는 이를 예술화시킴으로 만족할 것 같던 상하의 심정은 예술에 있지 아니하고 애욕 속에 있었다.

애욕, 그것은 예술보다도 위대한 힘으로 상하의 마음을 불태웠다. 이 세상에서의 온갖 힘으로도 꺾을 수 없는 가장 큰 힘 같았다.

누가 그러고자 해서 그런 힘을 길러왔을까. 한 포기의 풀이 때

가 오면 아무리 꺾어버려도 몇 번이고 거센 땅을 들치고 나와 기어
코 아름다운 꽃을 피워내는 그것과도 같이 꺾이지 않는 힘이었다.

"금주 씨! 그 그림을 내 눈앞에서 용감하게 찢어 보일 수 없습
니까? 없습니까? 금주 씨!"

그것은 곧 자연의 힘이요, 생명의 부르짖음인 듯이 열정에 타
는 외침이었다.

벅찬 소리를 듣는 듯이 고민의 표정이 깊어간다고 보여지는 순
간, 금주는 서너 번의 괴로운 기침 끝에 붉은 핏덩이를 선지로 쏟
는다.

뿌리박은 사랑의 위대한 힘에 용납할 수는 없는 고민의 상징일
까. 그렇지 않으면 사랑에 제어된 구기운 청춘의 발버둥일까.

상하는 오직 아연하고 더 할 말에 간난을 느꼈다.

4. 생명

마음의 평화를 잃은 상하는 그날 밤을 거의 새다시피 고요히
앉아서 이러한 경우에 들어맞을 선철[4]의 명구를 무수히 끌어다
자위에의 수단을 일삼아도 보았으나 그것은 모두 거짓부렁이었
다.

자기의 예술은 금주의 사랑에 완전히 사로잡힌 것같이 아무리
하여도 불안한 마음을 가라앉힐 길이 없었다. 그것은 마치 생명

---

4 先哲, 옛날의 어질고 지혜로운 사람.

을 잃은 것과도 같았던 것이다.

예술은 곧 자기의 생명이 아니었던가. 십여 년 동안 예술을 위하여 닦은 공부는 그대로 자기의 생명이었다. 만일 자기에게 예술이란 세계가 제어되어 있었던들 자기는 스스로 목숨을 끊고 영원한 예술 속에 깊이 잠들고 있었을는지도 모른다. 오직 예술 그 속에서만 참 삶을 살 수 있었던 것이다.

거지 같은 오늘의 생활—그것도 다만 예술에 충실하려는 마음이었다. 밥만을 위하여 삶을 찾았더라면 자기는 결코 이러한 처지에서 한 대의 담배에조차 궁하게 되지는 않았을 것이다.

C사에서 축출을 당할 때 ××회사도 자기를 끌었고, ○○사에서도 말이 있었다.

그러나 예술을 희생하고 뜻 아닌 곳에서 밥을 빌 수는 없었다. 그것은 곧 자기라는 생명을 희생하는 것과도 같았던 것이다. 그리고 지금도 결코 그것을 후회하는 것이 아니다. 한 개의 예술을 창조할 때 그 속에서 생을 찾고, 생의 가치를 느낌으로 자기라는 존재를 내다본다. 불안한 세태에 참을 수 없는 고독을 느낄 때에도 어떠한 예술적 소재를 머릿속에 두고 캔버스와 마주 앉을 때, 그리하여 새로운 세계가 붓끝에서 창조될 때 역시 자기의 생은 그 속에서 빛났다.

약수터의 풍경을 그릴 때에도 금주의 영원한 생명을 위하여 자기의 생명을 정성을 다하여 기울여 넣었다. 그리하여 예술 속에 남아질 영원한 생명을 꿈꾸고 세상을 비웃었다.

그러나 금주의 사랑 앞에서는 예술의 힘도 생명을 잃는다. 확실히 자기는 금주를 못 잊는 것으로 자기의 아픔을 증명할 수 있지 않은가.

이것이 자기의 마음일까, 사람의 본성일까. 상하는 자신의 존재에 대한 회의를 풀 길이 없었다.

내다볼 수 있는 죽음을 앞에 놓은 금주나, 씩씩한 건강을 자랑하는 자기나, 생명이 있는 점에 있어서는 조금도 다를 것이 없었다. 금주의 생명을 가엾어하며 캔버스 위에 그려놓은 자기의 생명도 반드시 가엽게 보아주어야 마땅할 것이다. 아니 금주의 생명이 도리어 자기의 생명을 비웃을는지도 모른다. 그림을 원하여 은근히 자기의 마음속에 알뜰하게 사랑의 패를 주는 듯하다가 약혼설을 말하여 냉정히 돌려 따는 것은 자기를 조롱하는 것이 아니었던가. 더욱이 그 그림으로 사랑하는 이의 만족을 주자는 것은 확실히 자기의 예술을 비웃어줌도 되는 것이다.

금주를 마음대로 할 수 있든지 그렇지 않으면, 그 그림을 다시 빼앗아 금주의 눈앞에서 빠악빡 찢어 불살라버리든지 하지 아니하고는 언제까지나 마음의 평화는 올 것 같지 않았다.

종곡, 생명의 성격

이튿날 상하는 약수터의 아침 물참에 금주를 찾아 떠났다.

그러나 이태 동안을 하루같이 빠져본 일이 없다는 금주가 오늘은 약수터에도 산속에도 보이지 않았다. 반나절 동안을 산속에서 기다려보았어도 금주의 그림자는 나타나지 않았다.

상하는 선뜻 그날의 각혈을 연상하고 그의 죽음을 뒤미처 생각해보며 몸서리를 쳤다.

그러나 금주는 죽음의 길을 찾아간 것이 아니요, 삶의 길을 찾아간 것이다. 금주가 거처하던 주인집을 찾으니,

"에— 그 아가씨요? 회당으로 갔어요. 전도부인이 늘 예수를 믿으문 병이 낫는다구 해두 쓸데없는 소리라구 귀담아도 듣지 않더니 어젯밤 피를 연거푸 세 번인가를 토하고는 근력 없이 밤새도록 누워서 뜬눈으로 새고 나서 무슨 생각으로 아침 일찍이 그리로 갔답니다."

주인마누라는 분명히 대답하였다.

상하는 금주의 흉보를 듣는 것에 못지않게 놀랐다. 그렇게도 믿지 못하던 교회당을 필야엔 금주도 찾아가고야 만 것이다. 생명을 위하여 알고라도 속지 않을 수 없는 것이 금주의 마음이었다.

상하는 교회당을 향하여 발길을 옮겼다. 황혼의 불그레한 노을 속에 잠긴 신비로운 교회당의 지붕을 바라보며 산턱 길을 추어올랐다.

뜻밖에 금주는 교회당 뒤 솔밭 잔디밭 위에 힘없이 앉아서 건너 산허리 밑의 마알간 바다를 무심히 바라보고 있었다.

"이리로 또 오세요? 왜 자꾸 이렇게 저를 따라다니는 게예요?"

상하의 그림자를 대하기가 바쁘게 금주는 독을 뿜는 듯한 날카로운 눈초리로 새침하여 쏜다.

상하는 그 대담함에 놀라고 멈칫 섰다.

"젊은 계집이 산속에 혼자 앉았는데 따라오는 것은 무슨 뜻이에요?"

"어제는 실례했습니다."

대답에 궁하여 늦어진 인사를 어색하게 하였다.

"글쎄 안 그래요? 선생님! 선생님에게 생명이 있다면 응당히 저에게도 생명은 있어야 옳을 것이 아니니까? 생명은 선생님의 전유물만이 아니니까 말이에요. 안 그래요? 선생님!"

"……."

"그러나 선생님은 선생님의 청춘만을 위하여 남의 청춘을 짓밟으려는 것이 욕망의 전부이지요? 다 알고 있어요. 저인들 왜 청춘이 그리울 길이 없겠습니까? 빠에서 카페로 카페에서 티룸으로 이렇게 굴러다니는 동안 가지가지의 세파에 마음이 늙은 계집이랍니다. 왜 청춘이 그리울 길이 없겠어요. 청춘에 목말랐지요. 영원한 청춘에 목이 말랐어요. 그러나 선생님! 생명이 있고야 청춘이 있지 않습니까? 이렇게 된 팔자에 머 거리낄 것 있겠어요? 털어놓고 시원히 말씀드리지요. 저는 실상 남편도 아무것도 없는 계집이에요. 선생님이 다자꾸 저에게 맘을 두는 눈치를 엿보고 선생님의 사랑의 정도를 저울질하여보자고 제가 초상화를 청해 본 것이었지요. 그랬드니 그 그림 속에서 선생님의 사랑이 열정적인 것을 찾고, 어떡하면 그 열중된 선생님의 사랑의 불길을 고이 재워볼 수 있을까 하는 데서 냉정히 선생님의 마음을 단념시키자는 것이 남편이 있다고 거짓말을 꾸며대인 원인이었드랍니다. 그러나 선생님은 그럼에두 불구하시구 저더러 그 그림을 찢으라고 열정적으로 부르짖으실 때 저는 저같이 천한 계집을 그처럼 사랑해주시는 선생님의 그 정열에 감복하여 청춘의 힘을 이길 길이 없이 흥분되는 마음에 그만 각혈까지 하게 되었드랍니다. 마음이 흥분되면 또 각혈을 할까 두렵습니다. 저를 다시는 괴롭히지 말아 주세요, 네? 선생님! 이게 저는 선생님에게 알뜰한 원이에요. 영원히 잊어주실 수 있겠지요? 네? 선생님!"

말끝을 여물게 맺을 길이 없이 뒤미처 스미는 눈물을 금주는 걷어잡지 못한다.

순간, 상하는 금주의 농락에 불쾌함을 느끼기보다 뜨겁다 못하여 냉정하지 않을 수 없는 금주의 그 청춘의 정열에 감격하지 않을 수 없었다.

청춘에 끓는 그의 마음이 오죽이 괴로웠을까. 괴롭다 못하여 냉정하여졌을까. 냉정히 거절을 하고도 참을 수 없이 떨어뜨리는 눈물! 청춘에 끓는 정열의 눈물이 아니었던가. 생명이 발버둥치는 냉정한 눈물이 아니었던가. 생명은 곧 청춘의 힘이다. 이 눈물 앞에 어찌 마음이 흔들리지 않을 수 있을까.

자기가 생명으로 아는 생명과 금주가 생명으로 아는 생명과의 그 생명을 가지는 성질은 비록 다르다 하되 생명인 점에 있어서는 공통된다. 오직 목숨을 생명으로 아는 금주에게 있어선 이 이상 더 생명을 사랑할 줄 아는 아름다운 맘씨를 가지기 바랄 수 없을 것이다.

이미 이러한 맘씨가 금주의 마음속에 숨어 있었음에도 헤아리지 못하고 그의 마음을 괴롭혀온 상하는 자책의 마음에 고개가 숙었다. 대답에의 빈곤을 느껴 어리둥절하는 동안 교회당의 저녁 종소리가 성스럽게 산곡을 울린다.

뜨앙! 뜨방! 땅땅! 땅…….

그것은 마치 상하의 난처한 정경에 동정이나 하려는 것처럼 금주를 불러들였다

비탈진 산턱 길에 조심스레 발을 옮겨 짚은 금주의 힘없는 거
동을 멀거니 바라보며 성스럽게 들려오는 종소리의 음향을 타고
상하는 알 듯하면서도 알 수 없는 생명의 성격에 고요히 생각을
깃들이며 있었다.

— 〈조광〉, 1938. 12.

병풍에 그린 닭이

사흘이면 끝을 내던 이 굵은 녁새 삼베 한 필을 나흘째나 짜는
데도 끝은 안 났다. 오늘까지 끝을 못 내면 메밀알 같은 그 시어
미의 혀끝이 또 오장육부까지 한바탕 할퀴낼 것을 모름이 아니
다. 손에 붙지 않는 베라 하는 수가 없다.

박 씨는 몇 번이나 이래서는 안 되겠다 마음을 사려먹고, 놓았
다가는 다시 북을 들어 들고 쨍쨍 놓고 쨍쨍 분주히 짜보나 북 속
에 잠긴 실은 풀려만 가는데도 가슴에 얽힌 원한은 맺혀만 가, 그
만 저도 모르게 북을 놓고는 멍하니 설움에 잠기게 되는 것이다.

생각하면 참 눈에서 피가 쏟아지는 듯하였다. 하기야 애를 못
낳는 죄가 자기에게 있다고는 하지만 남편까지 이렇게도 정을 뗄
줄은 참으로 몰랐던 것이다. 어떻게도 섬겨오던 남편이었던고?
돌아보면 그게 벌써 십 년 전—시집이라고 와보니 남편이란 것

은 코 간수도 할 줄 몰라서 시퍼런 콧덩이를 입에다 한입 물고 훌쩍이지를 않나, 대님을 바로 칠 줄 몰라서 아침 한동안을 외로 넘겼다 바로 넘겼다— 남이 볼까 창피하여 시부모의 눈을 피해가며 짬짬이 코를 닦아주고 아침마다 대님을 쳐까지 주어 자식같이 길러낸 남편이요, 그날그날의 끼니에 쫓아 군색하여 먹기보다 굶기를 더 잘하는 가난한 살림살이를 어린 몸이 혼자 맡아가지고 삯김, 삯베, 생선 자배기는 몇 해나였으며, 심지어는 엿 광주리까지 이어, 그래도 남의 집에 쌀 꾸러는 아니 다니게 만들어 신세를 고쳐놓은 것이 결코 죄 될 일은 없으련만, 이건 다자꾸 애를 못 낳는다고 시어미는 이리도 구박이요, 남편은 이리도 정을 떼는 것이다.

글쎄 뉘가 애를 낳고 싶지 않아 안 낳나? 성주님께 빌기는 몇 번이나 했는데—불공도 드리기를 철 따라, 게을러본 적이 없다. 그래도 안 생기는 것을 어쩌자고…….

생각할 때마다 아픈 눈물이 가슴을 찢으며 나왔다.

그러나 그것이 자기의 죄임에는 틀림없다. 집안의 절대를 생각해도 그렇거니와, 나이 근 사십에 남 같으면 벌써 아들이라, 딸이라, 삼사 형제를 슬하에 올망졸망 놓고 홍지낙지興之樂之할 것인데, 도무지 사람 사는 것 같지가 않게 밤낮 수심으로 한숨만 짓고 앉았는 남편이 하도 가긍해서 언젠가는,

"이전 난 아들 못 낳갔넝거우다. 첩이라두 얻어보구레."

하니.

"글쎄 첩을 얻으문 집안이 편안하야디. 그르문 님재레 더 불쌍하디 않갔습마?"

이렇게 자기를 위하여 자제까지 하다 얻은 그러한 첩이다.

그렇게 얻은 첩에게 이제 남편은 빠졌다. 처음에는 그래도 며칠 만에 한 번씩은 자기 방에 들어와 잘 줄을 알더니 이 봄을 잡으면서는 그림자도 얼씬하지 않는다. 이것이 무엇을 말하는 것일꼬. 시어미야 아무리 구박을 주어도 남편의 정만 있으면 살지 하고 한뜻같이 그 시어미를 섬겨왔고, 남편은 또 어머니를 글타고 자기 편을 들어왔다. 그러나 이젠 남편마저 어머니 편이다. 누굴 믿고 살아야 하나? 아무캐서도 첩년보다 자기가 시퍼런 아들을 하나 먼저 낳아 가시 돋힌 시어미의 혀끝을 다듬고 첩년에게 빼앗긴 남편의 정을 온통 끌어다 평화로운 가정을 만들어놓아야 할 텐데. 그래서 어디 선달네 굿에나 한 번 더 가서 애를 빌어보리라 총알같이 별러왔으나 그것도 임의롭지 못하다. 어제도 굿 이야기를 했다가 퉁바리를 썼다. 그러나 오늘 밤까지 굿은 끝나고 만다. 아무리 생각해도 욕이 무섭다고 이 좋은 기회를 놓치기는 차마 아깝다. 박 씨는 다시 잡았던 북을 놓고 베틀을 내려 건넌방으로 건너갔다. 한 번 더 시어미의 의향을 품해보자는 것이다.

"오마니! 아무래두 굿에 가보야 가시오?"

시어미는 들었는지 말았는지 머리를 숙인 그대로 겯던 꾸리만 그저 겯을 뿐이다.

"그래두 알갔소, 선앙님(성황님)이 복을 줄디."

"아아니 이년이 요즘엔 바람이 났나 보드라. 짜래는 베는 안 짜구 날마다 먼산만 멍하니 바라보고 앉았더니 글쎄, 무슨 일을 내구야 말디. 시퍼렇게 젊은 년이 가랭이를 벌리구 서나덜이 우글부글하는 굿 구경을 간다!"

과하다. 가슴이 미어지는 듯하다. 이렇게도 말을 할 수가 있나? 분한 생각을 하면 마주 대항을 하여 될 대로 되라 가슴속에 구긴 분을 풀어도 보고 싶었으나 시어미의 말대답을 며느리 된 도리에 받는 수가 없다.

"아이고 오마니! 거 무슨 말씀이요? 그래두 내 몸에 자식이 나야 안 되갔소? 온나줴(금야今夜) 오마니 제레 아무래두 명미 한 되만 개지구 가볼래요."

"아이구 참 집안이 망헐래문 펜안허나 망하디. 메느리 바람 닐었대는 소문 냉기구 망할 건 머잉고, 귀때기레 있으문 너두 동네서 너까타나 쉴쉴 허는 소리를 들었갔구나, 에 이년아."

"놈이야 아무랬댐 멜허우, 나만 안 그랬으믄 되디요. 아무래두 갔다 올래요."

"아 이년아! 아무래두 갔다 오갔댐엔 나 있는 덴 와 와서 이리 수선이냐? 수선이. 웅, 이년이 굿 핑계를 대구 무슨 수를 푸이누라구? 다 알디 다 알아. 이년, 네 오늘 저녁 선달네 굿엘 어디 갔단 봐라 내 집 문턱에 발을 못 들여놓으리라. 본래 야(자식子息)레 미물이디 미물이야. 그래두 데따운 년을 에미네라구……."

박 씨는 더 말하고 싶지 않았다.

만일 남편이 이 소리를 들었으면 나를 화냥년이라고 당장 내어쫓을까? 아니, 아무리 정은 첩년에게 갈렸다고 하더라도 십여 년을 같이 살던 내 마음을 몰라줄 리는 없을 거야. 그 입에 담지 못할 험담으로 나를 집어먹으려는 그 입놀림을 남편이야 마뜩해 곧 이들으리! 박 씨는 도리어 남편이 이 소리를 좀 들었더면 오히려 속이 시원할 것 같다. 아무리 몰인정한 사람이기로 애매한 누명을 뒤집어쓰는 이 나를 보고 짐승이 아닌 다음에야 내 이 터져오는 가슴을 마음으로라도 어루만져는 주겠지 하니, 남편이 그립기 그지없다.

장에서 돌아오기만 하면 이런 소리를 반반이 외어 바치고 가슴속에 서린 분을 풀어보고 싶다. 그래서 남편이 내 맘을 알아만 준다면 명미도 아니 줄 리 없을 것이니…….

생각을 하며 박 씨는 가슴에 넘쳐흐르는 울분을 삼키고 다시 베틀로 돌아왔다,

참으려야 참을 수 없는 눈물이 가슴을 할퀴기 시작한다. 마음 놓고 실컷 울기나 하면 분이 풀릴까, 참기도 어려웠으나 참으려고도 아니하고 그냥그냥 울다보니 뱃바닥 위에는 어느새 벌써 은하수같이 기다란 해 그림자가 꼬리를 길게 달고 가로누웠다.

뱃바닥 위에 해 그림자가 가로누우면 또 저녁을 지어야 하는 것이다. 박 씨는 치마폭을 걷어들어 눈물을 씻고 일어섰다.

저녁을 먹고 나서도 남편은 돌아오지 않는다. 이제나 돌아오려나 문밖에 나서니 은은히 들려오는 선달네 굿 소리!

둥 둥둥 둥둥둥!

둥 둥둥 둥둥둥!

한참 흥에 겨워 치는 장구 소리다.

이 소리에 박 씨의 마음은 더욱 초조하다. 그대로 달려가기만 하면 신령님은 복을 한 아름 칵 안겨줄 것 같다.

아이, 그이가 오늘은 또 속상하는 김에 술을 잡수셨나보지. 들락날락, 기다리나 어둠이 짙어가는데도 돌아오는 기척이 없다. 박

씨는 안타까웠다. 어둠은 점점 짙어가는데 그러다 굿이 끝나면 하는 생각은 그대로 참지는 못하게 했다. 아이를 못 낳는 한 그러지 않으면 시어미의 그 욕을 면해볼 도리가 있을까? 시어미 눈이야 얼마든지 피해갈 수 있을 것이나 시어미의 치마끈에 매달린 고방문 쇠를 어찌할 수 없으매, 복을 빌 명미를 낼 수 없음이 자못 근심일 따름이다. 그러나 그렇다고 또한 이 밤을 그대로 보낼 수는 없다. 생각다 못하여 박 씨는 애지중지 농 밑에 간직해두었던 은 바늘통을 뒤져냈다. 이것은 어머니가 시집올 때 노리개두못 해주는데 이것이나 하나 해줘야 된다고 옥수수 엿 말을 팔아서 만들어주던 것으로 자기의 세간에 있어선 다만 하나의 보물이었다. 그러나 박 씨는 이제 자식을 빌러 가는 명미의 밑천으로 그것을 팔자는 것이다.

바늘통을 뒤져 들은 박 씨는 한 점의 미련도 없이 그것을 들고 동구 앞 주막집 뚜쟁이 늙은이를 찾아가 일금 이 원에 팔아서 입쌀 한 되, 백지 두 장을 사 들고 부랴부랴 선달네 굿터로 달려갔다.

굿은 한창이었다. 사내, 계집, 어린이, 큰애, 늙은이, 젊은이 할 것 없이 동네 사람들은 거의가 다 모인 성싶게 마당으로 하나 터질 듯 둘러섰다. 보니 그 앞에선 떡이라, 고기라 즐비하게 차려놓은 상을 좌우에 놓고 남색 쾌자에 흰 고깔을 쓴 무당이 장구에 맞추어 흥겨운 춤이 벌어져 있다.

박 씨는 선달네 마누라에게 온 뜻을 말하고 놋바리 두 개를 얻어 담뿍담뿍 쌀을 담아 정하게 백지를 깔고 굿상 위에 받쳐놓았다. 복을 빌러온 사람은 박 씨 자기만이 아니었다. 남편이 앓아서 무꾸리를 온 색시, 차손들을 잘살게 해달라 공을 드리러 온 늙은

이, 소를 잃고 점을 치러 온 사내…… 무어라 무어라 꼽을 수 없이 수두룩하다.

무당은 춤을 한참 추고 나더니, 복 빌러 온 사람들을 차례로 불러 복을 주기 시작한다. 박 씨는 여덟 번째이었다.

"야들아!"

큰무당은 한창 장구에 흥겨운 시내들을 소리쳐 부른다.

"에에이!"

"어허니야 시내들아! 너희들 들어봐라. 심해에 김만복에 서얼훈에 무자하야 목욕재계 사흘 후에 성주님께 자식 빌려 명미 놓고 등대했다. 성주님을 모셔다가 오옥동자 금동자를 오늘루서 주게 해라. 자아 노자! 노자 노자아 하!"

큰무당은 다시 팔을 벌려 춤을 을신을신 추기 시작하니 시내들은 또 엉덩춤에 장구다.

둥둥 둥둥 둥둥둥……

둥둥 둥둥 둥둥둥……

큰무당은 한참이나 춤을 추고 나더니. 박 씨를 불러 자기가 입었던 쾌자를 벗어 입히고 고깔을 씌운다.

박 씨는 자못 그것이 사람 많은 가운데서 부끄러운 노릇이나, 그것을 가릴 채비가 아니다. 무당이 시키는 대로 정성껏 받지 않으면 안 된다. 그러나 다만 한 가지 근심은 추어보지 못한 춤이라 어떻게 팔을 벌리고 다리를 놀려야 할지 알 수 없는 것이요, 그것이 서툴러서 뭇사람들의 웃음거리가 되면 하는 것이 순간 낯을 붉히었으나 자식을 비는 춤이어니 하면 저도 모르게 온 정신이 춤에만 쏠려 들었다.

"성주님 오셨나이까, 김해에 김만복이 일전에 자식 빌려 가노이다. 금동자를 주소서. 금동자를 주옵소서. 야들아! 시내들아! 자— 때려라. 노자 노자—."

"에에이!"

큰무당의 호령에 시내들은 또 일제히 받으며 춤 장구를 울린다.

"쿵!"

박 씨는 한 팔을 들었다.

"쿵! 쿵! 쿵덕쿵."

장구 소리에 맞추어 박 씨의 팔은 올라가고 내려오고 처음 그한 팔을 들기가 힘이 들었지 들고나니 아무것도 아니다. 들었다 놓았다 춤도 아주 곱다.

얼마 동안을 추고 난 뒤, 큰무당은 또 시내들을 불러 장구 소리를 멈추게 하고 박 씨를 붙들어 쾌자와 고깔을 벗긴 다음, 명미바리에 쌀을 한 줌 집어내어 공중으로 올려 던졌다. 다시 그것을 잡아가지고는 그것이 쌍이 맞나 안 맞나를 검사하여 안 맞으면 버리고, 맞으면 박 씨를 준다. 그러면 박 씨는 그것을 받아서 잘근 잘근, 그러나 경건한 마음으로 씹어서 삼킨다. 그것이 복인 것이다. 무당은 그 쌍이 맞는 쌀알이 박 씨의 나이와 같이 될 때까지 몇 차례를 거듭하고 나더니,

"어허니야아…… 어허니야아……."

큰무당은 춤을 얼신얼신 추며,

"성주님이 김해에 김만복이 무자하사 천복 디복 다 주시다. 서른 여섯 다섯 쌍이 다 맞아 떨어졌다. 옥동자 금동자가 멀지 않아 생기리라. 성주님을 박대 마라. 선앙님을 박대 마라. 야! 박 씨야아!"

하더니, 굿상 위에 괴어놓았던 흰 떡 한 개를 박 씨의 치마를 벌리래서 집어넣는다.

"이건, 금동자니라."

또 한 개를 집어넣고.

"이건, 옥동자니라."

그리고 나서 냉큼냉큼 세 개를 연거푸 집어주며,

"옥동자 금동자 오 형제를 두었더라. 이 복 받아 성주님께 물러주고 성공을 드려라 아아하아!"

하니, 박 씨는 받은 떡을 떨어질세라 조심히 치마귀를 둘러싸 안고 대문으로 빠져 집으로 돌아왔다.

그러고는 무당이 가르친 대로 뒤란 밤나무 밑 구석 오쟁이에 싸고 온 떡을 정성스레 하나하나 집어넣고 공손히 읍을 하여 허리를 굽혀 절을 하였다.

"성주님! 아무케두 자식을 낳게 해줍소사."

또 한 번 절을 하고 나서,

"시어머니 마음을 고쳐줍소사."

또 절을 한 다음,

"남편을 제 방으로 건너오게 해줍소사,"

그리고 또 한 번 절을 하고는 조심조심 물러나 뒤란을 돌아왔다.

변 씨의 방에는 불빛이 익은 꽈리처럼 지지울리게 창을 비친다.

남편이 장에서 돌아왔나 가만가만히 문 앞으로 걸어가 엿들으니 사람이 없는 듯이 방 안은 고요한데 남편의 고무신도 변 씨의 그것과 같이 가지런히 토방 위에 놓여 있다. 돌아오기는 왔다. 그

러나 아직 잘 때는 아닌데 왜 이리 조용할꼬? 해어진 창틈으로 가
만히 엿보니 남편은 술이 취한 양 아랫목에 번듯이 누웠고 변 씨만
이 등잔 앞에 펄짜기 앉아 남편의 해진 양말 뒤축을 꿰매고 있다.

박 씨는 전에 달리 남편이 더욱 그리웠다. 행여나 오늘 밤은 제
방으로 건너와 주무시지 않으시려나? 자기의 돌아온 뜻을 알리
려고,

"아까 어둡뚜룩 안 돌아오시드니 언제 돌아오셨나."

하며, 발칵 문을 열었다.

그러나 남편은 세상모르게 잠에 취했고, 변 씨가 한번 힐끗 마
주 쳐다보더니,

"아니! 이 밤중에 함자 어딜 갔더랬소!"

가시가 숨은 말을 그저 한번 던질 뿐 눈은 다시 양말 뒤축으로
떨어진다. 남편이 그리운 생각을 하면 그 옆에라도 좀 앉았다 나
오고 싶었으나 눈에 가시같이 변 씨가 거슬린다.

"술을 또 잡샀디?"

박 씨는 남편의 얼굴을 한번 들여다보고는 돌아 나와 자기 방
으로 건너왔다. 등잔에 불을 켜고 앉으니 울적한 마음 더한층 새
롭다. 이불도 펴놓을 생념이 없어 그대로 초조하게 앉아서 혹시
남편의 잠이 깨지나 않나 정신을 변 씨 방으로만 모았다.

그러나 아무리 앉아서 기다려야 남편이 깨는 기척은 들리지 않
는다. 한 번 더 건너가 보리라 문을 여니 어느새 변 씨 방에는 불
이 없다. 불 없는 방에 건너가선 안 된다. 우두커니 문을 열어 잡
고 새카만 변 씨 방을 건너다보는 박 씨의 마음은 안타깝기 그지
없었다. 울고 싶도록 마음은 아프다. 그러나 할 수 없는 일이다. 서

러운 한숨을 저도 모르게 꺼질 듯이 쉬고 힘없이 문을 되닫았다.

새벽녘에야 겨우 눈을 붙였던 박 씨는 참새 소리에 그만 잠이 깨었다. 처마 밑에 배겨 자던 참새가 포득포득 기어 나올 때면 아침밥 차비를 하여야 되는 것이 습관적으로 그의 잠을 깨우는 것이었다.

박 씨는 졸림에 주름지는 눈을 애써 비벼 뜨며 뒤란으로 돌아가 재 삼태기를 들고 부엌으로 내려갔다.

그러나 부엌에 발을 막 들여놓으려는 순간 박 씨는 뜻밖의 사실에 놀라고 문득 걸음을 세우지 않을 수 없었다. 어느새 언제 나왔는지 전에 없이 시어미가 부엌에 나와 앉아서 쌀을 일고 있는 것이었다. 이상한 일이다. 박 씨는 한참이나 그것을 멍하니 바라보다가,

"아니 오마니! 와 일즉언이 나오셨소?"

한 발을 마저 문턱 너머로 들여놓았다.

시어미는 일던 쌀만 그저 일 뿐 아무 대답도 없다.

"아이구 오마니두! 아침엔 요좀두 추운데."

박 씨는 자기가 쌀을 일려고 함박을 붙들었다.

"해가 대낮이 되도록 자빠져 자다가 이제야 나와서 이리 수선이야 이년이! 어드메 가서 밤을 밝게 개지구 와선…… 너 같은 더러운 년이 짓는 밥은 이젠 더러워 먹을 수 없다. 이거 썩 놔! 어즌 낮엔 어디멜 갔든 게야 이년!"

박 씨는 쥐었던 함박은 놓지도 주지도 못하고 섰다.

"야, 이년이 더럽대두 안 나가구 버티구 섰네. 안 나갈 테냐? 그래 야, 있네? 야! 야! 만복이 있네? 아, 이년을 그래, 그대루 둔

단 말이가? 계집년이 밖에 나가 밤을 새고 들어온 년을!"

시어미는 소리를 질러 아들을 부른다.

이에 응하여 쿵 하는 건넌방 문소리가 난다고 듣고 있는 순간, 턱 하는 소리와 같이 박 씨는 함박을 쥔 채 부엌 바닥에 엎드러졌다. 어느새 남편은 달려와 발길로 사정없이 중동을 제겼던 것이다.

"이년! 이 개만두 못한 쌍년! 어즌 낮엔 어드메 갔드랜? 나래는 새끼는 못 낳구 한다는 게 서방질이로구나 엉? 이년! 제 서나두 모르게 바늘통을 내다 팔아개지구 밤을 새와 들어오는 년이 화냥년이 아니구 그럼 뭐이가? 바늘통을 몰래 팔문 내레 모를 줄 알았든? 내레 주막에서 다 들어서. 이년, 그래 내레 이년을 에미네라우 데리구서 에! 참 분하다."

박 씨는 기가 막혔다. 정은 변 씨한테 빼앗겼다 하더라도 그래도 어디론지 한껏 믿고 있던 남편의 입에서 이런 말이 나올 줄은 참으로 몰랐다. 아무리 시어미가 불어 넣었기로서니 밉지만 않다면야 이런 행동까지는 차마 없었을 것이다. 분한 생각을 하면 이 자리에서 죽더라도 같이 맞싸워보고 싶으나 그래도 남편이다. 그래서는 안 된다.

"아니 여보! 이게 무슨 일이요? 난 당신이 이렇게 내 속을 몰라줄 줄은 몰랐수다레. 굿이 어즌나줘꺼지래기 당신은 당에 가서 오시지 않구 해서 아, 거길 갔다가 이내 와서 잤는데 멀 그르우?"

박 씨는 아무렇지도 않다는 듯이 치마를 털고 일어서 청백한 나를 좀 보아달라는 듯이 남편의 턱 아래로 기어들었다.

"이전 네까진 쌍년 소린 백 번 해두 곧이 안 듣겠다. 이 쌍년 같으니 썩 게 나가라."

그 억센 손이 끌채를 덥석 감아쥐는가 하니 사정없이 흔들며 끌어낸다.

"이년! 다시 내 집에 발길을 또 들여놓아라. 어디 가서 뒤지든지 도와허는 놈허구 맞붙어 살든지 내 집엔 다시 못 두로리라."

휙 잡아 둘러놓으니, 박 씨는 넘어지지 않으려고 비칠비칠 힘을 주다 못해 개바자 굽에 번듯이 나가 자빠진다.

박 씨는 다시 일어나고 싶지도 않았다. 그냥 그 자리에서 죽고 싶었다. 남편에게까지 이 더러운 누명을 쓰고 살아서는 무엇하나? 차라리 죽는 것이 편하리라. 그러나 목숨은 임의로 하는 수가 있나? 죽지 못할 바엔 남이 볼까 창피하다. 박 씨는 일어났다.

그러나 대문은 걸렸다. 갈 데가 없다. 갑자기 몰렸던 설움이 물에 밀리는 모래처럼 터져 나왔다. 친정이나 있으면 남같이 어머니나 찾아가지 않겠나? 아버지의 뒤를 쫓아 어머니마저 돌아가신 지 오래다. 박 씨는 생각다 못해 이 집에서 학대를 받고 붙어 사느니보다는 어디로든지 가는 것이 차라리 편하리라. 가다가 죽으면 죽고, 알면 살고 아무리 계집이기로 제 몸 하나야 치지 못하리. 또 치기 어려우면 시집이래두 가지. 남이라구 두 번 세 번 서방을 얻을까? 에구 그 시어미 딸년, 첩년의 눈독─ 그만한 시집이야 어딜 가면 없으리 생각을 하며 박 씨는 마을을 어이돌아 신작로 큰길을 더듬어 나섰다.

하지만 무슨 미련이 뒤에 남았는지 차마 발길이 앞으로 내달아지지 않았다. 한 발걸음 두 발걸음 촌중을 살펴보고 그리고 자기의 집을 찾아내고는 눈물을 흘렸다. 그런데다 방향조차 없는 길이라, 가다가는 산모퉁이에 힘없이 주저앉아 한숨을 짓다가는 다시 일어서 걷고, 걷다가는 또 쉬고 하기를 몇 번이나 반복을 하다가 이윽고 해는 저물어 색시 적에 같이 엿장수를 다니던 조 씨라는 엿장수 늙은이의 집을 찾아 들어가 그날 밤을 쉬기로 하고 저녁을 얻어먹었다.

그러나 먹고 누워서 피곤을 풀며 가만히 생각해보니 자기가 이까지 떠나온 것이 열 번 잘못 같게만 생각되었다. 비록 갈 데는 없으되 어디나 가서 자리를 잡고 정을 붙이면 못 살 것은 아니지만 아무리 악한 시어미요, 이해 없는 남편이라 하더라도 이미 자기는 그 집 사람이었다. 어떠한 고초가 몸에 매질을 하더라도 그것을 무릅쓰고 그 집을 바로 세워 나가야 할 것이 자기의 반드시 하여야 할 의무요, 짊어진 책임 같았다. 욕하면 먹고, 때리면 맞자. 욕도, 매도, 다 참으면 그만이 아닌가. 내가 왜 그 집 대문을 떠나 시퍼렇게 젊은 년이 뉘 집이라고 이 늙은이의 집에서 자려고 할까? 그만 것을 참지 못하여 마음을 달리 먹고 떠나온 것이 여간 마음에 뉘우쳐지는 것이 아니다. 병풍에 그린 닭이 홰를 치고 우는 한이 있다 하더라도 나는 그 집은 못 떠나야 옳다. 죽어도 그 집에서 죽고, 살아도 그 집에서 살아야 할 몸이다.

박 씨는 다시 발길을 돌렸다.

이미 어둡기 시작한 날이라 이십 리나 걸어야 할 밤길이 적이 근심되었으나 가다가 죽는 한이 있다 하더라도 아니 돌아설 수가 없었다. 아득한 밤길을 헤엄이나 치듯 갈팡질팡 어룹쓰러 마을 앞까지 이르렀을 때는 밤은 이미 자정에 가까웠으리라. 고요한 정적에 잠겼는데 이따금 개 소리만이 경경 하고 건넛산에 반향을 일으킨다.

박 씨는 요행히 주막집에 불이 켜 있는 것을 보고 달려가 아직 주머니귀에 남아 있는 바늘통을 판 밑천으로 양초 두 자루, 백지 다섯 장을 사 들고 우선 뒷산 서낭당으로 올라갔다. 자기의 지금까지의 그 잘못을 서낭님께 뉘우쳐보자는 것이다.

초에다 불을 켜서 서낭님의 앞에 가지런히 한 쌍을 꽂아놓고 공손히 읍을 하고 서서 오늘 하루의 지난 일을 눈물을 흘리며 뉘우쳤다.

그리고 시어미의 마음을 고쳐 달라 빌고, 남편을 이해시켜 달라 빈 다음 아무럭해서도 자손을 보게 하여 남편의 그 수심을 하루바삐 풀게 해주고 집안의 대를 이어 달라 간곡히 빌었다. 그리고 다시 절을 하고 나서 백지 다섯 장을 연거푸 소지를 올렸다.

그런 다음 집으로 발길을 돌리며 내려다보니 남편의 방에도 시어미의 방에도 아직 불은 빨갛게 켜져 있는데, 오직 자기의 방만이 홀로 어둠에 싸여서 어서 주인이 돌아와 밝혀주기를 기다리는 듯하였다.

박 씨는 불빛을 향하여 걸음을 재촉했다.

개 짖는 소리가 사탁 아래 또 들린다.

— 〈여성〉, 1939. 1.

유앵기 流鶯記

1

앞문보다는 뒷문이 한결 마음에 든다.

─끝이 없이 마안하니 내다만 보이는 바다, 그렇게 창망한 바다 위에 떠도는 어선, 돛대 끝에 풍긴 바람이 속력을 주었다 당기었다…… 결코 마음에 드는 풍경이 아니다. 어딘지 거기에는 세속적인 정취가 더할 수 없이 담뿍 담기운 듯한 것이 싫다. 무엇이 숨었는지 뒤에는 꿰뚫어 볼 수도 없이 빽빽히 둘러선 송림, 오직 그것밖에 바라보이지 않는 뒷문 쪽의 풍경이 턱없이 좋다.

성눌은 마침내 뒷문 곁에 책상을 놓았다.

놓고 나서 마지막 정리인 책상 위까지 정리를 하여놓은 다음, 뒷산을 대해 마주 앉으니 병풍을 두른 듯이 앞을 탁 막아주는데 마음이 푹 가라앉는다. 가라앉으니 앞은 막혔건만 앞이 터진 바다보다 눈앞은 더 환하니 내다보이는 것 같다. 역시 끝없는 바다와도 같은 현상이다. 그러나 거기에는 세속적인 생선을 실은 배가 아니고, 그렇지 않은 그 무엇이 필시 실려 있는 듯한 그러한 배가 오락가락한다.

환상일시 틀림없으나, 이런 것을 사색케 하는 그러한 자리가 성눌에게는 좋았다.

시원하다. 산으로 내려오는 바람도 시원하거니와, 마음도 시원하다. 비록 산경의 초라한 모옥이라 하여도 서울의 여사보다는 기분일지 모르나 마음이 붙는다. 앞문 쪽을 현실이라면 뒷문 쪽은 확실히 초현실적이다. 마음에 부딪치는 세속적인 모든 것을 떠나, 이런 마음의 바다 속에서 산들 어떠리. 신앙도 희망도 생활의 목적도 모두 다 잃고 가장 이상적이어야 할 청춘의 정열까지마저 식은 생활의 패배자라고 비웃어도 좋다.

성눌은 마음을 풀어놓고 새 생활이 비롯하는 첫 끼를 이 산속에서 먹었다.

2

새 생활이라고는 하지만 성눌은 무슨 이렇다 할 원대한 포부를 품고 선조의 산막을 찾은 것도 아니요, 수양이나 정양 같은 것을 염두에 둔 것도 물론 아니다. 다만 벗이 미쁘지 않으니 마음 둘 곳이 없다. 마음 둘 곳이 없으니 고독하다. 고독이 떠나지 않을진댄 차라리 미쁘지 않은 벗을 보지 않음으로 고독함이 한결 덜려질 것도 같은 데서 어디 한번 하여보자는 데 지나지 않는다.

누가 성눌만한 생활의 과거를 안 가졌으랴만 성눌은 그것을 결코 평범시하고 싶지 않았다.

──유족하지 못한 가산을 털어 바치고 공부를 하였다. 사회의 가장 참된 일원으로 일을 하기에 목숨을 바치자던 정열의 이상은 사회생활의 첫 관문에서 부서졌다. 난치의 병이 그의 몸을 아주 단단히 붙든 것이다. 더할 줄만 아는 각혈은 절망에 가까운 공포를 주었다. 사회의 참된 일원이 되기 전에 죽는다! 아까운 일이다. 살아야 되겠다! 아무리 해서도 살아야 되겠다! 약으로 병을 다스려야 한다! 그러나 십여 년 동안의 닦은 공부는 전 가산을 새빨갛게 긁어먹고 오직 남은 것이라고는 빈손 안에 앞길의 운명을 판단하고 있을 손금밖에 쥐인 것이 없다.

거기, 도와주려는 사람도 없고, 집으로 내려와 누웠으면 병에는 좀 더 나을 것 같으나, 역시 손금밖에 쥐인 것이 없는 어버이에게 가난의 설움을 더 끼치기 싫다. 도리어 집에서는 알까 두렵게 곧장 병든 몸을 알키려는 법도 없이 운명에 목숨을 맡겨 그저 한산한 여사에 누웠다.

가끔 친구들이 찾아온다. 과자도 가지고 오고, 철 따라선 과실로 들고 온다. 먹기를 권하고 병을 근심한다.

그러나 근심하는 것만으로는 그들도 탈이 낫지 않을 줄을 모를 리 없다. 갈 때마다 하는 말이 공기 좋은 산간으로 전지 요양을 가란다. 그것이 약물치료보다 낫다고 간곡히 권한다.

과자나 과실을 권하는 것은 인사요, 전지 요양을 권하는 것은 생명이란 거룩한 거기에 정성을 표시하는 말일 것이다.

그러나 전지 요양에조차 여유가 없는 줄을 모르는 벗들이 아닌 그들이 이런 말을 할 때는 이것도 역시 과자나 과일이나의 권과 같은 인사말에 지나지 않는다. 전지 요양을 백 번 권한댔자 탈이 나올 수는 없는 것이다.

"왜 전지 요양을 가래두 안 가?"

자꾸만 이렇게 권할 때는 딱도 하다.

벗과 벗이 서로 대하는 의무는 이런 말로 다해지는 것일까.

모르는 사람은 모르니 서로 지나치고, 아는 사람은 아니 서로 모자 벗고 인사하고, 벗은 벗이니 악수하고, 가령 점심때면 점심이나 나누고, 그리고 술잔이라도 들게 되면, 한 일 원 정도에서 오 원 십 원도 비용은 나게 된다. 이것이 친한 벗 사이에서 가장 벗다운 성의를 표하는 인사다. 벗 아닌 사람보다 더한 것이 그것이다. 다만 그것이 벗의 필요성인 듯싶다. 점심 한 그릇 술 한 잔 그것으로 벗으로서의 사명이 다하는 것이라면 그것을 원치 않을 때는 벗의 필요성은 없는 셈이 된다.

성눌은 그런 것을 원치 않고도 벗의 필요성이 있을 그 무슨 두터운 성의와 정열이 있어야 할 것을 믿고 싶고, 그 정열이 서로의 마음을 얽어놓으리라야 사람의 벗 됨에 부끄러울 것이 없을 것 같다.

병 앓아 누으니 성눌은 전에 못 느끼던 벗이 이렇게도 미쁘지 못하다. 외로운 여사에는 벗밖에 의지할 데가 없고, 또 따뜻한 정이 벗에게로만 향한다. 그러나 벗은 벗대로의 인사가 있을 뿐, 성눌의 생각과 같은 그런 두터운 성의는 그들의 염두엔 없는가 싶다. 건강을 잃은 성눌의 베갯머리는 언제나 외롭고 쓸쓸한데 세월은 그대로 가고 병세는 차도를 모른다.

이러한 때 어떻게 알았는지 아버지가 성눌을 찾아 올라왔다. 집을 팔고 밥을 빌어먹어도 병은 고쳐야 아니하느냐고 병을 속이고 누웠음을 꾸짖고 시골로 데려 내려갔다. 성눌은 아버지의 아들에 대한 성의에 눈물이 났다.

아버지! 아버지가 아들에게 대하는 그러한 성의로 사람들은 서로 대할 수 없는 것인가. 아버지는 자기를 죽음 속에서 꺼내 가지고 가는 듯싶었다. 처음에 돼지를 팔아 약을 사 오고 또 소를 팔고, 그래도 차도가 없어서 집을 저당하여 금융조합에서 빚을 내다 뜸을 뜬다 침을 놓는다 할 수 있는 자력과 할 수 있는 정성을 다 들여 치료하는 동안 이삼 년, 무엇에 효과를 얻었는지 그렇게도 난질이란 관사를 달고 다니던 병이 씻은 듯이 나았다.

성눌은 생활의 무대에 다시 나섰다. 서울로 올라온다. 벗들은 반갑게 악수하고 투병鬪病 축하회를 연다. 그것도 성대히 요릿집에다 기생을 셋씩이나 불러 성눌을 위하여 축배를 드린다. 누구나가 성눌을 위하여 지성으로 술을 권하고, 기분을 상치 않으려 될 수 있는 데까지 즐겁게 놀기를 위주한다. 기생도 제일 이쁜 것은 제각기 사양하고 성눌에게 맡긴다. 마치 성눌을 위한 세상 같다.

그러나 성눌은 이런 자기의 세상에서 응당히 기분이 즐거울 것이나 즐겁지 않았다. 만일 자기가 구사의 일생에서 생을 건지지 못하였더라면 물론 이런 축하회는 없었을 게고, 조전弔電이나 조문이, 그리고 추도회를 여는 정성이 있었으리라. 병이 나으면 반가우니 축하회, 죽으면 슬프니 추도회, 왜 축하회와 추도회를 여는 그런 정성으로 병들어 누웠을 때 목숨을 건져주기 위한 구조회는 못 열었던가? 살아 반가우니 축하회를 여는 정성이라면 죽음에 슬픔도 그만한 성의에 못지않았으리라고 보인다. 요행 살아났으니 말이지 죽고 말았더라면 그들의 이러한 성의는 보람 없는 슬픈 일이 되고 말았을 것이 아닌가.

사람을 위한다는 것은 다 제 자신을 위하는 일임에 틀림없다. 과일 꾸러미도 축하회도 그것이 다 실질에 있어 자기에게 도움이 되지 못하는 한 그들 자신이 낯밖에 더 나지는 것이 없다. 그렇다면 지금 술 먹기를 그렇게도 권하는 십여 인의 벗들은 그럼 자기를 위하는 정성보다 다 제 자신을 위하는 정성이 더 클 것인가 하니 세상이 금시 어두워지는 것 같다. 성눌은 아버지의 사랑이 그리웠다. 아버지는 왜 자기 때문에 당신의 재산을 희생하여 세간을 팔아 공부를 시키고 알뜰히 죽음에서 자기를 또 구해내시고는 지금 밥에 구차를 받고 계시나?

"아버지!"

입 밖에 나오지는 않았으나 확실히 불러는 졌다.

"왜!"

아버지의 대답도 분명히 귀에 들렸다.

"저는 이번에 꼭 죽을 걸 아버지의 정성에 살아났습니다."

"얘, 부끄럽다. 그게 무슨 말이냐, 내가 네 소원껏 다해준 일이 있니? 내가 돈을 좀 더 모았더라면 너는 네 마음을 팔지 않고도 살 수 있을 걸……."

"아버지 무슨 말씀입니까? 저 때문에 세간을 파시고 늙으신 몸이 농사를 짓느라 다리를 부르걷으시고……."

"얘 별말 마라. 누구 때문에 사는 줄 아니 내가."

눈가죽이 뜨거워 온다고 느끼는 순간,

"자, 어서 잔을 따세요."

간드러지게 청하는 소리가 고막을 울린다. 바라보니 아버지는 간데없고, 기생의 동글하게 쥐인 손깍지 위에서 남실거리는 술잔이 턱 앞에 와 기다린다.

환상! 환상에 왔던 아버지! 누구 때문에 사느냐는 그 한마디, 그 한마디가 어떻게도 성눌의 마음을 찔렀는지 모른다. 그리고 그것은 지금까지 성눌의 마음을 지배하고 있다.

성눌은 그 후 곧 어느 회사에 취직을 하였으나 "누구 때문에" 하는 그 한마디를 잊을 수가 없었다.

누구 때문에? 자기는 누구 때문에 사는 것인가? 아버지는 자기 때문에 모든 사랑과 정성을 다하심으로 삶을 일삼으신다. 그러면 자기는 누구를 위하여 사랑과 정성을 바치므로 삶을 다해야 될까? 자기에게도 아버지가 자기를 위하듯 그러한 사랑과 정성은 아버지 못지않게 마음속에 간직되어 있다고 알고 또 그것을 믿고 싶다. 그리고 무엇에든지 지성으로 사랑을 베풀고 싶고 또 마음을 다하고 싶음이 못 견디게 가슴속에서 용솟음치고 있음을 느끼기도 한다. 그러나 그 사랑과 정성을 베풀 길이 없이 그저 그날그날을 밥을 위하여 비위에도 맞지 않는 일을 하고 있다. 문화사업이란 미명 아래서 사람을 속이고 돈을 빼앗고 하는 회사의 정책에 따라가야 한다. 지난날 사회의 일원으로라던 정열의 이상이 병마의 간섭에 식어감이 안타까워 아무케나 살아야겠다던 그 욕망을 생각하니 하고 있는 일에 손맥이 탁 풀렸다. 하지만 그렇게 아니하고는 생활의 방편이 도모되지 않는다. 먹어야 사는 것이 사람이니 역시 범속한 한낱 사회의 일원임에 틀림없고 또 그러한 존재의 사람의 벗임에 언제나 충실하게 된다. 그러니 그 어떤 공허감에 생활의 정력은 자꾸만 식어간다. 도무지 마음 가는 데가 없고 손이 붙는 데가 없다. 그러나 식어가는 정력 속에 도리어 자기의 존재가 있는 듯싶게 그것(퇴사)은 아깝지 않았다.

그런데도 우울과 고독은 여전히 깃을 들이고 속속들이 파고든다. 그러면서도 그것은 그 무슨 진리를 담은 껍데기 같게도 그 속에는 찾아질 진리가 있는 듯싶었다. 우울과 고독은 알을 낳을 때의 그 모체의 괴로움인 듯이도 생각이 된다. 그리하여 그것을 족히 이겨 벗기기만 하면 그 속에서는 노른자위와 흰자위를 제대로 가진 진리의 알이 쏟아져나올 것 같다. 그러나 그 우울과 고독은 못 견디게 사람을 괴롭힌다. 성눌은 불에나 뛰어든 것같이 몸 가질 바를 몰랐다. 이리도 뛰어보고 저리도 뛰어보고 싶다. 그래서 시험해본 것이 이렇게 농촌으로 내려오게 된 것이요, 또 비교적 한적한 곳을 찾는다는 것이 이 산막이었다.

3

산막은 언제나 조용하다. 건넌방에는 산지기 늙은이 내외가 자식 오뉘를 데리고 있다고는 해도 있는지 마는지다. 늙은이는 신소리 한번 크게 마당을 거늴 기력이 이미 진했고, 아들은 식구를 벌어먹이기에 종일을 산속에서 부대를 패다가는 밤이면 곤한 잠

에 주검과 같이 곯아지고, 과년한 처녀의 거동은 늙은이의 거동
보다도 조심성이 있다. 아침저녁 밥상을 드려다 놓을 때까지도
치맛자락 한번 허투루 날리지 않는다.

이렇게 고요한 속에서도 성눌은 여전히 고독하다. 언제나 떠나
지 못하는 그 공상이요, 사색에다 주위가 더할 수 없이 고요하니
여느 때보다 공상과 사색은 더 늘어갈 뿐이다. 그러나, 찾긴 것은
없다. 그래도 찾기지 않은 무엇인지도 모르게 그리운 것은 더욱
알뜰해진다. 손을 내어밀면 잡힐 듯이 그 진리는 눈앞에 있는 것
같으나 내어밀고 보면 역시 아득한 공허다. 우울하다. 찾다 못 찾
으면 그것은 언제나 선철에게서밖에 찾을 곳이 없을 것 같아 생
각이 진하면 던졌던 책을 또 집어 든다. 하이데거, 야스파스, 파스
칼, 니체, 그러나, 또 속아 넘는다. 언제나같이 거기에서도 또, 이
렇다 개완한 위안을 얻지 못하는 것이다. 속이 탄다. 시원한 바람
이 그립다. 산으로 올라간다. 이것이 날마다 반복되는 생활이다.

오늘도 라·뿌류이엘의《인간의 탐구》를 안은 채 산으로 올라
온다.

가을의 산속은 귀뚜라미 소리에 누른다. 밤새도록 귀뚜라미가
울고 나면 이튿날의 산속은 알아보게 누른빛에 짙는다. 오늘도
어제보다는 확실히 색채에 가난하다.

산기슭에 매어달린 풀밭에는 혼자 우뚝 솟아서 기세를 뽐내는
듯하던 방초도 인제는 나도 늙었쉐 하는 듯이 새하얀 머리를 힘
없이 풀어놓고 호드기처럼 말려드는 잎사귀는 소생할 힘조차 없
는 듯이 늘어졌다. 아니, 산중의 거족에 틀림없는 아름드리나무들
도 벌써 잎새에 누런 물이 들었다.

인간 사회는 세파에 누르듯이 산속은 서릿바람에 누른다. 지금 서리를 실은 한 줄기 바람이 떡갈나무 가지를 스치다 숱 많은 잎 사귀 속을 헤어나지 못해 몸부림을 치는 바람에 이리 갈리고 저리 갈리면서도 애써 제자리에 부지하려고 매어달려 팔락시는 잎 사귀들—그것은 꼭 세상 사람의 운명과도 같지 않을까, 자기도 분명히 저 나무 잎새가 이리 갈리고 저리 갈리며 시달리듯 속세의 세파에 쫓긴 존재에 틀림없다고 생각하는 순간, 마침내 한 잎의 잎사귀가 더 대항할 힘이 없이 그만 제 자리를 떨어져 바람조차 공중에 뜬다.

성눌은 눈은 그 잎사귀를 따라간다. 잎사귀는 바람에 풍겨 높 았다 낮았다 한 마리의 새같이 서쪽 하늘을 그냥그냥 날아간다. 성눌은 쓸데도 없는 것을 잃지 않으려고 가슴을 넘는 풀밭 속을 허방지방 헤치며 맞은쪽 언덕까지조차 넘다가 뜻 아니 한 인기척 소리에 문득 발길을 멈추었다.

"엄메야! 여긴 멀구레 그대루 있구나! 막."

머루와 다래 넝쿵이 엉킨 경사진 언덕 아래 언제 올라왔는지 산지기 늙은이 모녀가 머루를 따며 지껄이고 있었다.

처녀는 일찍이도 머루나 다래 사냥을 다니는 일은 있었으나, 아무리 집 뒤라고는 해도 늙은이가 이 험한 산길에 얌전이를 대 동하고 떠났음을 본 일은 없다. 그리고, 머루 따러 온 모녀가 다 새 옷을 갈아입고 떠난 것은 수상하다. 얌전이는 전에 볼 수 없던 자지 길소매를 단 흰 옥양목 저고리에 구김살도 가지 아니한 싯 누런 삼베 치마를 입었다. 웬일일꼬. 성눌은 한 그루의 소나무에 등을 지고 그들의 대화에 귀를 기울인다.

그러나, 그들은 다시 아무 말이 없고, 늙은이는 휘돌아진 모롱고지 좁은 길을 이따금 기웃기웃 넘석어려 보는 품이 필시 누구를 기다리고 있는 성싶다.

조금 만에 한 삼십 되어 보이는 농군 하나이 역시 바구니를 들고 무엇을 찾는 듯이 일변 좌우 쪽을 살펴보며 모롱고지 길을 걸어 내려오는데 보니 그 어머닌 성싶은 역시, 백발이 헛나는 늙은이 하나이 또, 뒤에 달렸다.

이것을 본 산지기 늙은이는 별안간 얌전이에게 눈을 주며 바람에 약간 거슬린 머리칼을 쓸어내리고, 저고리 앞섶까지 단정히 여며준다.

산턱까지 밎은 농군은 뚝 떨어져 언덕 위로 올라가고, 늙은이만이 그냥 풀밭 길을 지팡이로 헤치며 산지기 늙은이 앞까지 오더니 지팡이에 힘을 주며 우뚝 걸음을 세우고 허리를 뒤로 편다.

"후— 여긴 멀구두 많기도 많수다레! 후— 노친넨 어드메서 왔소?"

그리고, 얌전이를 한번 힐긋 쳐다본다.

"우린 요 아래서 왔수다. 노친넨 어디메서 왔소?"

"난 데 넘에 샘꼴 사는 늙은이우다. 그래 이 애긴 딸이요? 아이구 머리두 끔즉이두 도왔수다레!"

늙은이는 엉덩이까지 츠렁츠렁 따 늘인 얌전이의 칠같이 새까만 머리를 탐스러운 듯이 쓸어본다.

"예에 딸이우다."

"조고리두 딱 맞게두 해 입었다! 입성은 네레 다 했갔구나?"

"고로무뇨. 걔레 일을 잘 헌담무다. 베두 잘 짜구, 김두 잘 매구, 머 못 허는 일이 있기 그루우?"

얌전이는 대답할 겨를도 없이 어머니는 딸의 칭찬이다.

"예에 베두 잘 짜구요? 메체 났기 어느새 베를 다 배왔소? 쯔쯔! 웬!"

"에라들베 났담무다."

"에라들베 난간허군 키두 크기두 허우다! 귀두 복상스럽게 생기구……."

귓바퀴도 한번 만져본다.

하는 양이 꼭 얌전이의 선을 보려 온 짓 같다. 사나이도 머루 딸 생각은 않고 얌전이를 볼 것만이 할 일이라는 듯이 언덕 위에 마음 놓고 앉아서 주의 깊은 시선을 얌전이에게로만 보내고 있는 것이 아닌가.

성눌은 얌전이의 선! 하고 깨닫는 순간, 새파란 칼날이 가슴을 스치는 것처럼 오싹하고 전신이 위축됨을 느낀다. 이상한 감정이었다. 얌전이의 선을 보는데 자기의 마음에 동요가 생길 필요는 없는 것이다. 그러나, 분명히 동요가 있음을 제 자신 인식한다.

그러면 일찍이 자기가 얌전이를 사랑하고 있었나 성눌은 생각해본다. 그러나, 결코 그러한 생각조차 가져본 일이 기억에 없다. 다만 속정에 물들지 않은 소박하고, 순진한 마음씨가 좋았을 뿐이다. 그러나, 그렇다고 그것으로 또한 얌전이의 간선에 마음이 흔들릴 이치는 없는 것이다. 무슨 때문일꼬? 그렇게 순진한 처녀가 아무것도 모르는 우둔한 농부의 손안에서 구애될 것임이 얌전이를 생각하는 동정심에서 생기는 마음일까. 성눌은 제 마음이면서도 그 까닭을 알 수 없었다.

늙은이는 너도 가까이 와서 얌전이를 자세히 보라는 듯이 두어 간쯤 떨어진 최둑섭으로 걸어가며 다래는 여기가 많다고 아들을 불러 내린다. 그러고는 무어라고 수군거리며 아들도, 늙은이도 한 번씩 얌전이 편을 바라보곤 한다.

이런 눈치를 살필 때마다 얌전이는 모르는 듯 그저 수굿하고 머룬지 다랜지를 따기는 따나 어딘지 그 몸가짐은 더욱 조심을 요하는 듯하고, 또, 초조해하는 빛이 드러나 보인다.

틀림없는 간선이다. 성눌은 진정되지 않는 가슴에 물결을 뛰놓이며 애써 그들의 공론을 엿들으려고 일거동 일거정에 고요히 주의를 모아 청각에 여유를 주었으나 그들이 돌아갈 때까지 이렇다 한마디도 비밀한 내용 이야기는 엿들을 수가 없었다.

4

산막으로 내려온 성눌은 전에 없이 얌전이가 그리움을 느낀다. 그의 용모에서보다는 마음에 끌리는 것 같다. 눈, 코, 입, 그 어느 것에 흠잡을 것이 없다고는 해도 결코 미인은 아니다. 어디서든지 찾을 수 있는 그저 평범한 한 여성에 지나지 않는다. 이러한 얌전이가 이제 그렇게도 그립다. 그리고, 얌전이를 그 사나이가 아무렇게나 할 수 있을 것이겠거니 하면 못 견디게 그 사나이가 밉기까지 하다.

아니 내 마음이 왜 이럴까 생각에 잠겨보는 동안 얼른하는 그림자에 주위를 살피니 어느새 밥상이 들어온다. 얌전이는 저녁상을 조심스레 들고 문턱을 넘어서 사뿐사뿐 걸어와 성눌의 앞에 놓는다.

그러나, 놓는가 하니 어느새 얌전이는 벌써 돌아서 문밖으로 사라지고 만다.

하나, 성눌의 눈앞에는 여전히 얌전이가 있다. 환상임을 깨닫고 밥그릇을 연다. 따뜻한 김이 모락모락 피어오르는 새하얀 이밥 속에도 얌전이는 있다. 고사리나물 위에도 있다. 조기 토막 위에도 있다. 눈이 가는 곳마다 얌전이는 있다. 성눌은 정신을 깨닫는다. 마지막 넘어가는 해 그림자가 불그레하게 밥상 위에 물을 들인다.

그러나, 그것도 그 순간뿐이다. 얌전이는 그대로 있다. 물에다 밥을 말아 뜨니 밥숟갈 위에까지도 얌전이는 뛰어 올라온다.

"상 가져가거라."

실로 성눌은 얌전이가 그렇게도 그리워 이렇게 밥술을 놓자 조급하게도 소리를 질러보기는 처음이다.

곧 달려온 얌전이는 떠 넣었던 밥을 채 씹어 삼키지도 못한 것 같이 그래서 그것을 비밀이 처리하려는 것처럼 입을 꼭 다물었다.

"너 낮에 멀구 얼마나 따 왔니?"

돌연한 질문에 얌전이는 밥상을 들다 말고 멈칫 선다.

"너 낮에 멀구 따려 산에 올라 왔두나?"

별안간 얌전이는 홍당무같이 빨개지는 얼굴을 숙인다. 그럼 낮에 성눌은 자기의 선을 보이는 꼴도 보았겠구나 하는 생각이 처녀의 마음에 심히 수줍은 성싶다.

그러니, 또, 성눌은 얌전이의 그 난처해하는 태도에 자기의 마음까지 똑같이 난처하다. 공연히 물었나 보다. 그의 난처해함이 스스로 변해될 그러한 말은 없을까 생각에 바쁜 동안,

"이에 —."

대답을 남긴 얌전이는 어느새 벌써 상을 집어 든다. 그런 다음엔 한 걸음 한 걸음 멀어지는 얌전이 — 그렇게 멀어져서 얌전이는 부엌으로 사라지니, 또, 뒤이어 허공에 나타나는 얌전이도 역시 수줍어 고개 숙인 얌전이다.

사나이의 버릇인 일시적인 탐욕이 이렇게도 얌전이를 자꾸만 눈앞에 끌어다 놓는가 성눌은 생각해본다. 그러나 결코 그러한 종류의 탐욕이 아닌 것을 곧 양심은 증명한다. — 지금까지 알뜰히도 마음이 괴롭게 찾아오던 것은 얌전이를 찾는 데 있었던 것 같고, 또 얌전이를 찾았다 하니 미였든 마음에 무엇이 꽉 들어차는 듯하다.

성눌은 불을 켜고 언제나같이 책을 펴놓는다. 그러나, 책 위에도 얌전이는 따라온다. 그리고 책보다도 얌전이를 보는 것이 마음에 개완하다. 만 가지의 공상도 얌전이와 같이 아름다워 본 적이 없었고, 책 속에서도 얌전이같이 아름다운 구절을 일찍이 찾아본 적이 없다. 얌전이를 영원히 자기의 것을 만들므로 아름다움에 주린 공허한 마음을 얌전이로 채우고 싶다. 그리고 그것은 못 견디게 마음을 짓다른다. 며칠을 두고 누를 내 누를 수 없는 마음이었다.

마침내 성눌은 얌전이와의 통혼에 사람을 내세운다.

5

이튿날 성눌은 전에 없이 명랑한 기분을 안고 산으로 올라온
다. 얌전이와의 통혼 교섭 전말을 이 산속에서 들려주기로 그 벗
은 약속하였던 것이다.

산토끼처럼 제 길을 잊지 않고 제 발부리에 닦여진 풀밭 길을
성눌은 언제나같이 밟아서 언덕 위 바위 위에 자리를 잡는다.

큰 바위의 주위는 여전히 어지럽다. 지리가미 조각, 담배 꽁다
리, 성냥개비, 말라붙은 가래침, 근 한 달 격이나 버릴 줄만 알고
쓸어보지 않은 생활의 찌게미다. 누가 보든지 그것은 뚜렷하게도
사람이 살아난 자체로 아니 볼 수 없으리라. 그러나, 예서 살아난
자체는 오직 그것을 뿌려 이 산속을 어지럽힌 것밖에 없다.

그러나, 성눌은 이 산속에서 무심히 낙엽만을 지우고 있는 자
신이 아니었던 것을 믿고 싶다. 얌전이를 찾은 것이다. 많은 여성
가운데서 흔들려보지 못하는 마음이 얌전이로 위해서 흔들린 것
이 아닌가. 분명히 자기는 한 잎의 낙엽을 쫓아 언덕을 넘다 머루
를 따는 얌전이를 보고 마음에 동요가 생겼다. 그것은 결코 자위
도 아니요, 공상도 아닌 버젓한 현실인 것을 다시금 인식하며 통
혼의 보고가 올라오기를 기다린다.

그러나, 그것은 그리 초조한 것도 아니었다. 언제나 생각해도
자신의 위신에 미루어 산지기 늙은이 내외는 일언에 쾌히 승낙을
하리라 믿는 까닭이다.

오히려 공상은 이런 데 있었다.

얌전이로 더불어 어디서 어떻게 생활을 할꼬? 서울은 싫다. 얌

전이를 더럽히지 않을 이 산속에서 차라리 농사를 하리라. 그래서, 또한 속세에 눈을 감는 것만으로라도 커다란 짐을 벗는 듯이 한결 몸은 가벼워질 듯하고 마음은 개완할 듯하다. 생활의 진리를 담은 껍데기 같게도 우울하던 마음은 여기에 완전히 벗겨지고 가슴속에 꽉 찬 정열은 샘물처럼 터져 흘러서 우울과 고독을 깨끗이 씻어낼 것 같다. 아름다운 공상 속에 여념이 없는 동안, 보고를 안은 벗이 언덕 아래 나타난다.

"아니, 이거 나 님재 볼 낯이 없게 됐네."

언덕을 추어 오르기가 바쁘게 입을 연다.

"낯이 없다니!"

"아, 소한테 물린 셈이야."

"머시?"

"아, 그런 목고대 뒤상 같으니 죽여도 님재와는 혼인을 안 한다누만."

성눌은 짐짓 놀래고, 또, 약간 수치를 느끼며,

"안 하겠대?"

"님재 같은 고급 인종은 당초에 얌전이 짝이 될 수 없대. 기름과 물은 아무리 뒤섞어도 합하는 법이 없다나! 님재는 기름이요, 얌전이는 물이래. 님잰, 왜 저 ― 보통학교에 와 있던 네훈도같이 구두 신구, 또 초매 깡뚱하구, 머리 지지구, 기름 바르구 헌, 머, 그런 네자야 짝이 똑 맞는대나! 그래서 성눌이는 주의가 그렇지 않어서 그른 네자는 춤밭구 얌전이같이 김 잘 매구, 베 잘 짜는 네자를 구한다니께 그건 글쎄 시잰 그래두 열흘두 못 가 맘이 변한다구! 그르니, 머, 더 할 말이 있으냐디. 어, 참!"

소리 없는 한숨이 성눌의 입에서 새어 나온다.

"내 이렇게꺼지 이야기해봤지. 아니, 영감이 산막에 있으멘서 성눌이 청을 안 드르문 어걸 모양이냐구, 허니께니 그건 막, 사람을 엎누르랴는 것이라구 하면서 나가래문 나가두 얌전이는 못 내놓갔다는 거야. 그래서 또, 마즈막엔 이렇게두 말해보지 않았나. 아니 그래, 영감이 그 처지에 얌전이를 농사 집에밖에 더 살릴 데가 없을 건데 그래, 즌날 마른날 없이 코피가 닉두룩 따이나 파며 고생을 식히느니보다 와 성눌이를 줘서 월급 타서 팔땅 디리구 뜨뜻한 아루에 펜안히 앉아서 놀구먹을 팔자를 마대느냐구. 허니께니 놀구먹는 것보다 일해서 먹는 게 더 귀허다나! 그르멘서 사람이 손발 됐단 멀 허는 거냐구 그르겠디. 그리구, 또, 허는 말이 성눌이야 김을 한 고랑 맬 줄 아나, 모를 한 대 꽂을 줄 아나. 우리 얌전이는 백이 백 말 해두 그저 김 잘 매구, 모 잘 꽂는 장정 일꾼으루 얻어주갔대는 거야. 그르니 머, 헐 말이 있나. 그른데, 할민지는 또, 그 뒤상 옆에 딱 경매를 붙에 들고 앉아서 머이 이러쿵저러쿵 골치가 아파서…… 여부시! 님재만 하구야 아니 참, 그, 뒤상 말마따나 구두 신구 거드럭거린 걸 어디, 얌전이 궁둥이 따를 건 머이와? 지친헌 게 에미난데. 난, 님재레 말해달내기 해는 봤쉐만 그만두지 그만둬 기까지걸 멀……"

그만두라지 않아 승낙을 않는 데는 할 수 없는 일이다. 더구나 필요 없는 인물로 간주하는 데는 무어라 더 말할 용기조차 없는 것이다.

성눌은 얌전이에게 있어 자기는 손톱만한 필요도 없었던 것을 순간 생각하고 이 세상에서의 자기의 필요성을 생각해본다. 자기는 그럼 무엇에 필요한 존재이었던고? 아무 데도 없었다. 미래의 일은 추측할 배 못 되지만 현재에는 없다. 과거에도 없었다. 모 한 대, 밭 한 이랑을 임의로 처리할 줄 아는 능력을 이미 배양하였던들 이렇게도 불필요한 존재로 얌전이에게서 절대의 거절은 받지 않았으리라. 성눌은 오히려 자책의 부끄러움에 머리가 숙어졌다. 이 한 달 동안의 산간의 생활을 미루어보더라도 산지기 일가의 눈에서 뿐이 아니라, 자기 자신 무능한 한 개 생활의 패배자에 틀림없었다. 얌전이는 늙은 어버이를 위하여 있는 정성과 노력을 다해 하루갈이에 가까운 터앝에 옥수수를 혼자 걷어 들였던 것을 빤히 안다. 그러나, 자기는 그동안 무엇을 하였던고? 밤이나 낮이나 계속해서 하는 독서, 그리고 공상! 그러나, 책 속에서도 공상 속에서도 얻어진 것은 없다. 역시 보람 없는 그날의 생을 보내고 있었을 뿐이다.

"그까진 거 도무지 그놈으 늙은이를 산막에서 내여쫓으시. 멧 쾬의 말을 안 듣는 메직이가 통 천하에 어디 있단 말이와. 원 내가 다 분해 죽겠네 참!"

벗은 생각하고 자못 흥분한다.

그러나, 성눌은 대답할 용기조차 없었다. 피여 물었던 담배를 한숨과 같이 또, 저도 모르는 사이 바위 위에 힘없이 썩썩 비벼 다시 못 올 그 순간의 생애를 표시하는 한 토막의 자취를 무심히 바위 위에 기록할 뿐.

6

성눌은 힘없는 발길을 또 산막으로 돌린다.

돌릴 때까지는 그래도 조용한 짬을 타서 저녁에 다시 한번 자기가 직접 졸라 보리라 은근히 마음에 먹었으나 먹었던 마음을 건네 볼 겨를도 없이 건네 볼 용기를 잃고 말았다. 들어오는 저녁 밥상이 전에 없이 얌전이의 손에서 늙은이의 손으로 바뀌어 들려 들어왔던 것이다. 그러니, 그것은 도시 자기라는 인물은 인제 다시는 믿을 수가 없는 것이니 얌전이를 예전대로 함부로 들여보낼 수가 없다는 반증이 아닐 수 없다.

성눌은 밥을 먹기보다 짐을 싸지 않아서는 안 될 것이란 생각이 먼저 들었다. 그러나, 그 뒤에 그리운 얌전이 ─.

하지만, 또, 자리끼도 늙은이의 손에 들어오기를 잊지 않는 것을, 그리고 얌전이는 그림자도 눈앞에 얼른하지 않는 것을…….

성눌은 밤을 두고 생각하여보았으나 결국은 다시 더 말을 걸어 본 대야 그것은 도리어 낯만 더 무지는 쑥스러운 짓이 될 것임을 깨닫고 이튿날 아침에도 의연히 늙은이의 손에 들려오는 밥상을 낯간지럽게 받아 물리고 그렇게도 잊기지 못하는 얌전이를 생각에 누르며 산막을 떠나 집으로 내려왔다.

7

집에는 뜻하지 않았던 한 장의 편지가 성눌을 기다리고 있었다.

― 우리들에게는 이제야 운이 왔다. 경상도 어떤 재벌을 붙들어 무진 회사 비슷한 성질의 회사를 우리 그룹에서 하나 꾸며놓았는데 우리 그룹에서는 군이 제일 미덥고 똑똑한 인물이라고 만장일치로 군을 재무계 주임으로 이미 추천을 하여놓았으니 지체 말고 빨리 올라오라는 예의 그 벗 5, 6인의 엽서 편지다.

성눌은 이 편지를 읽는 순간, 저도 모르게 낯이 뜨거워 옴을 어찌하는 수 없었다. 자기의 마음이 끌리는 얌전이에게는 절대로 필요치 않은 존재가 믿거워하지 못하는 벗들에게서는 이렇게도 신용을 받는 것이다. 미더운데 버림을 받고, 미덥지 못한데 신임을 받는 것은 결국 그런 유에서나 신용할 수 있는 그러한 존재에 틀림없을 것을 증명하는 것이 되는 것이다. 성눌은 순간 그것을 마음 아프게 깨달은 까닭이다.

즉석에서 성눌은 회답을 썼다.

이 순박한 농촌의 자연처럼 자기의 마음을 살지우는 데는 없다. 차마 농촌을 떠나기가 싫다. 내일부터는 나도 머리에 수건을 질끈 동이고 낫을 들고 들로 벼 가을을 나가련다. 군들과 나는 인제 너무도 차이가 있는 동떨어진 사람이 되련다. 나 같은 사람은 서울 장안에 그득 들어찬 게 그것일 것일 테니 나는 아주 잊어주는 것이 좋을 듯싶다. 그리고 그것을 나는 두 번 세 번 당부하고 바랄 뿐이다.

손성눌

그리고 이튿날 성눌은 실제로 낫을 들고 나섰다.

늙으신 아버지가 자기를 위하여 모든 것을 다 희생하시고 생전

쥐여보지 못하던 낫을 들고 여름내 피땀을 흘려서 지어놓은 벼 가을을 또한 손수 하시고, 그것의 마당질 품으로 남의 품벼를 베다가 그만 서투른 낫에 다리를 상하여 꼼짝 못 하고 누워 계시니 마당질만은 혼자서는 할 수 없는 일인데 인제 품을 못 지리면 아버지 혼자로서 하여야 될 앞날의 마당질 처리를 내다볼 때 성눌은 그대로 앉아 있을 수가 없었던 것이다.

"베 부이기가 바로 그렇게 헐한 줄 아네? 이제 너마자 또 어디 다치려구……."

아버지는 섬깨 떨듯 말리는 것을 성눌은 뿌리치고 품벼를 베러 나섰다. 천여 석의 씨를 뿌리 나는 이 넓은 들에는 논배미마다 모두들 다리와 팔뚝을 걷어 올리고 무슨 진리를 거두기나 하는 듯이 오직 거기에만 정신을 쓰고 낫들을 놀린다.

성눌이도 발을 뽑고 논배미로 들어섰다. 아직 햇볕을 보지 못한 아침 물은 어지간히 차다. 발바닥에 집히는 물이 산득산득 소름을 끼쳐주는 정도인가 하니 차츰 발가락에는 얼음이 꽂히는 듯 아리다.

그러나, 이 논에 같이 들어선 7, 8인의 가을 일꾼들은 그런 것쯤은 느끼지도 못하는 듯이 흥에 실린 낫만이 그저 분주하다. 못 견디게 물은 차나 성눌은 그것을 참기 어려워 뛰어나올 자리는 못 된다. 강잉히 이빨에 힘을 주어 그들과 같이 의연히 한켠 짝으로 열을 지여 가며 낫을 놀릴밖에…….

그러나, 일꾼들은 따를 길이 없다. 겨우 다섯 단을 묶어놓고 보니 그들은 벌써 십여 단씩이나 뒤에 남겨놓고 서너 발 푼수나 앞서 나가 있다. 성눌은 좀 더 속력을 내어 일단의 정력을 다 들여본다. 그러나, 그러한 속력으로는 아무리 힘을 들인다 해도 손 익은 그들의 일에는 딸려지는 것이 아니다. 맞은짝 논둑까지 다 베어나가 허리를 펼 때 보니 성눌은 겨우 논배미의 한복판에 서 있었다.

그러나, 그것도 얼마 동안이었다. 낮 밤을 지나고 낮을 때는 끊어져 내는 허리를 펼 수가 없었다. 그런 것을 그대로 우기자니 전신은 땀에 뜨고, 근력은 잃는다. 그러니, 일의 능률은 처음보다도 차츰 떨어져만 간다. 그래도 성눌은 시늉이라도 하게 남아 있는 힘이 제 자신 기적 같았다. 그리고 그것이 햇것 남아 있기를 바라나, 어서 해가 졌으면 하는 생각이 들 때는 속일 수 없이 코로 단김이 몰아 나옴을 인식하는 때였다.

해가 지기까지 베는 시늉을 하고 또, 베여놓은 볏단을 등짐으로 메어내여 배까지 치고 났을 때는 실로 촌보에 자유가 능치 못하게 전신의 동맥은 굳어진 듯했다.

눈으로 보고 상상하는 짐작의 노력으로는 도저히 밎지 못할 일임을 성눌은 이제 깨달았다. 그리고 얌전이에게서 거절을 받은 이유의 일단도 여기에 선이 밝아지는 듯하였다.

"성눌이 오늘 혼났디?"

"자네들은 허리가 아프지 않은가?"

"하하하 우리들은 한 사람 목에 백여 단씩 돌아갔는데 님잰, 머, 겨우, 쉰 단 푼수나 부였을까 헌데 머, 허리가 아파?"

"아무랬건 성눌 용쉐. 첨으루 그래두 쉬지 않구 진종일 손 노락질이래두 헌 게 용티 멀 그래!"

한 대씩 붙여 물고 논둑으로 나와 한담 끝에 그들은 내일의 품꾼들을 제각기 따지고 일어선다.

오늘 일꾼 중에서 품에 빠진 사람은 다만 성눌이 혼자뿐이었다. 그와는 누구나가 하나같이 내일의 품을 말하는 사람이 없었다.

성눌은 자기의 품을 들이라기가 미안해서 그러나 보다 하고 자청 품을 청해보았다.

"자네네 벼나 하루 더 비어볼까?"

"웬걸 님잰 하루 쉐서 비시. 그렇게 갑자기 일을 되게 하단 탈생김메! 괴니 ─."

동정에 말인 듯싶다. 단 몇십 리 길만 걸어도 며칠 동안은 다리가 아파 자유로 몸을 놀리기도 거북하던 것을 미루어보면 참으로 오늘의 여울은 상당히 몸에 깊이 배여 있을 듯하다.

성눌은 다시 아무 말 없이 집으로 돌아왔다.

8

이튿날도 오력은 상당히 말잰 것이 기운이 없었다.

그러나, 성눌은 품 자리만 있으면 또 나서기로 내일의 품을 찾아주기를 기다린다. 아버지를 위해서도 그렇다고 그대로 앉아만 있을 수는 없었거니와 제 자신 솟구쳐 들먹이는 생활에 대한 정열을 익일 길이 없었던 것이다.

하지만 한나절이 기울어도 품을 요구하는 사람은 없었다. 성눌은 기다리다 못해 자신이 나서서 품을 구하기까지 해본다. 하는데도 아버지의 다리가 좀 나았나 그것을 묻고 아버지의 품을 은

근히 요구하는 사람은 있으면서도 성눌에게는 품을 거론도 아니
했다.

"어머니! 누구 품 안 쓰겠답디까?"

마을 나갔다 들어오는 어머니에게 성눌은 묻는다.

"멀? 네 품 말이가? 아니, 네 품을 이제야 누구레 쓰간!"

"웨요?"

"웨라니! 어즈께 박서방넨 너까타나 베 쉰 단 밋뎃따구 아니
그 소리가 동네에 통이했는데 멀 그르네."

"⋯⋯."

"그 사람들이니 와 안 그를내던. 같은 값이문 남의 반목두 참네
못 하는 널 품으로 쓰갔네? 나보탄두 안 쓸데⋯⋯ 너 없을 적에
사랐간. 그르다 탈 나리라, 너야 거저 늘 책이나 보게 생겠디 一."

성눌은 이 소리를 듣자 별안간 낯이 확확 달았다. 그것은 여기
에서도 자기는 의연히 필요치 않은 인물인 것을 말하는 것인 것
이다. 마음이 붙지 않는 곳에서는 반겨 청하고, 마음이 붙는 데서
는 거역을 당한다. 성눌의 눈앞은 금시에 어두워졌다. 이 넓은 세
상에 자기의 마음은 의연히 담을 데가 없는 것이다.

성눌은 갑자기 숨이 막히는 듯 가슴이 답답함을 느낀다. 그러
나, 숨이 끊어지지 않는 것을 보면 분명히 숨을 쉬고 있는 것으로
공기를 호흡하고 있는 것은 사실이나, 마음의 호흡이 괴로운 것
을 보면 분명히 세상의 공기는 탁해진 것 같다. 이 탁한 공기 속
에서 숨을 쉴 수가 없다. 어디를 가야 내 마음은 가을 하늘같이
명랑하여질꼬? 한번 시원히 대공을 훨훨 날아 속진에 무젖은 때
를 깨끗이 씻었으면 마음이 가득할 것 같다. 아아! 공상 속에만

아름다움은 있는 것인가. 그럴진댄 차라리 공상 속에 살고 싶다. 영원히 살고 싶다. 현실을 공상과 같이 그렇게 아름답게 아름답게 빚어놓는 수는 없나?

아름답게 아름답게 보담 더 아름답게 생활의 꿈을 공상 속에 빚어보기에 여념이 없는 며칠 동안 서울 벗들로부터 상경 재촉의 전보를 성눌은 또 받는다.

— 전보를 받고도 올라오지 않으면 쫓아라도 내려가서 목을 매여 끌어 올리겠다는 문구다.

성눌은 두 번 볼 필요도 없이 일견에 찢어버린다. 그리고 회답할 생각조차 엄두에 두는 길 없이 그들과의 교섭은 잊으려고 했다. 그들은 생각할 때마다 성눌은 마음이 더욱 답답함을 느끼는 것이다.

그러나, 전보가 일축된 대신, 그 내용과 같이 거짓 없이 사람은 기어코 내려오고야 만다. 김 군이 왔다.

김 군은 영업적인 그 회사의 내용 이야기를 한바탕 펴놓아 성눌의 비위를 낚는다.

"나를 위하는 벗들의 충성은 진심으로 감사하나, 내가 서울이 싫어졌다는 것은 편지로도 이미 말한 것인데 군들은 왜, 이렇게 자꾸만 나를 서울로 끌어 올리자는 거야?"

"여러 말 말구 내일 아침 일찍이 떠날 차비나 해. 내, 아야 역에서 자네 차표까지 미리 두 장을 다 사가지고 왔네. 이것 보게나."

단마디에 성눌의 입을 틀어막으려는 듯이 짐꾼은 호주머니 속에서 두 장의 경성행 차표를 들어내 보인다. 기어코 데려 올려가고야 말 텐데 뭘 하는 시위가 아닐 수 없다.

순간, 성눌은 그 자기의 자유의지를 임의로 무시하려는 태도에 자못 불쾌함을 느꼈다.

"차표까지 미리 사가지고 그건 무슨 시윈가?"

"시위! 시위라기보다는 벗의 군을 위하는 그 성의는 생각지 못하나?"

"그래 벗을 위한 성의는 벗의 자유의지도 무시할 수 있는 건가?"

대답은 이렇게 하여놓았으나 불쾌한 반면에 그실 반가운 우정을 아니 느낄 수도 없기는 없다. 자기를 오직 믿지 않았으면야 일부러 사람까지 내려보냈으리라고 아니, 차표까지 사가지고 왔으리라고 하면 그것도 좀한 우정에서가 아니고는 못 할 일 같았다. 그들의 주위에도 실직으로 밥을 땅땅 굶고 있는 친구가 수두룩한 것을 모르는 바 아닌데 하필 자기를 끌어 올리자는 것은 오직 자기에게 대한 그들의 정의의 발로밖에 없으리라 생각하니 성눌은 주위의 탁하던 공기가 얼마쯤 완화되는 듯한 정세를 느꼈다. 그리운 서울이 아니었으나 벗들의 그 벗을 위하는 충성에 성눌은 반항할 용기를 문득 잃는다. 어디를 가도 자기의 마음은 담을 데가 없다. 그럴진댄 터럭만한 도움도 되어지지 못하는 존재가 피땀을 흘리어 벌어놓은 늙은 아버지의 등을 파먹고 있느니보다는 다시 서울로라도 가서 내 손으로 벌 수 있는 일을 하여 먹는 편이 차라리 나으리라 성눌은 생각을 굳히고 두말없이 이튿날 아침 차에 김 군과 같이 몸을 실었다.

9

몇 달 동안에도 서울의 변화는 컸다. 있던 집이 없어지고 없던 집이 눈에 낯설다. 눈에 익던 남대문 통의 ××루라는 중국 요릿 집이던 꽤 크다란 벽돌집이 벗들의 손에서 수가 난다는 회사로 알른알른하게 수리가 되어 있다. 눈에 뵈지 않는 변화인들 얼마나 있어 사람들을 울리고 웃기고 했을꼬. 변화무쌍한 세태를 생각해보며 성눌은 거리를 걷는다.

올라오는손 그 저녁 벗들은 또 명색 성눌의 환영회를 열어 진고개 어느 요정으로 가는 길이다.

밤늦도록 소리하고 마신다. 오래간만에 성눌은 얼근히 취해본다. 괴로움을 잊는 즐거운 밤이었다.

한시 가까이 좋은 기분에 벗들로 어깨를 같이하고 귀로에 나섰다. 깊은 밤의 장안 거리는 어지간히 고요하다. 행인이 딱 끊진 바는 아니나, 이 성눌의 환영회 일행의 세상인 듯이 그들의 구두 소리만이 장안에 찬다.

좀 신중하지 못한 벗 한 사람은 같은 정도의 주기이면서도 술을 빙자하여 거리의 부랑자가 된다. 기분일 탓일까 목이 찢어져라 유행가를 소리 높이 불러도 보고, 타지도 않을 택시를 손을 들어 스톱도 시키고, 지나가는 여인의 손목을 붙들어도 보며…….

하지만, 거리 사람들이 그의 주기에 다 같은 호의로 그를 대하려고 하지는 않는다. 한 번은 지나가는 행인의 어깨를 길을 어이다 잘못되는 채 힘껏 들이받았다. 그러나, 받고 보니 잘못이다. 싸움은 일어났다. 옳거니 그르거니 밀치며 제치며 시비를 따지는 판.

성눌은 중재를 위하여 나선다. 붙은 싸움을 떼고 새에 들었다. 그러나, 들고 보니 친구는 날쌔게도 빠져나 구두 소리 높이 밤거리의 적막을 깨치며 도망친다.

그 친구를 놓친 적은 분함을 참지 못하는 듯 성눌에게로 돌려붙는다.

"이 자식! 그래 네가 쌈을 도맡을 작정이냐? 덤빌 템 덤베라 에따!"

볼 새도 없이 턱 하고 들어오는 주먹은 번개같이 성눌의 턱을 받는다. 그것뿐이면 좋았다. 단 한 개에 성눌은 쾅 하고 뒤로 자빠지며 돌같이 단단한 아스팔트 위에 머리를 받쫓는다. 또한 그것뿐이면 좋았다. 두부에서는 검붉은 피가 게재하게 흘러서 순식간 머리는 핏속에 파묻힌다. 성눌은 죽었는지 살았는지 혼도한 채 의식을 잃은 성싶다.

잘못은 어느 편에 있었다든지 간에 죽었는지 살았는지 근더저 그대로 꼼짝 못 하고 피만 쏟아내는 벗, 이 벗을 위하여 일행은 응당히 복수의 의무를 느껴야 옳을 것이나, 일견 적진의 행색은 거리의 부랑패에 틀림없다. 쓰봉을 땅에다 찰찰 끌며 셔츠 바람에 캡을 비스듬히 쓴 사람이 둘, 노타이에 머리를 반반히 재워서 바른 골을 딱 갈라붙이고 모자도 없이 와이셔츠 소매를 팔뚝까지 걷어 올린 사람이 하나, 싸움에는 아무런 기술도 갖지 못한 벗들은 그들에게 손을 쓰기커녕은 도리어 그들의 손이 자기에게로 올까 두렵게 말로라도 한마디 대항해볼 용기조차 잃고 다만 자기의 신변을 지키기에만 급급해 있는 동안,

"이놈들아! 다음엘랑 술은 먹드라두 점잖게 먹고 거리를 걸어

라!"

약점을 본 그들은 사람을 핏속에 묻어놓고도 오히려 뻐젓이 서서 훈계를 하고 골목으로 술능술능 사라진다.

그제서야 일행 중의 한 사람이던 조 군은 제 자신 모욕을 느꼈는지 실로 벗의 치명상이 분했든지 또는 성늘에 대한 자기의 체면을 유지하자는 데선지 저고리를 벗고, 넥타이를 끄르며 고함을 친다.

"이놈덜아! 네놈들이 가면 어디를 갈 테냐? 덤빌 테면 덤벼보자!"

그러나, 사람을 죽여놓고 그들이 설사 이 소리를 들었댔자 돌아올 이치 만무하다. 반응이 없는데 조 군의 소리는 더 높아진다.

"이놈덜아! 내 단주먹에 가루를 만들리라. 어디를 숨어 이놈들 나오느라!"

그리고, 있는 힘을 다하여 길바닥이 깨여져라 발을 쾅쾅 구른다.

남은 벗 세 사람은 여기에도 격동할 용기가 없는 듯이 어리둥절해서 조 군의 태도만 묵묵히 바라보다 움죽하고 팔을 놀리는 성늘의 거동이 눈에 띄자 아직 생명이 있다는 것을 짐작하고,

"성늘이! 성늘이! 정신 차려 응? 성늘이!"

부르며 김 군이 성늘의 팔목을 잡아다린다. 성늘은 일어서 보려고 전신에 힘을 준다. 그러나, 의외로 몸을 거누지 못하야 뻐뚝하고 도로 쓰러진다. 피를 너무 많이 쏟은 탓인가 얼굴은 백지같이 하얗다.

조 군은 혼자서 덤비나 마나 세 사람의 벗은 얼겁결에 성늘을 뒤쳐 엎고 병원을 찾아 내달았다.

10

새하얀 붕대로 머리를 겹겹이 둘러 감고 ××병원 이등실 한쪽 침대에 고요히 몸을 던진 성눌은 또다시 한 번 무심히 눈을 떴다. 천장에 매여 달린 오십 촉 휘황한 전등이 번개같이 눈에 꽂히며 시력을 압도한다.

주위에는 여전히 벗들이 졸리는 눈에 잠을 싣고 그린 듯이 앉았다. 그 모양은 자기에게 대해 심히 미안해하는 거동같이 성눌에게는 짐작된다. 그것이 그에게는 한껏 불쌍하게도 보였다. 이미 받은 상처니 앉아서 밤을 새며 졸아야 자기에게는 하등 필요가 없는 것을 인사상 자기의 옆을 떠나지 못하고 조는 것이다. 자기의 신변에 위험이 미칠 염려가 있을 때는 인사에 그렇게 무디다가도 신변의 위험을 느끼지 않을 때는 이렇게도 마음 놓고 거룩히 인사를 지키는 벗들이다. 이 벗들이 자기의 벗이요, 자기는 또 그들의 벗이 된다. 그리고 자기는 그들에게 절대의 신임을 받는다. 절대의 신임을 받으므로 서울까지 올라오게 되어 받은 상처가 지금 두부에 크다. 아니, 마음에 크다.

그들의 눈에 비친 자기는 인간적으로서의 신임할 만한 그런 신임을 위한 신임을 받았던 것이 아니요, 신임할 수 있으니 자기네들에게는 이로운 것이라는 상업정책의 한낱 도구로서 신임을 받았던 존재밖에 되는 것이 없다.

성눌은 한숨과 같이 다시 눈을 감았다.

"꼭 의사의 지시대로 치료를 받아야 하네."

벗의 손에 흔들림을 받고 다시 힘없이 눈을 떴을 때는 어느새 불은 전등에 없고, 동편 유리창을 통해야 명랑한 아침 햇살이 줄기차게 들여 쏘고 있다. 그제서야 벗들은 돌아갈 차비를 한다.

"진단 선언은 삼 주간이래두 보름 동안이면 퇴원이 될 게지. 어젯밤 일은 그게 말끔한 신수야. 밥 먹고 우리 또 올께."

그리고, 다시 돌아오는 김 군의 손에는 미깡[1] 꾸러미가 들려 있었다.

성눌은 못 볼 것을 또 보게 되는 듯이 마음이 산뜻함을 느끼고 힘없이 눈을 내려간다.

— 〈조광〉, 1939. 2.

1 '귤'의 방언.

붕우 朋友

1

주문하여놓은 차라고 반드시 먹어야 되랄 법은 없다.

청한 것이라 먹고 나왔으면 그만이련만 조 군은 금방 문을 삐걱 열고 들어서는 것만 같아, 기다리기까지의 그동안이 못 견디게 맘에 조민스럽다.[1]

어떻게도 만나고자 애타던 조 군이었던가. 주일 나마를 두고 와줄까 기다리다 못해 다방을 찾아왔던 것이 와놓고 보니 되레 만날까 두렵다. 가져온 차를 계집이 식탁 위에 따라놓기도 전에 백통화 두 푼을 던지다시피 쟁반 위에 떨어뜨리며 나는 다방을

---

1 마음이 조급하여 가슴이 답답스럽다.

뛰어나왔다.

조 군이 나를 찾기까지 기다려봐야지 내가 먼저 조 군을 찾는다는 것은 아무리 생각해야 자존심이 허하지 않았던 것이다.

그러나 다방을 나와 놓고 보니 조 군의 자존심 또한 나를 먼저 찾아줄 것 같지는 않다. 이러한 경우에 나를 먼저 찾아줄 조 군이었더라면 벌써 나를 찾았을 그이었을 게고, 또, 우리의 사이가 이렇게까지 벙으도록 애초에 싸움도 없었을 게 아닌가.

생각은 또 이렇게 뒤재어지니 내가 그를 먼저 찾지 않는다면 서로의 자존심은 언제까지든지 벗걸려 조 군과의 사이는 영원히 멀어지고 말 것 같다.

사람의 사이란 이렇게도 벙으는 것인가, 우스운 일에 말을 다투고 친한 사이를 베이게 되었다.

—문학은 로맨티시즘이어야 된다거니 리얼리즘이어야 된다거니 다투던 끝에 조 군의 가장 아는 체하는 태도에 불쾌해서 "조 군은 아직도 예술을 몰라" 하고, 좀 능멸하는 듯한 태도로 내받은 한마디가 조 군의 비위를 어지간히 상한 모양이다.

이상한 안색이 말없이 변하는 것을,

"군은 아직 예술의 그 참맛을 모르지."

농담에 돌리려고 맘에 없는 농을 붙이니,

"자식이 잔뜩 건방져가지고……."

조 군 역시 농담 아닌 농담으로 받는다.

"건방진 게 아니라 군은 모른달 밖에."

"옳고 그른 것을 따지는데 건방지다는 건 다 머야."

"건방지다는 건 모르고도 아는 체하는 것."

"군과 같은 존재?"

"뉘가 할 말인데."

서로 튀기는 동안 좀 불쾌한 말이 오고가게 되니 남 듣기에는 제법 정식으로 하는 싸움이나 같았던지 때마침 찾아오던 손 군이 싸움으로만 알고 왜들 이러느냐고 영문도 모르고 꾸짖으며 말리는 서슬에 피하면 누구나 지는 것 같아 서로 달려들어 어성은 높아지며 말은 격렬하게 되어 결국은 정말 싸움처럼 되고 만 것이다.

나도 조 군에게는 그렇게 보였겠지만 실상 혼자만 아는 체하는 조 군이 얄밉기는 했다. 이 때문에 참다못해 가다가 한 번씩은 누구나 말을 튀기고 진정으로 불쾌한 기색을 서로 감추지 못하는 적도 한 번 두 번에 그친 것이 아니었으나, 그런 티도 없이 조 군은 나를 찾고, 나는 조 군을 찾았다. 각별히 언쟁이 격심했다고도 볼 수 없는 이번 일에 날마다 오던 우리 집을 조 군은 주일 나마를 찾지 않는다.

조 군은 나를 그처럼 아니꼽게 보았나 하니 조 군에게 향하는 내 마음 또한 좋지 않다. 조 군의 모든 단처가 얄밉게 드러나며 허하지 않는 자존심에 나도 일체 그를 찾지 않았던 것이다. 그러나, 벗과 벗 사이는 끊으랴 끊을 수 없는 무슨 탄력이 있는 듯싶게 조 군에의 우정은 날이 갈수록 그립다. 벗이 많되, 내 마음에 위안을 주는 벗은 없다. 예술을 이해하는 진정한 벗이 없을 때 마음의 어느 한구석은 비인 듯이 공허함을 느낀다. 예술상 견해는 달리 가지면서도 예술 그 물건에 있어선 무슨 공통된 정신이 떨어질 수 없게 머리를 서로 맞매어놓은 듯도 하다. 군과 밤낮 마주 앉았을 때 못 느끼던 조 군에의 우정이 알뜰함을 이제 알았다. 생애에 둘도 없을 영원한 반려를 잃은 듯도 싶어 오늘은 기어이 그

를 만나고야 말리라 그의 전용 휴게실과도 같은 다방 장미원을
찾기로 하였던 것이다.

2

─조 군도 내가 군을 그리듯 나를 이렇게 그리워할까. 그리우
면서도 자존심이 허하지 않아 지금껏 찾아주지 않을까. 군에게도
군을 이해할 벗은 오로지 나밖에 없을 텐데……. 그 저주할 자존
심이 적용되지 않을 방법으로 이렇게 그를 만날 수가 없을까? 그
리하여 피차의 부끄러움도 없이 그만 만날 그러한 방도를 나는
거리로 걸어 나오면서 꾀하여보았다.

특별한 일이 없으면 오늘도 으레 이때쯤은 조 군이 장미원을
들를 것이 빤한 일이다. 그가 오는 길목에서 기다리다가 오다가
다 만나는 것처럼 만나는 것이 어떨까, 만일 만나고 보면 조 군도
나를 보고 가만히 있지는 않겠지, 한번 입만 떨어지면 화해는 되
는 날이다, 생각하니 그것이 가장 묘한 방법도 같다. 나는 시험하
여보기로 하였다.

장미원의 골목을 나서 큰 거리로 걸어 나오던 나는 가장 분주
한 체 걸어 내려가고 있었다.

그러나, 조 군은 아직도 오는 사람이 아니다. 순식간 종로다. 종
로는 필요 없는 길이다. 나는 다시 온 길로 돌아섰다. 안국동으로
내려오면 정면으로 만날 수 있으나 종로로 들어오면 나의 뒤에
달리리라. 나는 몇 발걸음에 한 번씩 뒤를 돌아보며 빨리 걷는 체

활개를 놀리면서도 걸음은 될 수 있는 데까지 속력을 아꼈다.

몸놀림과, 걸음에 조화되지 않을 나의 이 걸음은 거리 사람들에게는 무던히도 우스운 꼴일 것 같다. 나와 같은 경우에서 나와 같은 행동으로 취하는 사람이 이 거리에도 있을까? 사람마다의 걸음에 부질없는 눈이 갔다.

장미원을 거의 다달아 다시 돌아서려 할 무렵이다. 나의 시야에는 틀림없는 조 군이 날아든다. 금방 안국동 사가에서 꺾어 내려오는 골목길을 조 군의 조고마한 뚱뚱한 체구는 아그작아그작 사람들 틈을 새어 내려온다.

나는 가장 급한 볼일이 있는 사람처럼 속력을 다하여 활개를 치며 마주 걸어 올라갔다. 조 군도 나를 본 듯하다 금시에 머리가 숙어진다.

거리는 점점 가까워온다. 가슴이 후득후득 뛴다. 할 말의 준비에 가난을 느껴 어리둥절하는 동안, 휙 하고 바람이 얼굴에 씌운다. 벌써 조 군과는 어느덧 지나치고 마는 것이다.

만나고도 말할 수 없었음이 이를 데 없이 안타깝다. 조 군의 마음도 내 마음과 같을까? 아니 조 군은 미련도 없이 나를 지나쳐 버린 것은 아닌가? 그랬다 하더라도 지나치고도 혹시 마음이 언짢아 나를 돌려다 볼는지 모른다. 나도 한번 돌려다 보고 싶다. 그러나 마주칠지 모를 시선이 두렵다. 마주치면 고의로 지나쳤음이 증명되는 것이다.

나도 조 군을 못 보고 지나친 체 고개를 숙이고 달아날 수밖에 없다. 몇 번이나 돌려다 보고 싶은 것을 나는 눈앞만 바라보고 그저 걸었다.

3

이튿날도 또 그 다음 날도 조 군은 찾아주지 않는다. 만나고도 모른 척하고 지나치게 되었음이 더욱 조 군과의 사이를 멀리하게 만드는 짓이 된 것은 아닌가. 나 자신조차도 그 후부터 조 군을 만나야 그때에 지나쳐 보내고 지금 만나기가 더욱 어색할 것 같음을 느낀다.

그가 일상 와주던 시간이라고 아는 열 시로부터 오전 동안, 그 동안을 나는 오늘도 은근히 기다리고 있었건만 조 군은 얼씬도 않는다.

나의 집이 아니면 다방, 다방이 아니면 본정의 서점 주유ㅡ그 것이 그의 날마다의 하는 버릇이다. 지금도 다방이 아니면 서점 일 게다.

나는 장미원에 전화를 걸었다. 조 군이 거기에 있다 해도 만나 러 갈 것 같지는 않으면서도 왠지 그저 그가 거기에 있나 없나가 알고 싶다.

"거기가 장미원이죠. 저 조우상 씨 거기 안 계수."

"금방 다녀 나갔습니다."

오늘도 장미원엔 틀림없이 조 군은 다녀갔다. 그 길로 어디를 갔을까. 나를 찾아오는 것은 아닌가.

"여보서요! 나가신 지가 얼마나 오래됩니까?"

"한 십 분가량 아니, 한 십오 분가량은 될 겝니다."

"어디로 가신지는 모르시죠?"

"알 수 없는걸요."

장미원에서 나의 집까지 삼십 분이면 올 게다. 나를 찾아 나선 것이라면 이제 십오 분이면 조 군이 보일 것이다.

나는 그가 당장 와주겠다고 약속이나 하여준 것같이 초조하게 조 군이 찾아주기를 기다린다.

"허 허 군."

왔다! 가슴이 뛰기 시작하는 찰나, 문을 밀고 나타나는 것은 뜻밖에도 손 군이다.

"산보 안 가려나? 날이 좋구면……."

"어디?"

"흠부라래도."

그러지 않아도 한 십오 분 동안 기다려보아 조 군이 오지 않으면 본정으로 가보려던 참이다. 조 군을 만나는데 동무가 있음이 더욱 도움이 될 것 같고 또 일부러 조 군을 만나러 간 것처럼도 아니 보일 것 같다.

"글쎄 가볼까?"

나는 마음에 없는 것을 끌리어가는 사람처럼 마음을 속이며 대답했다.

"그럼 어서 옷 갈아입어."

자꾸만 독촉하는 것을 십 분 또 십 분 이렇게 손 군을 속여가며 시간을 지체케 하여 조 군을 기다려보았으나 역시 필요 없는 시간의 낭비밖에 없었다.

본정은 나 역시 책전에 마음이 끌린다. 새로 난 레코오드를 듣자고 조르는 손 군을 나는 책전으로만 끌었다.

날이 좀 차진 탓인지 거리에 사람은 알아보게 드물다. 사람 틈에 잃기 쉬운 작은 체구의 조 군을 찾기에는 그리 복잡한 인파는 아닌데 조 군은 찾기지 않는다.

혹은 나의 앞을 서 다녀간 것인가 그렇지 않으면 뒤로 따라오나 다녀온 책전을 다시 한번 훑어서도 역시 조 군의 빛은 보지 못하고 되돌아 전차에 올랐다.

그동안에 조 군이 나의 하숙으로 찾아오지나 않았을까. 손 군은 종로에서 보내고 나는 바쁘게 집으로 돌아오다가 정말 나는 하숙집 문전에서 저걱거리고 섰는 조 군을 볼 수 있었다.

순간, 나는 나도 모르게 골목 안으로 몸을 숨기고 그의 행동을 엿보았다.

조 군은 하숙집 대문을 들어서려고 머리를 기웃하고 발을 떼는 듯하더니 다시 돌아서 두어 걸음 내려오다가 아무래도 미련이 있는 듯이 되돌아서 들어서려 야붓야붓하더니 아주 지나가고 만다.

조 군은 분명히 나를 찾아왔다. 찾아왔으나 차마 어색하여 망설이다 돌아가는 눈치다. 조 군도 차마 나를 못 잊고 그리워하는 것임을 알았다.

조 군이 그대로 돌아감이 더할 수 없이 안타깝다. 내 마음이 이렇거늘 조 군의 마음인들 안 그러랴. 조 군 하고 불러볼까 하나 차마 입이 무겁다.

조 군은 다시 찾기는 단념한 듯이 뒤도 돌아다보지 않고 잰걸음으로 그냥 골목을 빠져나간다.

나는 어찌할 바를 모르고 바재다 못해 골목으로 빠져 들어가 마주 올라오다 만나리라 싶어 집을 싸고 앉은 골목을 뛰다 싶은 걸음으로 어이돌아 천변길을 걸어 올라왔다.

그러나 조 군은 벌써 어디로 빠졌는지 보이지도 않는다. 그동안에 이 골목길을 어느새 다 추어 큰 거리로 나섰을까. 혹시 내가 뒷골목을 어이도는 동안 나의 하숙을 다시 들어간 것은 아닌가. 나는 부리나케 집으로 뛰어 들어왔다. 그러나 나의 방문은 여전히 덧문까지 닫히어 있다.

"누구 나 찾어오지 않었읍디까?"

"아뇨."

"아, 금방 왔든 손님 없어요?"

"없습니다."

필시 그대로 간 조 군이다.

4

내가 조 군을 못 잊어하듯 조 군도 나를 그렇게 못 잊는다면 혹시 군은 오늘도 나를 찾어줄는지 모른다.

이튿날은 전에 다른 기대를 가지고 나는 아침부터 조 군을 기다리며 문밖을 들락날락하였다. 그러나, 오라는 벗은 아니 오고 뜻하지 않었던 가끼도메[2] 한 장이 찾아온다.

나의 소설을 꼭 받어가지고야 편집에 착수하겠다는 ××지의 원고 독촉이다.

돈이 생기는 일이니 아무렇게나 끄적여 보냈으면 그만이련만

___

2 かきとめ, 등기 우편.

예술적 양심은 차마 그렇게까지 허하지 않는다. 오늘까지 써온 과거의 작품을 모두 불살라버리고 싶은 충동을 못 참는 나다. 이제 게서 더 일보를 나아가지 못한 필법은 차마 손에 붓이 가지 않는 것이다.

나는 이 일 년 내 소설 제작에 있어 커다란 고민을 느끼어온다. 그것은 소설이란 무엇인지가 비로소 알아진 때문도 같다. 그러나, 알아진 그 소설을 시험하기에는 자신의 역량에 쓴웃음을 금할 길이 없다.

그 소위 저널리즘 위에서 총애를 받는 작품들이 나의 수준에서 뛰어남을 찾지 못할 때 나의 용기는 확실히 되사나, 나는 여기에 집필에의 위로를 얻기보다 오히려 폭소를 금치 못한다. 그것도 소설이요 하고 침묵을 못 지키는 그들의 낯이 뻔히 들여다보이기 때문이다.

조 군과 나와의 사이에 가끔 언쟁이 있게 되는 원인도 그 실인즉 이러한 관계에서였거니 조 군도 어쨌든 쓰고야 보는 작가의 한 사람이므로서다. 그러나, 조 군의 작품은 발표할 때마다 월평가의 붓대 끝에 찬사의 표적이 된다. 그러면 일반은 그 작품을 믿고 저널리즘은 그 이름을 안고 춘다. 그리하여 그는 확실히 인기 작가의 한 사람이다.

그러나, 나는 그와 같은 작품을 내어놓으므로 자신에 만족을 느끼고 명예를 얻고 싶지는 않다. 그러나 자신이 허하는 작품은 쓸 수가 없다. 차라리 침묵을 지키는 원인이다.

나는 이제 나의 소설 못 쓰는 마음을 솔직하게 적어놓아 내 마음을 세상에 알리고 싶은 충동을 못 참는다. 그리하여 이해할 수 있는 벗으로 손뼉을 같이 쳐주는 공감을 사고 싶다.

나는 문득 그것의 소설화를 생각해본다.

그러나, 나의 붓끝은 나의 마음을 충분히 그려내기에 충실한 사자가 되어줄까 신용 되지 않는 자신의 역량이 몇 번이나 머리를 흔들어대건만 참을 수 없는 창작욕에 마침내 원고지 위에 하 필을 하여본다. 일 년 만에 처음으로 든 붓이다.

곤란한 일이다. 내 마음을 살리기엔 조 군이 상대가 아니 되고 는 내 뜻을 완전히 표현할 수 없는 것이 곤란한 일인 것이다. 조 우상이라 똑바로 그대로 이름을 끌어다 대고 쓰자는 것은 아니로 되, 조 군이 보면, 아니 벗들은 누구나 보아도 그것이 조 군인 줄은 알 것이다. 내 마음을 표현하기 위하여 벗의 허물을 드러내는 것은 마땅한 일이 될 수 없다. 될 수 있는 대로 조 군의 신상을 생각해가며 쓰고자 하나 내 뜻이 옳다는 것을 표백하려니 조 군은 언제나 거기에 눌리우고. 나를 내세울수록 그는 떨어진다.

나는 몇 번이나 이래서는 안 된다. 붓대를 내던져 보았건만 나의 이 생명인 창작 충동은 벗에 관한 한 개의 악감, 그리고 신의를 생각하기보다 예술사상인 창조 충동이 보다 더 강렬한 힘으로 붓끝에 열을 올렸다.

마침내 닭이 울 무렵까지 조 군에게는 재미롭지 않은 한 편의 짤막한 소설이 짜여지고야 말았다.

이것을 발표해서 옳은가 몇 번이나 읽어보아도 조 군이 걸렸으나 내 생명이 담기운, 아니 어떻게 생각하면 그것은 그대로 내 생명이라 아니 차마 버리고 싶지 않다. 이렇게 글로는 조 군을 비웃었다 해도 지금도 나는 조 군을 진심으로 그리워하거니, 결코 무

슨 악의에서 비웃는 것이 아니라 그것은 한 개의 사상이요, 주의
의 싸움이다 하는 생각은 마침내 발표에까지 마음을 정하게 하고
말았다.

5

이튿날 나는 이 소설을 ××지에 부치고 우편국을 막 돌아 나
오는 무렵 공교하게도 조 군과 서로 문을 밀거니 당기거니 하고
있었다. 내 편의 밀음이 좀 세었던지 문고리를 비슷이 놓고 몸을
비키며 내가 먼저 나오기를 기다리는 사람은 뜻밖에도 조 군이었
던 것이다.

"요우!"

나를 보기가 바쁘게 조 군은 조금도 어색한 티 없이 나의 손을
붙든다.

순간, 반가우면서도 당황하던 나의 마음에 비춰보면 조 군의
인사법은 확실히 나보다 단련된 품이 있다.

"이거 참 오래간만이야."

"한 보름 됐을까?"

비로소 어색한 입을 나는 떼였다

"우편소 출입을 할 땐 호경긴 모양이군."

"아니 저 원고 하나 잠깐…… 오래간만에 소설 하나 썼네."

"응?"

내가 소설을 썼다는 말에 조 군은 닝큼 놀라며,

"소설! 물론 역작이겠군. 일 년 동안이나 닦고 닦은. 그래 어디야?"

"저 거시기."

"으 — ××지 아닌가? 거긴 나도 썼는걸!"

"군도 소설인가?"

"아니 평론, 이달 창작평야."

"이크! 그럼 이기영李箕永이가 또 비행기를 타겠구면."

"그야 군이 창작 평을 쓴다면 이효석李孝石이가 체베린을 안 탈겐가?"

"이 사람, 선 자리에서 복수인가. 어쨌든 나의 창작이 이달에 없었던 것만은 천만다행이군. 군의 붓끝에서 천길만길 뚝 떨어질걸."

"그럴 수 있나. 그런 경우면 쓴 지면이 모자라서 하는 의미로 척 빙그러쳐서 빼어놓거든."

"하하하 — ."

"아닌 게 아니라 친지의 작품을 지상으로 내려깎고 만인의 앞에 공개하기란 참 거북한 일이거든. 그러기에 이러한 태도를 취하는 것이 근자엔 뭐. 월평가의 레투가같이 되어서."

"그러면 이번에도 군은 또 누구에게든지 지면이 모자라겠구면."

"하하하."

우리는 그동안 서로 틀렸던 티도 없이 천연스럽게 이야기를 주고받으며 걷는다.

그러나 사이가 벙으렀던 원인, 그리고 그리웠더라는 말은 안 하기를 서로 내기나 한 듯이 누구나 입 밖에 내려고 하지 않는다.

그렇게 그리워하는 벗 사이라도 자기의 위신을 위하여 굳이 감추고 비밀을 지키지 않아서는 안 되는 것이었다. 이러고도 벗일까. 그러면서도 그리워는 서로 한다! 나는 우리들 사이의 그 심리의 작용이 묘하게 움직이는 것을 들여다보며,

"우리는 그동안 어쩌면 거리에서 그렇게도 한 번도 못 만났담."

나는 관훈동 거리에서 만났던 일을 생각하고 은근히 그의 마음을 엿떠 보았다.

그러나 조 군은 글쎄 하고 다른 아무 말도 없더니,

"언젠가 한번 관훈동 거리에서 지나치고 보니 그게 군이라고 보았는데 군은 나를 못 봤나?"

도리어 나의 마음을 엿뜬다.

그러나 나 역시 그의 말에 넘어갈 내가 아니다.

"나는 군의 그림자도 못 봤는걸."

"못 봤어?"

하는 것은 너도 어지간히 속을 안 주누나 하고 속으로는 입을 비쭉하는 것 같다.

"참 군은 다니는 길목이라 우리 집 앞을 더러 지났을 텐데 그렇게도 한 번도 안 들린담?"

"지날 턱 있나 그동안은 참 꼭 집 안에 백혀 있었네."

조 군도 그에 대한 이야기는 일체 입 밖에 내려고 하지 않는다.

우리는 그다음으로 바아로 들어가 얼근히들 술이 취하여 못 하는 이야기가 없이 지껄여대면서도 그렇게 그리워하였더라는 이야기는 누구의 입에서도 나오려고 하지 않았다. 생각하면 그것은

우리들의 영원히 지켜야 할 비밀일 것도 같다.

— 〈비판〉, 1939. 2.

캉가루[1]의 조상이

1

실제를 이상화하기는 쉬워도 이상을 실제화하기는 그렇게도 어려운 듯하다.

문보가 약혼을 하였다는 것은 자신이 생각할 적에도 이상과는 너무 멀었던 사실이다.

'내가 약혼을 하다니!'

앞길의 판재에 현재를 더듬어 미래를 내다볼 땐 천생에 죄를 지은 듯이 마음이 두렵다.

멘델의 유전학적 법칙은 완전히 무시할 수 있다 하더라도 정문

1 캥거루.

보 가家의 유전적 내력은 무시할 수 없는 것이다.

쥠손이, 절름발이, 곱사등이, 앉은뱅이, 애꾸눈이 — 대대로 이런 불구자를 계승하여 내려오는 가계家系에서 자기 따라 이. 목, 구, 비가 분명하고 사지 백체가 제대로 가진 인간으로 대를 가시어놓기 바랄 수 있을 것일까?

오십여 생을 손이 묶인 듯이 쓸 수 없던 (쥠손이) 아버지의 불행에 비하면 한 눈이 멀다는 자기는 행복된 인간이라고도 할 수 있으나 차라리 한 눈이 마저 멀어 세상의 모든 것을 애초에 볼 수가 없었더면 얼마나 행복된 일이었을까? 불구의 고민을 잊을 때가 없거니, 이제 자기의 불구한 고민에 비추어볼 때 이러한 불행한 생명을 세상에 내어놓아 자기와 같은 고민 속에서 일생을 보내게 한다는 것은 몇 번이고 생각해도 그것은 인생에 대한 죄악이었다.

자기 한 몸을 희생하여 불구의 불행한 씨를 근절시켜 놓는 것이 차라리 그들의 행복이리라, 결단코 결혼을 하여서는 아니 된다. 인생의 반생을 한뜻같이 독신으로 살아온, 아니 영원히 살려던 문보였다.

비록 한 눈은 멀었을망정 그것이 흉하여 자수의 짙은 안경을 매양 끼고 있으니 좀 건방져는 보일망정 문보가 불구한 인간인 줄은 꿈에도 모르고 그 나머지 부분의 붙음 붙음이 분명하고 고르게 정리된 뚜렷한 용모와 체격의 남자다운 늠름한 품격이 남달리 이성에의 흠모의 적的이 되어 동경의 학창 시대엔 결혼 신청을 받기도 실로 수삼 차에만 그친 것이 아니었건만, 이런 것들을 물리치기에는 조그마한 무란도 없이 그의 생각은 철저하였다.

눈에 들고자 갖은 아양을 피워가며 계집으로서의 온갖 미를 아 낌없이 자기의 앞에서 떨어낼 때 인생의 본능에 자극을 아니 받을 수 없어, 그것을 이겨내기란 참으로 괴롭지 않은 것이 아니었다.

한 번은 동경에서도 이름난 미인으로 유학생들의 입술에서 오 르내리고 있던 금봉으로부터 열렬한 사랑의 편지를 받았을 때, 그리고 자기를 위하여 아까운 것 없이 바치기를 아끼지 않으려 할 때, 금봉의 미모와 정열에 청춘의 마음이 본능적으로 휘어 들 어감을 억제치 못하여 하마터면 실수를 할 뻔한 적도 있기는 있 었다.

그러나 한번 문보의 불구한 부분을 찾게 되므로 금봉은 그만 실색을 하고 돌아서서는 다시 찾아주지를 않던 것이 지금도 다행 한 일이었다고 생각하여 오거니와, 그 후부터 문보는 이성에 대 한 교제는 더한층 각별히 주의를 하여왔다. 학창 시대에 동경서 같이 노닐던 벗들은 학업을 필하고 고향으로 돌아와 모두 결혼들 을 하여 벌써 아들딸을 둘씩이나 둔 사람도 있었건만 문보는 애 써 결혼에까지는 맘을 두지 않아 왔다.

그러나 미자와의 교제가 도타워 갈 때, 그것은 지난겨울이었다.

하루는 새로 발표한 창작에 대하여 뜻 아니 한 미지의 여성으로 부터 한 장의 찬사를 받게 된 것이 그의 맘에 밈을 돌린 시초다.

문단에 나선 지 칠팔 년 작품을 발표한 수도 적지 않건만 불구 한 성격이 빚어낸 그의 독특한 인생관—남달리 이상한 문체, 그 주의는 언제나 독자의 이해 밖에 악평의 적이 되어 유명 무명 간 에 들어오는 투서는 누구의 것이나 판에 박은 듯이 욕으로 일관된 그 속에서 미자의 편지를 찾은 것은 확실히 한 가닥의 기쁨이었다.

비로소 예술의 이해자를 찾은 문보는 미자란 이름을 잊을 길이 없어 염두에 두고 지내오던 어느 날 돌연히 또한 그 여자의 방문을 받은 것으로 교제는 시작이 되었다.

그러나 가끔 만난대야 문단과 예술 방면의 이야기로 만족할 수 있던 미자는 차츰 그것만으로는 만족할 수 없는 의미를 은근히 비추기도 했다.

하지만 문보는 그저 모르는 듯 냉정했다.

그러나 미자의 정열은 식는 것이 아니었다. 마침내는 하려는 말을 기어코 하고야 말았다.

"선생님! 전 선생님을……."

듣기에 놀라운 소리였으나 엷은 강철같이 떨리는 음향은 그다지도 문보의 마음을 당기었다.

이럴 때면 문보는 인생의 행복을 멀리 등진 불구의 고민과 싸우지 않을 수 없었다. 괴로움에 그의 마음은 탔다.

"선생님, 선생님……."

못 견딜 듯이 정열에 타는 미자의 눈, 매어나 달리는 듯한 아양에 떨리는 몸부림—그래도 문보의 마음은 휘지 않았다.

"나를 잊어주시는 것이 차라리 행복이리이다. 나는 당신을 사랑할 자격을 잃고 있습니다."

"건 저를 모욕하시는 거예요. 자격이 없으시단……."

"아니 정말 자격이 없습니다. 나는 솔직히 말합니다. 불구자입니다."

미자는 문득 놀라고 더 말이 없다.

"거짓말을 왜 하겠습니까. 나는 한 눈이 좀 부족합니다."

문보는 어디까지든지 미자의 마음을 돌리게 하기 위하여 숨김없이 사실 그대로를 말하였다.

그러나 이 소리를 들은 미자는 그것만으로는 불구자랄 것도 없다는 듯이 금시에 낯갗은 다시 화기에 물들며,

"네, 건 예전부터 알고 있었에요 전 뭐……."

"……."

"전 뭐, 선생님의 마음에 움직인 것 같애요. 사람을 용모로 따진다면 그건 결국…… 네? 전 선생님을……."

놀란 것은 도리어 이쪽이었다. 불구자인 줄은 알면서도 사랑한다! 맘을 사랑한다는 말이다. 사람을 외모로써 찾으려 하지 아니하고 마음으로 찾는 미자, 미자는 그런 사람을 찾는다! 이 세상이 미자같이 참되다면 자기는 결코 불구한 사람이 아니다. 자기의 마음을 아는 사람은 다만 미자를 본다. 왜 뻐젓이 눈을 내어놓지 못하고 미자 앞에서 가리고 다니었던가? 이제 그것이 부끄럽기까지 하다 그렇게도 열렬하게 사랑하던 금봉이가 한번 자기의 불구한 부분을 찾자부터는 그만 실색을 하고 말던 것에 미루어보면 미자는 범인을 초월한 초인적 존재도 같았다. 무엇인지는 꼬집어 말할 수 없으나 불구의 고민 속에서 오늘까지 찾아오던 진리는 비로소 미자의 마음속에서 찾은 것 같았다. 그리고 미자의 마음과 자기의 마음과는 뗴려 뗄 수 없는 한 개의 물체로 융합이 되는 듯 휘어 들어갔다.

마음의 힘이란 그렇게도 센 것일까 장래의 문제엔 마음을 보낼 여유도 없이 실로 그 일순간에 사랑의 관계는 맺히고 약혼은 성립이 되었던 것이다.

그러나 마음의 융합이기로 유전적 법칙이 무시될 리는 없는 것
이다. 이것이 그 후에 따르는 문보의 고민이었다.

2

날마다 근심은 더해왔다.

'불행의 씨가 생기지 않았나?'

생각과 같이 그것은 따라오고 마음은 두려웠다.

'며칠 동안에야 무에 그리 쉽게 생겼을꼬?'

그러나 그것은 두려움에 자위自慰요. 보증할 수는 없다.

'단연히 파혼을 해야 돼.'

언제나 생각하다가는 이렇게밖에 더 맺혀짐을 찾지 못하던 그
결론이 지금도 다시 돌아와 맺힘을 당연한 일이라고 문보는 마음
속에 따져보다가도, 그러나 이미 씨가 들어 있는 몸이었다면 그
곤란할 것 같은 처리에 다시금 생각은 얼크러져, 보면 알기나 할
것인 듯이 치맛감을 마르고 있는 미자를 힐끗 치어다보았다.

"이 치마 빛은 봄빛보다는 좀 짙지?"

자기로 인하여 문보의 마음속에는 커다란 난이 일어난 줄도 모
르고 미자는 혼자 즐거움에 엉뚱한 질문을 들이댄다.

문보는 하고 싶은 대답도 아니었으나 실상은 대답할 수도 없는
질문임에 잠자코 말았다.

"봄빛은 물빛보다도 짙어야 산뜻한데 그런 게 원 있으야 말이
지."

아무래도 그것은 마음에 개운치 않은 빚인 듯이 뒤적거리던 치맛감을 홀홀 털어 허리에 두르고, 잠깐 아래위를 훑어보며, 그리고 보아달라는 듯이,

"아무래두 빛이 좀 짙지?"

하기 싫은 대답이라고 세 번째나 못 들은 척할 수는 없다.

"옥패(친구의 아내)두, 뭐 그런 빛을 입었든데?"

"아이 어쩌나!"

"뭣이?"

"옥패가 이런 빛을 입으문 난 못 입어."

"건 또?"

"옥패야 벌써 애를 낳지 않았수? 애를 낳면 맘도 늙는다우."

"그러문 그 치맛감은 두었다. 애를 낳아야 입겠군."

"싱겁긴!"

"싱겁긴 뉘가 싱거운데? 그렇게 뻔히 알면서 그런 치맛감을 사올 때야 애가 그리워 기저귀를 마련하는 격이……."

"아이 망측두 쉐 — 뉘가 뭐 애를 낳겠대나! 바스럭거린다니께 꼬집지 흐응!"

"배면 안 낳고 배길 장사가 있어 그래?"

"글쎄 난 죽어두 앤 안 날 텐데 뭘 —."

이 말은 결코 아직 애는 안 밴 말이다.

우연한 문답에서 문보는 어렵지 않게 미자의 뱃속을 들여다볼 수 있었다.

순간, 문보는 얼크러졌던 마음의 고삐가 스르르 하고 풀리며 결론은 다시 굳어졌다.

'당장 파혼을 해야 돼.'

"애를 배면 청춘이 간답니다."

그러나 문보는 이론을 더 앞으로 계속하려고도 아니하고 그저 파혼을 하여야 된다는 데만 열이 올라, 다시 더 여기에 마음이 돌지 말고자, 아주 굳혀버리기로 벌떡 일어서 테이블을 마주하고 의자에 하반신을 묻었다.

어제저녁에 배달된 신문이 그대로 테이블을 덮고 있다. 집어 드니 마음은 먼저 학예면을 더듬고, 눈은 이달의 창작평에 멎는다.

가장 회심의 작이라고 자처하고 싶던 이번의 작품도 자기의 것만은 또 악평의 대상이었다. 도대체 무슨 소린지 이런 작품은 아마 인류사회 이후에는 몰라도, 인류의 역사가 있기까지는 이해할 수 없을 것이라 단안을 내렸다.

반드시 비평가만이 작품을 바로 본다고 믿을 것은 아니로되, 벗들 사이에서도 이미 이러한 의미의 말을 여러 번 들어왔고 또 며칠 전에는 미지의 독자들로부터서도 역시 같은 뜻의 서면을 받고 있던 것을 미루어 이제 그 평점이 일치됨을 찾고 문보는 일반의 이해에 벗어나는 자기의 예술에 다시금 우울함을 느끼었다.

자기가 보는 인생관 사회관은 이 세상에서는 이렇게도 이해를 못 가지는 것이다. 그만큼 자기는 현실 사회와는 인연 먼 존재 같다. 그러나, 일반의 이해를 잃었다 하여 자기의 마음을 결코 슬퍼하고 싶지는 않다. 도리어 현실을 비웃고 싶은 마음이다.

그러나, 마음에 공명하는 이 없으니, 자기가 옳다는 데는 자만심이 꺾이지 않아도 마음을 통하여 즐거움을 느낄 수 있는 집단 속에 사는 개인의 심정으로서는 아니 고적할 수가 없었다.

문보는 그 작품이 실린 잡지를 집어 들고 자기의 작품을 다시 한번 읽어본다. 구절구절이 도리 정연한 문장이다. 한 사람의 불구자의 입을 빌려 현실 사회를 상징적으로 표현시킨 그 시미창일한 문장 속에 스스로 취하여 자기도 모르게 무릎을 쳤다.

그리고, 다음 순간, 문보는 문득 놀라고 눈앞에 나타나는 미자를 보았다. 써놓은 원고를 한 장 한 장 옆에서 읽어주고 정리하여 주던 미자가 과연 하는 솜씨라고 그 조그마한 무릎을 연거푸 세 번이나 치던 그 구절이 역시 그 구절이었던 것을 문득 생각하는 까닭이다.

그리고 보니 이 작품을 읽은 사람은 많았으되, 이 작품의 이 구절에 작자인 자기가 무릎을 쳤고, 그러고는 다만 미자가 쳤을 따름이다. 그렇게도 미자는 자기의 예술에 공명을 갖는다. 이해를 잃은 고독한 마음에 오직 미자로부터 공감을 받는 것이 새삼스럽게 느껴지는 듯 미자가 마음에 든다. 그리고, 그런 미자와의 파혼이 차마 아까움을 순간 느낀다. 언제라도 미자의 마음은 싫지 않을 것 같고 생애에 있어 미자는 영원한 마음의 반려일 것 같다. 이해를 잃은 곳에 생활의 윤택은 없다. 사는 것이 잘 사는 것이 희망일진댄 이해자를 차버리는 것은 스스로 파멸을 도모하는 것과도 같다. 가뜩이나 침울한 생활은 미자를 잃을 때 그 얼마나 더 할 것일까?

못 견디게 아까운 마음에 문보는 파혼에까지 결론을 지었던 이론을 다시 이렇게도 전도시켜보았다.

그러니, 그적에는 그 뒤에 따르는 두려운 그 유전.

문보는 가리기 어려운 괴로운 마음에 아프게 몸을 비틀었다.

3

"오늘 아침 신문에 사꾸라꽃이 벌써 핀댔구먼?"

약혼이 성립되던 날 결혼은 사꾸라꽃 필 무렵에 하자던 문보가 창경원엔 일주일 이래로 야앵이 개원되리라고 하는데도 이렇다 준비가 없는데 미자는 은근히 문보의 마음을 짚어보는 것이다.

"철두 좀 빠르군. 벌써 사꾸란가!"

"아이, 그런데 참 날을 받아야 안 해요?"

문득 생각킨 듯이 미자는 바싹 따진다.

"머, 꽃구경은 반다시 해야 하는 법인가?"

"아니 그날 말에요."

"그날이라니?"

"아이, 왜 당신이 그적에 사꾸라꽃 필 무렵에 하자고 안 그랬에요?"

"으응. 결혼식 말야 뭐?"

"쉐! 바루 모르는 척허지, 능측허기두."

사실 문보는 능측하였다, 미자의 말가퀴를 모를 리 없건만 대답할 말에 이미 준비가 없었으매 이야기의 빈곤을 아니 느낄 수가 없었던 것이다.

"그런 가식이 그리 바쁠 게 머야."

"가식!"

"그럼 가식 아니고, 난 결혼에 예식의 필요를 그리 절실하게 느끼지 않는데……. 본시 결혼이란 마음의 결합을 의미하는 것이니, 마음의 결합보다 더 튼튼하고, 굳고, 아름다운 것이 어데 있어?

예식으로 그것을 의미하는 것은 그 자체부터가 가식인 동시에 결합에의 모욕이거든."

아직 마음을 결정하지 못한 문보는 만일을 위하여 농담 삼아 이렇게라도 말해둘 필요를 순간 느끼었다.

그러나, 미자는 이 말을 조금도 농담으로 듣고 싶지 않았다. 농담이라 하여도 진정으로 듣고 싶을 만큼 가식을 벗어난 그 진실한 맘의 태도에 오히려 감복하는 것이 있었다. 가식에 얽매여 뜻 없는 마음으로 애석히 청춘을 썩여내던 지난날의 결혼생활을 연상하는 때문이다.

미자는 이미 어느 전문학교 교수와의 결혼 생활이 있어 보았다. 그러나, 인생관 사회관이 다른 그 결합에서 귀하다고 하는 개성을 살릴 수가 없어, 견디다 못하여 가정을 박차고 뛰어나온 '노라'의 후예였다.

부모가 간섭한 강제의 결혼도 아니었고. 인물이든지 학식이든지, 그 사회적 지위든지 무엇에 있어서나 남편으로서의 갖춰야 할 조건은 다 갖추었다고, 그리고 그것을 사랑하는 마음에 장래의 행복을 그와 더불어 꿈꾸었던 것이다.

그러나, 정작 결혼을 하고 지내보니 동경하던 행복은 오지 않았다. 알 수 없이 마음은 여전히 공허하고 까닭 없이 그리운 것이 있었다. 그렇게도 있는 정성을 다하여 아내를 사랑하는 남편이었건만 그것으로는 만족할 수 없는 마음의 우울이 있었다. 아내로서의 사랑을 받기 전에 마음의 사랑을 받고 싶었고, 또 그 마음을 주고 싶었다. 그리하여 그 속에서 정의 용해를 얻으므로 자기라는 존재를 찾고 싶었다. 그러나 그것을 느낄 수 없는 곳에 마음의 우울은 깃을 들이고, 그리고 그것은 처녀 시절에 알 수 없이 우울하던 그런 것과는 달리 마음의 파멸을 침노하였다.

여기서 미자는 처녀 시절에 알 수 없이 마음이 허하고 무언인지가 만지고 싶게 그립던 것은 이성을 상대로 일어나는 한낱 사춘기의 여성의 마음이었음을 깨닫고 그것만을 만족시키므로 만족할 수 없는 마음속에서 아내로서의 알뜰한 정이 남편의 그것과 융합되지 못함을 안타까워하며 삼 년을 하루같이 결혼이란 법망에 얽매여 뜻 없는 생을 지탱해오다가 충실한 문보의 독자이던 미자는 지난겨울에 발표한 〈사람〉이라는 작품을 읽게 되므로 비로소 그 속에서 자기를 찾은 듯이 마음의 위안을 느끼고 불구한 문보인 줄을 알면서도 약혼까지 성립시키었던 것이다. 그리고, 맘의 이해 속에서 영원한 행복을 꿈꾸려 사꾸라꽃이 필 무렵이 어서 오기를 기다리고 있었던 것이다.

"참, 그래요. 예식이라는 건, 한낱 눈을 속이는 거짓이구요. 결혼식 있었다고 마음이 변한다면 그 사랑이 아니 깨어질 수 있겠어요? 깨어진 사랑이 예식에 얽매여 부부생활이 계속된다는 건, 건, 허수아비 장난이구……."

참으로 그렇다는 뜻을 강조하는 의미는 태도를 정색하게 가진다.

도리어 문보는 놀랐다. 난처한 경우에서 대답에 궁하여 그럴듯이 끌어다 붙인 말이 그렇게도 미자의 마음을 살줄은 꿈에도 생각지 못했던 것이다.

이러한 주장이 여자의 처지로서는 극히 불리한 것인 줄을 미자가 모를 리 없건만 그렇게까지 미자는 허식을 떠나 참을 찾는 그 아름다운 마음에 문보의 마음은 흔들렸다. 불구한 고민 속에서의 그들의(자식) 불행한 일생을 건져주기 위하여 절대의 독신주의를 지켜오던 자기가 이렇게도 미자와 약혼까지 성립을 시키고 동거를 하고 있는 것을 그리고 이미 그것이 그릇된 것임을 깨닫고 있는 자기이면서도 마음을 판단하지 못하고 거짓말로 마음의 자위를 얻으려는 자기는 도무지 사람 같지 않았다.

"참, 생각하면 너울을 쓰고. 반지를 받아 끼고, 맹세를 하고— 맹세는 뉘게다 하는 게에요. 우스워요. 그럼, 우린 어느 날 그저 동무들이나 청해놓고 기념사진이나 한 장 찍을까요?"

그렇게 해도 그것은 소위 그 결혼 그것을 의미하는 것이다. 결정적으로 대답할 수 없었다.

"글쎄?"

이렇게 말끝을 흐리어놓을 밖에…….

4

며칠을 두고 애를 태웠으나 시원한 해답은 얻어지는 것이 아니었다.

이쪽을 누르면 저쪽이 돋우 서고, 저쪽을 누르면 이쪽이 돋우 서고—.

이에 생에 대한 의문은 점점 문보의 마음속으로 스미어 들었다. 어떻게 생각해도 제 마음을 제 스스로 못 가짐은 사람 같지 않았던 것이다.

사람이 살아 있다는 것만으로는 사람이 될 수가 없는 것이었다. 개도, 돼지도 살아는 있다 살아 있다는 것[生存]과 산다는 것[生活]은 자못 그 거리가 멀다. 살아 있다는 것은 다만 죽지 않았다는 대명사에 불과한 것이 아닌가.

그래도 자기가 무엇인지를 알고 그 마음에 충실함으로 삶을 다 하려던 자신이 가엾기도 했다. 세상에는 이러한 뼈 없는 존재가 결코 자기만은 아닐 것이지만 이러한 무리들은 무엇 때문에 살아야 되나? 이러한 무리들은 생선 엮듯 한 묶음에 꽁꽁 묶어서 한강의 깊은 물 속에 풍덩실 들어 던진단들 세상은 조금도 애석해하지 않을 것 같다. 이러한 뼈 없는 무리들이 그래도 저로라고 뽐내는 이 사회는 장차 어찌 될 것인가? 차아펙은 그 작품 속에서 인조인간을 일찍이 예언하였고, 어떤 학자는 인류 다음에 올 고등동물은 캉가루라고까지 설파하였다. 이 학설을 그대로 믿고 본다면 인류는 올챙이가 개구리로 화하듯 캉가루로 화하여가는 그 과정에 처한 존재가 아닌가. 그렇다면 선조가 쌓아놓은 인류 문화의 이 찬연한 탑을 우리는 아무러한 반항도 없이 그날그날의 생활에 순응하고 만족함으로 캉카루 사회에 양여하여야 옳은가? 영원한 인류 문화의 축적에 피를 흘린 거룩한 역사에 한 개 삽이 되어 미진의 북돋움이 되지는 못할지언정 장래 사회의 인류의 혼을 애석히 추모하는 캉가루의 조상이 될진대 차라리 값없는 목숨이 귀할 것 없었다. 단연히 끊는 것이 도리어 인류 문화에 공헌을 더하는 표시는 되는 것이다. 캉가루의 조상에서 인류를 구하는 셈은 되니까.

이렇게도 생각한 문보는 잠에서 깨는 사람처럼 정신이 새로웠다. 비로소 앞길을 내다본 듯이, 그리고 큰 짐을 벗어놓는 듯이 마음이 가뿐하여지는 것 같았다.

자살, 그것은 어려운 것이 아니었다. 방법은 얼마든지 있을 것이고, 또 그것이 값있는 것이라면 아까울 것이 없었다.

그리고, 생이란 것이 그렇게도 괴로운 것이라면, 그 모든 것을 잊게 하는 것만으로라도 생에 대한 대접은 되는 것이다. 자기 한 몸을 희생하여서라도 불구의 불행한 씨를 근절시키는 것만이 원이었더라면 그 행하기 어려운 삶을 질질 끌어가며 버둥칠 필요가 나변에 있는가?

어떠한 방법으로든지 근절시키므로 그들의 행복만을 도모하였으면 그만이 아닌가? 그리고 거기에 만족할 것이 아닌가.

그는 문득, 이렇게도 생각하고, 그러한 목숨을 스스로 끊는 데 있어 과연 자기는 이 세상에 대하여 한 점의 미련도 없을까를 마음속에 따져보았다.

그러나, 문보는 그 순간, 아깝게도 스스로의 대답이 궁함을 느꼈다. 돌아보아야 모든 것에 있어 손톱만한 미련이 없었건만 차마 그 미자의 마음은 버리기 아까웠던 것이다.

문보는 여기서 미자와의 정사를 또 문득 생각한다. 자기의 마음을 그렇게도 이해하는 미자라면 여기에도 이의는 아니 가질 것 같은 것이다.

정사! 이래 두고 세상에는 정사가 있는 것이 아닌가 하고 문보는 지금까지 이해할 수 없던 그 정사자의 심리를 엿본 듯하였다.

"미자!"

문보는 자기도 모르게 소리쳤다.

"으응?"

"난 영원히 살 도리를 찾고 있는데……."

"네에?"

미자는 그것이 무엇을 두고 하는 말인지 몰라 잠깐 멍하지 않을 수 없었다.

"만일 이 세상에 내가 없다 해도 미자는 살 수 있겠나?"

"당신은 제가 없으문 어떡허지요?"

"난 살 수 없어."

"그럼 저도 못 살 게 아녜요?"

"그러기 말야 미자! 난 이 세상에선 더 살고 싶지 않구, 그렇다구 또 미자는 떨어지구 싶지 않구 어쩌면 좋은가?"

"아이 또 소설 재료에 궁하셨나베. 남의 맘을 엿뜨려구……."

"아니 그런 게 아냐 미자! 미자는 혹 정사라는 걸 생각해본 일이 있는지, 나는 미자와 같이 이 세상에선 인연을 끊고 싶어. 그래서 도무지 세상을 잊고 싶단 말야."

열정에 떠는 침착한 문보의 태도는 실없는 농담도 무슨 소설의 재료도 아닌 것 같은데 미자는 놀라고 대답이 막힌다.

"응? 안 그래 미자?"

"그게 진정으로 하시는 말씀이에요?"

"진정이라는 것보다도 내 가슴은 미자를 사랑하는 마음에 불붙고 있으니까."

"그러면 왜 그렇게 진실한 사랑을 안고 세상에서 인연을 끊을 필요가 있겠어요?"

"난 살기가 무서운 것이 있어. 난 천벌을 받은 사람이 아닌지 몰라. 조상 적부터 대대로 내려오는 이 불구의 유전 — 내 할아버지도, 내 아버지도, 다 병신이었어. 그리구, 나두 병신이니, 이 유전적 법칙을 어떡헌단 말야. 후계 자손에게도 반드시 이런 불구자는 오구야 말 것이니, 나의 이 불구한 고민을 생각할 땐, 차마 자손에게까지 이 불행을 물려주고 싶지가 않구만. 아니, 그것은 죄악두 같아. 그러나, 그렇다고 미자와는 떨어질 수 없으니 후계 자손에게 영원한 행복을 도모하랴면 목숨을 끊는 길밖에 없단 말야. 안 그래? 미자!"

뜻밖의 사실에 미자는 놀라고 잠깐 말이 없더니 고개만이 점점 숙어진다. 눈물이 스미어 나옴을 느끼는 까닭이다.

문보는 더 말하고 싶지 않았다. 미자의 눈물은 확실히 죽음의 절망 속에서 삶의 화살을 겨누는 약자의 무기임이 틀림없었던 것이다.

그렇게도 모든 것에 있어서 마음이 일치되면서도 오직 죽음이라는 데 있어선 뜻을 달리 가진다.

죽음이라는 것은 그렇게도 두려운 것일까. 이렇게 죽음을 두려워하는 미자의 마음이 아까운 것은 무슨 뜻일꼬?

알 듯하면서도 알 수 없는 마음이 안타까웠다.

'나 혼자는 왜, 죽지 못하나?'

5

괴로움에 일어서 나온 것이 거리였다.

거리는 자기의 마음보다도 어지러운 것 같다. 발을 임의로 옮겨 짚기에도 주의가 가는 복잡한 거리 — 자동차, 전차, 자전거, 인력거, 심지어 오토바이, 구루마까지도 전날보다 더 나도는 듯 걸음의 자유를 구속한다.

어디로 가자는 목적이 있었던 것은 아니었으나 남대문통으로 내려가던 문보는 고스톱을 기다리기가 싫어 가던 길을 되돌아서 동일은행을 꺾어 지향 없는 발길을 다시 종로로 내켰다.

가지 각가지로 제멋대로의 단장을 하고 나서서 꿈틀거리는 인파는 마치 쓰레기통을 쏟아놓은 듯이 정리의 필요가 있는 듯하다. 사람은 다 같은 사람이로되, 왜 그 행색은 그리 일치하지 못할까. 그들의 행색은 다 그들의 마음의 표시가 아닐까. 머리를 깎고, 기르고 혹은 골을 가르고, 뒤로 넘기고, 그리고 검고, 누르고, 회색, 갈색, 무어라 이름조차 따지기 어려운 그러한 빛깔의 옷까지 떨쳤다. 무슨 까닭일꼬. 신은 사람을 이렇게 창조하여놓고 멋에 살며 허덕이는 꼴을 봄으로 무쌍의 행복을 일삼는 것이 아닌가. 그렇지 않다면 사람 제 자신이야 삶에 대한 그러한 멋으로 만족할까 보냐. 그것은 확실히 슬픈 멋이다. 사람은 반드시 이런 멋 속에 신의 노리개가 되어야 하는 것인가. 한번 사람 제 자신의 멋대로 삶을 통제시켜 창조의 신으로 하여금 노리개를 삼음으로 멋을 잃은 신의 괴로워하는 꼴을 보고 우리도 한번 무쌍의 행복을 느껴보면 얼마나 통쾌한 일일고? 생각하다 문보는 문득 얼른 하고 앞에 꺼꿈서는 시커먼 그림자에 놀라고 우뚝 걸음을 세웠다.

"나리! 한 푼만 적선하십쇼? 나리!"

거지의 애원이다.

문보의 손은 두말없이 호주머니 속으로 들어가 한 닢의 동전을 찾았다. 그러나 거지의 손바닥 위에 던져진 것은 뜻하지도 않았던 오십 전 은화다.

굽실하고 거지는 참으로 고맙다는 뜻을 표하고 또 그럴 만한 손님의 앞으로 옮아선다. 그러나 손님은 거절이다. 다음 손님도, 또 그다음 손님도…….

이것을 본 문보는 자기의 적선이 우스웠다. 생을 붙안고 살아갈 인간들이 그 불쌍한 거지에게 이렇다 한 푼의 적선도 없는데 자살을 도모하는 자기가 살겠다는 인간에게 적선은 다 무엇인지 알 수가 없었던 것이다. 미자밖에 미련이 없던 그가 이 거지에게 동정이 가는 것은 무슨 마음이었을까. 사람마다 본 척 만 척 지나치고 마는 거지, 그 거지를 왜, 자기따라 불쌍히 여길까? 언제나 거지에게 일전 한 푼의 거역은 있어본 일이 없었지만 그 이상더는 그를 위하여 마음을 가져본 일도 없었다. 그러나, 설잡힌 그 오십 전이 결코 아깝지 않다. 그리고 그 마음은 언제까지라도 버리고 싶지 않았다. 생각하면 거리 사람들이 오히려 사람으로서의 일면을 갖추지 못한 것 같다. 불구한 거리에 삶을 찾는 이 불구한 무리들—자기가 육체의 불구자라면 그들은 확실히 맘의 불구자다. 이 맘의 불구자들은 죽음이라는 것은 생각지도 않는다는 듯이 생기에 충만하다. 맘의 불구자는 삶을 찾고 육체의 불구자는 죽음을 찾는다! 자기가 이미 자살을 도모하였을진댄 맘의 불구자들은 벌써 이 세상 사람이 아니었어야 옳을 것이 아닌가. 그리고도 그들이 그렇게도 살기를 원할진댄, 제 책임을 다하지 못하는 시계는 그 불충분한 기계를 드러내고 완전한 것으로 갈아 넣어야 되듯이 그 맘의 불구한 부분을 갈아 넣어주고 싶다. 그리하여 그들에게 영원한 값있는 생명을 부어 넣어 캉가루의 조상이 되기 전에 인류 문화의 축적에 빛이 되는 거룩한 인류의 조상을 만들어주고 싶다.

이 거리에는 이런 인간 수선의 기사는 없는가.

생각하다 문보는 제결에 놀라고 다시 우뚝 걸음을 멈추었다. 그것은 제 자신에게도 마땅히 찾아야 할 종류의 것은 아닌가 하니 금시에 도모하던 자살이 유성처럼 번쩍하다 눈앞에서 부서지고 생에 대한 집착이 오히려 굳세어짐을 느끼었던 것이다.

그러고 보니 지금까지 되풀어온 이론은 모두 저도 모르는 가운데서 지금까지 생긴 죽음에 대한 미련의 반증도 같았다. 그렇지 않다면 거리에 대한 애착이 이다지도 알뜰할 리가 있었을까. 다만 한 개의 여자로 말미암아 제 생명을 스스로 끊는다는 것은 그 순간의 고통 속에서의 일시적 착각임이 틀림없는 게고, 자살이란 이러한 경우의 그 순간을 넘지 못하는 데서 생기는 인생의 가장 처참한 한 장면일 것도 같았다. 백을 넘기지 못하는 인생의 한 명이라는 것을 다 살고 죽는다 하여도 그것은 확실히 비극의 한 토막이어늘 삶의 목숨을 중도에서 스스로 끊는다는 것은 그것은 너무도 비극적이다. 만일 창조의 신이란 것이 분명 있어 인생의 운명을 지배하고 있다면 제 목숨을 제 스스로 끊는 그 처참한 행동을 취할 때 신은 자신의 작희에 한 마리의 순한 양같이 아무러한 반항도 없이 끌려 들어가는 것을 보고 얼마나 통쾌해할 것인가 자살이란 신의 작희에 만족을 주는 것밖에 더 되는 것이 없을 것 같았다.

생, 그것이 사람의 빛이 아닐까. 사람은 사는 데 그 존재가 있을 것이고 죽음으로 벌써 그는 한 개인 간의 역사요, 인간은 아니다. 인간은 역사를 짓기 위하여 살 것은 아니고, 생을 빛내기 위하여 산다. 생이 빛나는 곳에 인간의 역사 또한 빛날 것이 아닌가. 단연히 미자는 잊어야 옳다. 잊지 못하는 곳에 불행의 씨는 반드시 가까운 장래에 깃들여질 것이다. 그러면 그들의 고통은 또 얼마나 할 것이며, 신은 자기의 그 조화의 기능에 얼마나 만족해할 것인가.

이렇게도 생각하면 미자란 사람의 마음을 긁어먹는 악마도 같았다. 인간의 어여쁜 악마! 그것이 미자가 아닌가? 자기의 마음을 이렇게 흔들어놓았던 것은 틀림없는 미자였다. 이러한 미자를 생명을 걸고 사랑하였는가 하면 전신에 소름이 쭉 끼친다.

그러나, 지금이라도 미자를 눈앞에 대하기만 하면 그 아름다운 마음과 미모에 다시 마음은 끌려 들어갈 것 같다. 문보는 집으로 들어가기가 차마 두려웠다. 하릴없는 거리를, 거리에는 밤이 오는데도 거리거리 돌고 있었다.

그러나, 언제까지라도 거리로만 돌아가는 수는 없다. 그는 문득 며칠 전에 받은 대동강 선유에의 벗의 청요장을 생각하고 주저도 없이 떠난다는 전보를 쳤다.

6

차에 올라서 그는 한 장의 편지를 미자에게 썼다.

가장집물은 다 당신의 것으로 하시오. 이달 집세는 아니 낼 수 없으니 ××사에 고료를 채근하면 그것이 될 게요. 내가 가는 길은 알았댔자 필요 없는 줄 아오.

밤차 속에서 정문보 씀

간단한 사연이었다.

차는 다리를 지나는지 더 한층 소리는 높아진다. 창밖의 하늘엔 빛 잃은 봄 달이 외롭고 한가한데 — .

— 〈조광〉, 1939. 5.

마부 馬夫

응팔은 한 손에 고삐를 잡은 채 말을 세우고 부러 쥐었던 한켠 손을 또 펴며 두 눈을 거기에 내려쏜다.

번쩍하고 나타나는 오십 전짜리의 은전이 한 닢. 그것은 의연히 땀에 젖어, 손바닥 위에 놓여져 있는데, 얼마나 힘껏 부러 쥐었던지 위로 닿았던 두 손가락의 한복판에 동고랗게 난 돈 자리가 좀처럼 사라지질 않는다.

이것을 본 응팔은 그 손질이 한 번도 가보지 못한, 이제야 겨우 발이 잡히기 시작하는 거치른 수염 속에 검푸른 입술을 무겁게 놀리며,

'제 제레 이 이렇게 까 깎 부러줬는 데야 어디루 빠 빠져나가?'

하고 돈을 잃지 않은 자기의 지능을 스스로 칭찬하고 만족해하는 미소를 빙그레 짓는다.

응팔은 오늘도 장가드는 신랑을 태워다 주고 돈을 얻어선 여기까지 십 리 길을 걸어오는 동안, 아마 다섯 번은 더 이런 짓을 반복했으리라. 그러니 아직도 집까지 닿기에는 또한 십 리 길이나 남아 있다. 몇 번이나 또 이런 짓을 되풀어야 될는지 모른다.

무엇이나 귀한 것이면 응팔은 두 개의 주머니가 조끼의 좌우짝에 멀쩡하게 달려 있건만 넣지 못한다. 손에서 떠나 있으면 마음이 놓이지를 못하는 것이다. 살에 닿는 그 감촉이 있어야 완전히 그 물건이 자기에게서 떠나지 않고 있다고 안심이 된다.

그러나 응팔의 이런 의심증은 결코 그에게 이로운 것이 아니었다. 한번은 그때도 역시 사람을 태워다 주고 오십 전 한 닢을 얻어, 손에다 쥐고 오다가 문득 말을 세우고 줌을 펴보았다. 손에는 돈이 없었다. 조금 전에 오줌을 누며 허리춤을 뽑을 때 그만 쥐고 있던 돈을 깜박 잊었던 것이 뒤미처 생각키었다. 그리하여 돈은 그때에 떨어졌으리라는 것은 분명히 알 수 있었으나, 그래도 그는 그 후부터도 돈을 주머니에 넣지 못하고 줌에 부러 쥐기를 의연히 잊지 않으며 그저 펴보는 그 번수만을 자주 할 뿐이었다.

그러면서도 그는 또 사람을 대해서는 이상히도 의심을 못 가지는 것이 특색이다. 사람이라면 그는 누구나 믿으려고 한다. 자기를 해치려는 말에까지도 넘겨짚을 줄을 모른다. 자기의 마음이 곧으니 남의 마음도 곧으려니 맹신을 한다. 이것이 또한 그에게 이로움을 주지 않았다. 아내까지 남에게 빼앗기고 의지 없이 이렇게 남의집살이를 하며 말을 끌고 떠돌아다니게 된 것도 바로 그 때문이었다.

십 년 전까지도 응팔은 남의 집에 쌀 꾸러는 다니지 아니하고,

비록 몇 날갈이의 밭 뙈기에서 더 되는 것은 아니었으나 부모가 물려준 것을 받아가지고 제 손으로 벌어서 목구멍에 풀칠을 하기에는 그리 군색함이 없었다.

그러나 장가를 들자부터 생활은 차츰 쪼들러오게 되었고, 그렇게 몇 해를 지나는 동안, 저도 모르는 사이 그야말로 꿈같게도 하루아침에 아내도, 세간도, 다 남의 손으로 넘어가고 알몸만 댕그라니 돌리워 한지에 나서게 되었던 것이니, 속살 모르는 아내를 아내로서만 믿고 돈을 벌어다는 의심 없이 맡겨오던 것이, 그 근본 불찰이었다. 남 같은 지혜를 못 가졌다고 보이는 그 남편을 아내는 형식으로서밖에 섬기지 아니하고 은근히 따로이 정부를 두고는 돈을 솔곰솔곰 뒤로 빼어돌리다가 나중에는 도장까지 훔쳐내어 남편의 이름에 있는 밭날갈이, 아니 집까지 옮아가지고 어디론지 뺑소니를 쳤던 것이다.

그리하여 생계가 어려워진 응팔은 거지처럼 이리저리 밀려 돌다가 이 진 초시네 머슴을 살게 되기까지의 쓰라린 경험이 이미 있었건만 그래도 그는 사람을 믿기에는 의심이 없었다. 오직 자기를 해친 그 사람만이 대하지 못할 사람이라 욕을 해 넘길 뿐, 그 사람의 마음에 비취어 다른 사람까지도 의심할 생각은 조금도 않았다.

이렇게도 이상히 사람을 믿는 그라, 주머니에도 못 넣고 손에 쥐고 다녀야 안심할 수 있는 그런 돈이었건만 마치 지난날 아내를 의심 없이 믿고 돈을 맡기듯, 주인 진 초시에게도 돈을 벌어다가는 이렇게 맡기기를 잊지 않았다. 그것은 오히려 자기의 손에 있는 것보다 더 튼튼하다는 듯이, 한 점의 의심도 없이 마음을 턱 놓고,

'헤— 일 일천 칠백 낭에 꼬 꼬리가 다 달리누나!'

응팔은 이미 초시에게 맡긴 일백칠십 원에 지금 그 오십 전을 또 가져다 맡기면 일백칠십 원 하고도 또 오십 전이 붙는 것을, 그리하여 또 그렇게도 불어만 나가 큰돈이 자꾸 뭉쳐지는 것을, 그리고 이제 그 돈이 아내를 또 얻어주리라는 것을, 은근히 생각해 보며 부러 쥐었던 줌을 금시에 다시 펴서 손바닥 위에 나타나는 돈을 물끄러미 내려다보고 쩔쩔 혀를 까리며 다시 혁을 채었다.

집에 닿기까지에는 해도 저물었다. 마구간에 들어서니 마지막 숨을 쉬는 그날의 붉은 노을 줄기가 용마루에 길이 쏟아져 걸렸다.

"오늘은 또 얼마 얻어옴마아?"

드르르 밀리는 밀창 소리와 같이 언제나 찡기지 못하는 초시의 풍안한 얼굴이 쑥 내민다.

"다 단 낭이오."

말을 구유에 매고, 사랑으로 들어간 응팔은 초시의 앞으로 나가, 벌떡 줌을 폈다. 그리고 열병 환자같이 땀에 뜬 돈을 즈르르 삿자리에 미끄러쳐 놓는다.

너무나 눈에 익은 응팔의 행동이라, 초시는 그 태도를 이상히 여길 것도 없이 돈만을 당기어 장부에 기입을 한다.

이런 기색을 눈치챈 초시는 또한 맞방망이로 응팔의 비위를 맞추느라고 묻기도 전에 장부에 기입을 하고 나서는 인제는 얼마가 된다고 미리 알리어주곤 한다.

지금도 초시는 붓대를 놓자 응팔의 말이 건너오기도 전에,

"일백칠십 원 오십 전이 됨메. 꽃 같은 색씨가 이제 차차 돈 속에서 왔다 갔다 하는. 하하하하—."

하고 응팔을 보고 웃는다.

"대 대 주디 않아두 다 다 알아요. 일 일천 칠백 단 냥인 줄."

응팔은 말을 끌고 오는 동안 도중에서 벌써 그 액수를 외워 넣었던 것이다. 자기가 먼저 다 계산하고 있다는 것을 자랑삼아 대답을 했다. 그리고 그것이 맞는 줄은 알면서도 입버릇으로 중얼중얼 일천 칠백 단 냥을 입안에다 다시 굴려보며 나간다.

초시는 응팔이가 그 돈의 액수를 똑똑히 아는 것이 마음에 키었다. 그것을 그가 알므로 그의 입은 뭇 입에다 다리를 놓아 온 동네가 다 알게 되면 재미없으리라는 것이 자못 근심이었던 것이다. 그리하여 응팔이가 행여 이것을 잊어주지 않을까 며칠만큼씩 초시는 그것을 따져본다.

"님잰 글을 모르니 머릿속에다 단단히 치부를 해두어야 하느니?"

하고 이르는 듯이 말을 하면 응팔은,

"아, 안 잊어요. 일 일 일천 칠백 단 단 냥을 잊어요?"

하고 거침없이 쭉 뱉아놓는다. 그러면 초시는,

"그렇지, 잊어선 안 되?"

하고, 이르는 듯이 말은 하나, 실은즉 속으로는 너무도 똑똑한 그의 기억에 '하하아!' 하고 탄식을 하는 것이었다.

초시는 여기에 한 계획을 세웠다. 이것은 비로소 세운 계획이 아니라, 이미 계획하여오던 것을 급히 다가놓는 데 지나지 않는 것이었다. 그것은 안심부름감으로 길러 오던 종의 새끼 삼월이를 그와 맞붙여줌으로 장가 비용을 빙자해서 액수가 밝아진 그 돈을 우선 흐려버리자는 심계였다.

　그러면 흔히는 길러내면 서방을 얻어 뺑소니를 치는 버릇이 있는 종의 습성이라, 삼월의 발목도 붙드는 수단이 되고 삼월의 인물이 또한 깨끗하니 그러지 않아도 제법 수작을 붙이고 다니는 눈치인 웅팔이라, 흡족해하지 않을 리 없을 것이고, 그러므로서 마음은 더욱 가라앉을 것이니 그렇게 하는 것이 그들 둘을 다 영원히 붙들어두게 하는 수단도 될 것임으로써였다. 그러면 종이라는 것은 딸을 낳아서 그 딸이 시집을 갈 만한 나이가 아니고는 임의로 그 집을 떠날 수가 없는 법임은 이미 그들도 잘 알고 있을 것이므로 설사 그들이 나갈 의향을 혹 가졌다 하더라도 거연히 염을 못 내고 딸을 낳아서 십여 살까지의 성장을 기다려 그 딸을 바치고야 나가게 될 것이니 그적에는 나가지 않아도 걱정이다. 오십이 넘게 될 웅팔이니 무슨 소용이 있으랴.

　초시는 이런 이해타산을 일단 세운 다음, 어느 날 웅팔에게 조용히 말을 걸었다.

　"내 님재 색씨감을 참헌 걸 하나 골라놨음메. 날레 당개를 드르야디, 늘 홀아비루야 적적해서 어떻게 살갔음마?"

　"고 고로므뇨, 당 당개 가가가 가가시요."

　웅팔은 그러지 않아도 인제 모은 돈이 장가 밑천은 된다고 속으로는 은근히 색시의 물색을 하던 참이었다. 눈이 번쩍 띄어 대답을 했다.

　"그래 내가 작년부터 색씨감을 골라 왔디만, 암만 두구 골라 봐야 그저 고년만큼 참헌 년이 없어."

　"어디메 있소? 색 색씨레?"

"아, 그 삼월이 말이야 내 참 고년을 뉘가 얻어가노 했더니 그 년이 님재게로 감메게레."

이 말을 들은 응팔은 말없이 잉큼 놀라며 눈이 둥글해진다.

삼월이를 얻어준다면 입이 헤 하고 벌어질 줄 알았던 초시는 까닭을 몰라, 더 말을 못 하고 응팔의 태도만 이상히 바라보니,

"머 머시요? 삼 삼월일……?"

하고 응팔은 자기의 귀를 의심하는 듯이 재쳐 묻는다.

"고년 참 오즐기 똑똑헌 년인가, 사람은 그저 인물이 밴밴해야…… 님재두 늘 지내보디만 고년 참 얌전허디 않아?"

"글쎄 삼 삼월이 말이디요?"

"글쎄 삼월이 말이야."

"아 아니요. 삼 삼 삼월인 시시시 싫에요 난."

"싫다니! 삼월이가 싫어?"

"그 그 그렇게 곱 곱게 생 생긴 걸 누 누구레 얼 얻갔소!"

응팔은 진저리가 난다는 듯이 머리를 절레절레 흔든다.

이상히도 사람을 믿는 그였지만 삼월이 같은 애교 있고 반반한 계집은 생각만 해도 이에 신물이 돌았던 것이다. 이미 자기를 옭아먹고 달아난 그 아내가 그것을 말하는 것이었다.

동네 사람들이 밤마다 모여서 시시덕거리는 걸 그저 놀기 좋아 그러거니 했더니 후에 알고 보니 고년의 애교에 모두들 반하였던 것이다. 열 번 찍어 안 넘어가는 나무가 없다. 근덕시니 요년은 휘어져서 자기를 돌려 따던 것이다. 그러면서 없는 정을 있는 체, 속으로는 딴전을 펴는 그것은 그 여자의 밴밴한 데 숨어 있는 요염이 시키는 짓이라 하여 저 여자가 이쁘다 하고 눈에 띄는 여자면

그는 장래 아내로서의 대상을 삼자는 데는 마음에도 두지 않았던 것이다. 그저 좀 못난 듯하면서 입이 무겁고 상판이 좀 넓적지근하고 두터운 가죽에 털색인 두미두미한 여자가 아내로서의 영원한 대상 같았고, 그리하여 그런 여자를 꿈꾸어왔던 것이다. 웅팔이가 삼월에게 눈치를 달리 가졌다는 것은 그것은 다만 홀아비로서의 여자이므로서 대하는 그러한 행동에 지나지 않았던 것이지 결코 삼월에게 마음이 쏠렸던 것은 아니었다.

"웅팔이 상 좀 내가우?"

하고 이상히 재끗하는 삼월의 그 감기는 듯한 눈초리는 웃지 않아도 웃는 것 같은 옛날 아내의 그 사내들을 호리는 그 맛보다 어덴지 더 힘센 매력이 있어 보였고, 그것은 그대로 거짓말 같았다. 이제 그 아름다움으로만 되었다고 볼 수 있는 삼월이를 웅팔이는 아내로 얻을 수가 없었다.

"초 초시님! 난 그 그 서마울 댁 행낭 영감 딸 닌 닌네가 마 맘 있어요."

웅팔은 이 동네의 처녀들 가운데서 그 닌네를 제일이라고 눈여겨보고 점을 쳐두었던 것이다.

"이 사람! 그걸 아, 그 믹째길! 그년이 임재 왜 시집을 못 가구 스물이 넘도록 파묻혀 있는 줄 알마? 어찌면 색이라니 계집이란 첫째 인물이야. 아, 게다가 눈을 두다니! 아여 생각을 돌리시."

이것은 지어서 하는 말만이 아니라. 초시의 실지이기도 했다.

"그래두 난 난 이 이미네(아내) 고 고훈 건 시 싫에요. 재 재미있게 대리구 살내기 이미네디 보기만 고 고흠은 머 멀 허갔소 그까짓 거."

"안 그렇대두 그래. 어서 내 말을 들으시? 내 말이 그저 옳습머니. 내 이 봄으루 아여 성례꺼지 시켜줄 터인데, 머, 날 받아서 삼월이 머리만 얹음은 될걸."

초시는 누가 듣기나 하겠다는 듯이 혼자 이렇게 단정을 하고 문갑 위에서 역서를 집어 들고 손마디를 짚어 돌아가더니,

"사월 보름이 대통일이로군."

하고 인제 작정은 다 되었으니 다시 더는 여기에 이의를 말라는 듯이, 그리고 위엄으로 응팔의 마음을 누르려는 듯이 애햄 하고 시침을 따며 되사리고 앉아 재떨이에다 담뱃대를 타앙 탕 뚜드린다.

이런 일이 있은 후부터 응팔은 손에 일이 오르지 않았다 가복家覆, 개바주, 담뜸, 이런 것들이 어서 치워져야 또 자롱 논에 거름도 실을 터인데 초시는 삼월이를 기어이 붙여주게 차부이니 도무지 일에 기운이 탁 빠졌다. 그러면서 삼월이야 무슨 죄런만 그년은 보기만 하여도 머리칼이 오싹거리고 눈꼴이 가로서 볼 수가 없었다.

삼월이 귀에도 이런 말이 벌써 들어갔는지 전에 달리 자기는 대하기를 수줍어하며, 그러는 태도에 나타나는 그 얌전한 듯한 가운데 마음을 끄는 매력엔 천하에 있는 간사와, 요염과, 표독이 다 숨어 있는 듯이 생각되었다. 그리고 이것이 한데 얼크러져 꼬리를 두르는 날에는 영락없이 자기는 옛날의 그 아내적 운명을 벗어나지 못하고 말 것만 같았다.

그러니 삼월에게 대한 홀아비로서의 마음조차 삼월에게는 느껴지지 않고, 무슨 못 볼 요물을 보는 때와 같이 삼월은 먼발치에

서 빛만 보여도 등어리에 찬물이 와닿는 듯이 몸이 오싹거렸다. 그러면서 자연히 나가지는 말에도 삼월을 대해서는 밉게만 쏘아지는 것을 어찌하는 수가 없었다.

언제인가 한번은,

"웅팔이 새 좀 뽑아 디리우?"

하고 삼월이가 이를 때,

"구 구 구무 여우 같은 년, 년 년 손 손목재기가 부러졌네? 쌍쌍년 같으니."

하고 웅팔은 저도 모르게 욕을 쏘아붙였다.

그러니 삼월이 감정이 또한 좋을 리 없다.

"하 좋다! 꼴이 꼴 같지두 않은 게…… 누구레 욕 주머닐 달구 다니나! 야하, 참."

하고 웅팔을 능멸히 보는 삼월은 가늣하게 감기는 눈이 새침하게 흰자위만을 반득시며 코웃음이다.

그러면 웅팔은 또 약이 오른다.

"요 요 패 패라한 년 머 머시 어드래?"

"욕 안 허군 말 못 허나?"

"요 요 요년 봐라! 요 요 요 마 마주 시는 꼴!"

"아이구 저것두 머 수커라구 계집을 없우이 여기나……."

"아, 아니 요 요년이 누 누 누굴 보구……!"

"어서 새나 뽑아 거리라우? 잔말 말구?"

그러니 웅팔이가 참나, 삼월이가 지나, 마주 서 입론만 되게 되면 흔히는 둘이 다 볼이 부어서 하나는 씨근씨근, 하나는 쌔근쌔근 결려댄다.

이럴 때면 초시는 화해를 붙이노라고,

"닭쌈 또 하나 머? 내외 쌈은 칼루 물 베긴 걸······."

하고 이미 부부가 다 되었다는 뜻으로 이렇게 능청스럽게 사이에 들어서 중재를 시킨다.

그러나 아무리 삶아야 옹팔은 삼기지 않았다.

초시의 속살을 넘겨짚지 못하는 옹팔은 초시가 자기를 그처럼 생각하고 인물이 깨끗하고 된 품이 얌전하다고 삼월이를 얻어주려 싫대도 우기는 초시의 그 자기를 위하는 정성에는 이심으로 감사하나 백년해로를 눈앞에 놓고 일생을 바라볼 땐 아무리 마음을 지어서 먹으려 하여도 삼월이와는 살 수가 없었다.

그리고 그 반면으로 서마울 댁 행랑 영감의 딸 닌네만이 자꾸만 잊혀지지 아니하고 알뜰하게 마음을 붙들었다. 프르둥둥한 살빛, 넓적한 상판, 웃을 때 헤 하고 있는 대로 벌어지는 커다란 입, 비록 그것이 색으로 마음을 끄는 것은 아니었으나, 그러한 모습에 담기운 순진한 마음은 조금도 사람을 속일 것 같지 않았다. 그리하여 그러한 계집이 언제든지 자기의 짝이리라 생각하면 그저 그리운 것이 닌네뿐이었다. 그래서 그 닌네를 만일 얻는다면 하고 장래의 살림 배포까지 쨈만 있으면, 아니, 일을 하다가도 문득 손을 놓고는 머릿속에다 베풀어본다. 그러면 그것은 몇 번이라도 전날의 그 아내쩍 살림보다는 순조로, 그리고 단란한 가정이 웃음 속에서 깨가 쏟아져 보였다.

"내 내 거 돈 거 일 일천 칠백 단 단 낭이디요?"

옹팔은 사월 보름이 오기 전에 그 돈을 초시에게서 찾아내어 닌네를 살려고 액수를 다시금 단단히 따지었다.

"그래 거 잊어선 안 됨메."

"이 잊다니요! 나 이전 거 거 다 달라구요?"

초시는 뜻밖의 돈 채근에 눈을 치뜬다.

"돈 내 돈 이전 다 달란 말이우다."

"아니 머시? 이 사람이 정신이 있나 원! 삼월이 몸값을 이백 원으로 친대두 삼십 원 돈이나 부족헌데 거 무슨 말이야?"

"자 이 이건! 걸 누 누구레 삼 삼월일 머 얻갔대기 그르우?"

"아, 머시? 아 사월 보름으루 날까지 받아놓지 않았나?"

"난 난 삼 삼월인 글쎄 시 싫어요. 다 다른 데 난 당 당갤 갈래는데 머 멀 그루우?"

"아아니 건 안 될 말이야. 천부당 만부당두 푼수가 있디. 내가 님재 장갤 보낼라구 오륙 년을 힘써 왔는데 또 이건 동네에서두 다 아는 일이웨. 그러니 님재가 장갤 잘못 들었다면 그래 남들이 누굴 욕하겠나? 날 욕할 테야 날. 그래서 내가 여지껏 똑똑한 계집을 고르누라구 힘을 써왔는데 삼월일 마대구 다른 델 가겠대면 난 그 돈 못 줘. 못 주구 말구, 돈 주구 욕 얻어먹으려구? 바루 내가 삼월일 싫대면 또 다른 데 얻어볼 법은 해두, 그렇지 않아? 생각을 해보시."

"글쎄 난 닌 닌넬 얻을래는데 머 멀 그르우? 일 일천 칠백 단단 낭 다 달라우요?"

응팔은 날마다 졸랐다. 그러나 초시는 종시일관 들으려고 하지 않았다.

이러는 가운데 갈 줄만 아는 세월은 사월 보름도 며칠밖에 앞으로 더 남겨놓지 않았다. 이 며칠 안으로 성공을 못 하는 날이면 삼월은 꼬리가 떨어질 것이요, 그러므로서 자기는 행랑방으로 옮아앉아야 될 판이다. 그러면 삼월은 명색이 아내, 그렇게 뱐뱐한 계집이…… 생각하면 뒤에 올 것은 이를 악물고 다한 머슴살이 육 년의 결정이 삼월이 요염 속에서 제멋대로 놀아나는 밑천밖에 더 될 것이 없을 건 빤한 일 같았다.

응팔은 생각하다 못하여, 한 방도를 생각했다. 받을 수 없는 돈을 받자면 돈을 훔쳐낼 수밖에 없다는 어리석은 지혜가 그것이었다. 훔쳐낸다고는 하지만 내 돈이기에 내가 임의로 하는 것이니 죄라기보다는 당연한 일일 것 같았고, 또 훔쳐내서는 곧 그 뜻을 알릴 것이니 죄랄 것이 없으리라는 것이었다.

일단 이런 계획을 세워놓고는 응팔은 날마다 밤이면 돈을 훔쳐낼 그 기회만을 엿보는 것이 게을리하지 않는 일이었다.

오늘 밤도 사랑 윗목에서 그렇게 억센 일에 종일을 지친 피로한 몸이었건만 깊이 잠이 들지 못하고 이불 속에서 초시의 드는 잠만을 엿보기에 온 정신을 모으고 있었다.

원체 한번 잠이 들면 깰 줄을 모르고 내자는 습성이 있는 초시인 것은 예전부터 알아오는 일이지만 그래도 하고 용단을 못 내오던 것이, 오늘 밤은 거기에 콧소리까지 높이 늘려 아주 잠이 깊이 들었다는 것이, 용기를 돋구게 했다. 그런 데다가 벽장문 열쇠를 열어야 할 것이 늘 근심이던 판에 오늘따라 낮에 벼 판 돈이 그대로 초시의 조끼 호주머니 속에 들어 있다는 것을 알은 응팔은 더 참을 수가 없었다.

응팔은 마침내 이불을 젖히고 일어나 숨소리를 죽였다. 그리고 어둠 속을 두 다리 두 팔로 짐승같이 조심조심 초시의 머리맡으로 기어가 낮에 보던 그 불룩한 누런 봉투를 조끼 주머니에서 그대로 들어냈다.

이튿날 아침 봉투가 없어졌다는 것은 곧 탄로가 되고, 한 방에서 잤다는 이유로 혐의의 화살은 응팔에게 쏘였다.

응팔은 자기가 가져야 할 액수만을 갈라 가지고 나머지를 미처 들여놓지 못한 것만이 미안했다. 초시의 눈앞에서 봉투를 가르자니 초시가 그 봉투를 보고는 그대로 있지 않을 것 같아 주위의 화살이야 오건 말건 그 돈을 가르기까지 넣어두리라 사랑 부엌 아궁에 불을 지피고 있는 동안, 뜻밖에도 시꺼먼 그림자가 문 앞에 마주 선다. 순사였다.

"난 난 죄 죄 없어요. 일 일천 칠백 단 단 낭을 내구, 디 디리놓문 회 회계가 되요. 일 일천 칠백 단 단 낭은 다 내 돈이에요."

응팔의 목소리는 부지깽이를 잡은 손과 같이 떨렸다.

"정 정말이에요. 일 일천 칠 칠백 단 단 낭은 다 다 내 내 돈이에요."

그러나 순사는 그의 팔목을 묶는 데만 열심이었다. 그리고 꽁꽁 묶어서 뒤로 늘이운 포승의 끈을 말고삐처럼 붙들고 끌어냈다.

응팔은 분명히 자기가 주재소로 끌리어가고 있는 것은 현실인 줄 알면서, 왜 끌리어가는지, 무엇이 죄 될 것인지를 똑똑히 분간할 수 없는 것이 그저 꿈속 같았다.

—〈농업조선〉, 1939. 5.

부부 夫歸

하필 들어와 앉는다는 것이 그 밑이었다. 무엇이 장하다고 한 다리를 찢어져라 공중으로 들고 선 묘령의 단발양 — 서커스단의 광고 포스터치고는 그리 추잡한 것은 아니로되, 앉아서 올려다보 니 맹랑하다.

"여보, 이거 치어줘요."

매담에게 시선을 보내며 한 손으론 포스터를 가리켰다. 눈치 빠른 긱다껄은 매담의 지시도 있기 전에 달려와 정호의 머리 윗 벽에 붙은 포스터를 뗀다.

"고히!"

그러나, 고히보다 시보리가 먼저 온다.

"시보리 안 써."

"안 쓰세요?"

"안 써."

그리고, 담배를 꺼내 왼손 엄지손가락의 손톱 위에 끍을 박으며,

"성냥!"

그러나, 그적엔, 커피가 왔다.

성이 가시는 듯이,

"어이, 성냥 가져와요."

다시 크게 소리를 질러놓고 보니. 성냥갑은 이미 탁자 위에 놓여져 있는 것이 있다. 멋쩍게 집어 들어 담배를 붙이고 나니 계집은 성냥을 또 가져온다.

할 말이 없다. 말없이 정호는 찻잔을 들었다.

열한시가 넘은 다방 안은 한산하기 짝이 없다. 건넌 쪽 야자수 그늘 아래 마주 앉았던 한 쌍의 젊은 남녀가 가즈런히 떠나 나가니 정호에게는 들리지도 않는 〈아베 마리아〉 곡이 쓸데없이 떠들고 있다.

담배 한 개 필 동안만 기다리라던 한 군은 곱잡아 붙인 담배가 반이 넘어 타서도 오지 않는다.

필시, 술이 또 과해진 모양이다. 그러나, 그것은 그쪽의 사정이요, 정호로서는 이 위약이 여간 불쾌한 것이 아니다. 시가 바쁜 취직의 결과 여부가 알고 싶은 것은 말할 것도 없거니와 열시에는 꼭 들어와야 된다는 아내의 다짐을 받은 그 약속한 시간이 이미 지난 지 오래였으매 들어가면 또, 귀치않게 빠악빡 바가지를 끍혀야 할 것이 적지 아니 근심인데 한 군을 만나지도 못하고 들어간다면 그적엔 또 거짓말을 꾸며대어야 할 것이 허스러운 일이 아닌 것이다. 거짓말이야 얼마든지 하면 못 하련만 너

무도 해놓아서 인제는 실상 곧이들을 말을 좀체로 생각해내기가 어렵다.

생각하면 참 우습기도 하고 기도 막혔다. 외출에서 늦게만 돌아오면 아무리 바른말을 해야 곧이는 듣지 않고 그저 어느 계집을 보러 갔던 줄만 믿고 하루같이 앙탈이다. 그러니, 실상 계집은 보러 아니 갔던 때도 기생이라든가 하다못해 카페 여급이라도 데리고 술을 먹었대야 왜 그랬느냐고 앙탈은 부리면서도 그래도 남편의 정체를 바로 캐어낸 것이 개운한 듯이, 그리고, 속지를 않은 것 같아 좀 마음을 풀지, 이건, 사실은 친구와 술잔을 나누다 어찌어찌 늦어져서 밤늦게 들어가도 그대로 고백을 하면 자꾸 바로 대라고 오금을 못 쓰게 무릎을 꼬집고 따집고 야단이니 그의 마음을 시원하게 풀어주자면 거짓말을 아니 하게 되는 수가 없다.

그러나, 거짓말도 한정이 있지 밤낮 계집만을 보러 다녔달 수도 없고, 또 밤낮 같은 계집만을 보았다면 곧이들을 수도 없는 것이다. 그래서 요즘은 실상 거짓말의 준비에도 궁핍한 참이다.

그래도, 한 군을 만나보고나 들어가면 취직 여부는 아직 모른다 하더라도 어쨌든 거짓말을 꾸며대는 데는 다소 참고가 될 것도 같은데 한 군은 이렇게도 위약을 한다.

좀 더 기다리면 오려나? 담배를 다시 한 개 들어내어 태우자니 종내 열두시를 치고 만다. 다방은 그만 철폐다.

정호는 이제부터 본격적으로 거짓말의 준비에 머리를 써야 할 경우에 다다른다. 오늘 저녁은 어떤 계집과 또 무엇을 어떻게 놀았다고 꾸며대야 되노? 옹색한 생각에 머리를 쥐어짜며 다방을 나왔다.

　기어코 아내는 뽀로통 얼굴을 찌푸렸다. 문을 열고 들어서는
데도 눈 한번 거들떠보는 법 없이 옷가지 위에 떨어친 눈을 그대로
숨쳐가는 바늘 끝에만 주고 앉았는 품은 묻지 않아도 알 일이었다.
　지극히 섭섭한 일이다. 오늘 밤의 외출은 취직 건으로서의 그
것이었으니 여보 어떻게 되었소 하고, 혹은, 반가이 맞아줄지도
모르리라던 생각은 쓸데도 없는 자위에 틀림없었다.
　이러한 아내에게 먼저 말을 걸기도 자존심이 허치 않는다. 언
제나 이러한 경우이면 취하는 버릇 그대로 암말도 없이 넥타이를
끄르고 아랫목에 털썩 주저앉아 벽을 졌다.
　"몇 시나 됐수?"
　말잰 말이다.
　손목에 얹히운 시계가 죽었을 이치 없건만 구태여 자기에게 묻
는 말은 지금이 몇 시인데 인제야 들어오느냐는 투정이 아닐 수
없다.
　"눈으로 못 보우?"
　오는 말이 곱지 않으니 가는 말이 고울 리 없다.
　"오늘은 술도 안 잡수셨구려."
　"찻집에서두 술 먹나?"
　"여듦시에 들어간 손님을 열두시가 넘도록 앉혀두는 찻집은
있구요?"
　비로소 바늘을 멈추고 고개를 돌리긴 하였으나, 으드등 찌푸린
낯은 여전히 화기를 주려 잡고 펴지 않는다.

"글쎄 당신은 왜, 말을 늘, 그리 비꼬아만 하군 하우?"

"제가 비꼬아서 하구 싶어 하우? 당신이 하게 만드니까 하는 게죠."

"허 참!"

"허 참이 아니라 그렇지 머에요?"

"허!"

"글쎄 암만 허, 하구 얼굴을 나려 쓸어두 전 못 속여요."

"속이긴 또 머!"

"그럼 그래 여들 시에 들어가 여지껏 찻집에만 앉았다 오셨수?"

길꿋 눈을 남편의 얼굴에다 쏜다.

"뉘가 여지껏 찻집에 있다 왔대나?"

"그럼 당신이 찻집에서 한 선생과 만나자고 했다고 그리고 나가시지 않았수?"

"그래 찻집에서 만나자고 해서 나갔는데 무엇이 어쨌단 말요?"

"아니 그럼 여지껏 찻집에만 있다 왔단 말에요? 그래?"

"제발 좀 그러지 마러요. 왜 그리 사람을 믿지를 못하우? 내속 시원히 다녀 들어온 경과를 곧이곧대루 보고하리다. 여들시에 '전원'으로 가서 한 군을 만나기는 했으나 아직 사장을 못 만나 보았다고 하기에 그러면 이제라두 알아보라고 ××회사로 보내고 '상크레르'에서 열한시에 또 만나자구 약속을 하구는 본정으루 가서 책전엘 좀 돌아다니다가 다시 약속한 대루 '상크레르'루 와서 기다렸으나 한 군이 오지를 않어서 여지껏 기다리다 돌아오는 길인데 무엇이 그리 의심스럽소?"

"귀에 잘 들어가지 않는다는데요?"

기어이 또 오늘도 거짓말을 듣고야 말려는 심사인가 보다.

정호는 금시 걸어지는 침이 입안에 쓰디쓴을 느끼고 입맛을 다시었다.

"왜, 대답을 못 하우? 인제는 거짓말을 못 꾸며대겠수? 아마 취직이라는 건 외출을 하기 위한 구실인가 봐? 언제부터 한 군 한 군 하고 된다는 취직이 이게 벌써 한 달이 넘었음 넘었지 한 달에 하루래두 모자라지는 않았을 걸요? 그래 바루 못 대요? 갔던 곳을……."

휙 돌아앉으며 일감을 뒤로 던진다. 바로 대지 않으면 어디까지든지 해보겠다는 어투요, 태도다.

그러나, 이미 말한 것이 거짓 없는 고백이다. 물끄러미 정호는 아내의 얼굴을 마주 바라보며 대답할 말에 지극히 빈곤함을 느낀다.

"왜, 거짓말을 또 못 꾸며대구 앉았수? 그래 대답하기두 거북한 걸 계집질은 왜 해요? 허길! 내 속 태워주구, 가정을 불화케 만들구……."

"뭐이?"

정호의 감정은 순간 아무것도 모를 만치 흥분에 젖어 든다.

"그럼 계집질을 당신이 안 하구 왔단 말요? 그러면 자정이 넘두룩 글쎄 찻집에만 그냥 있었다는 거야 말이 되야죠."

"아, 뭣이?"

정호는 저도 모르게 물팍을 한 걸음 아내의 곁으로 미끄러쳐 놓는다.

"제가 그렇게 싫수? 네? 이건 묻는 내가 잘못이지. 싫기에 계집을 볼 게 아닌가? 저는 그렇게두 당신 곁을 떨어지고 싶지가 않은

데, 당신은 참 제 속을 이렇게두 몰라준단 말이우. 정이란 하나만
인 것두 당신은 아지요? 둘은 아니구. 그런데두 저를 몰라주는 걸
보면 당신의 정이 가정에서 멀어져가는 것은 뭐 빤한 일이죠. 빤
한 일이에요."

기가 막히는 소리였다. 이렇게도 아내는 자기의 속을 몰라준
다! 어떻게도 자기는 아내를 사랑하는 것인고? 그 기막힌 사정의
마음을 순간 정호는 아내에게 말끔히 털어 보일 수 없는 것이 말
할 수 없이 안타까웠다. 이러한 자기의 속을 아내는 왜 이리도 모
르고 의심만 하는 것일까. 그 의심만 푼다면 원만한 사랑 속에 아
주 행복한 가정이 이루어질 것 같은데……? 하니 그 순간 정호는
아내의 그 의심을 어서 바삐 풀어 사랑하고 싶은 마음의 정이 마
음껏 자기에게로 건너오므로 또한 그것을 마음껏 받아들여서 정
이 서로 얼크러져 보고 싶은 충동이 불 일 듯하였다. 그래서 아내
의 마음도 시바삐 풀어주므로 살뜰히 오는 정을 사고 싶었다. 그
러니, 아내는 얼마나 자기를 사랑하고 싶은 마음에 그렇게까지
자기를 의심하는 걸고 하는 생각이 도리어 들여 무릎팍을 내어밀
때 쥐어졌던 주먹과 성은 슬프디슬픈 정으로 돌려 풀리고 만다.

"제가 당신을 사랑하는 것처럼 당신은 저를 사랑하지는 못하죠?
사내로 생겨서 전연 외입을 안 하리라구는 저도 믿지는 않아요. 그
러나, 그것을 속이는 건 아내에게 사랑이 없다는 증거거든요. 아내
에게 남편으로서야 못 할 말이 세상에 무에 있겠어요? 글쎄 ―."

"참 할 수 없군. 당신은 한 번두 속일 수가 없으니 원 참!"

아내의 그 자기를 살뜰히 사랑하는 것 같은 정에 사로잡힌 정
호는 시바삐 거짓말이라도 해서 그 아파하는 마음을 어서 풀어주

고 싶은 충동에 못 이긴다.

"글쎄 난 못 속여요. 남편한테 속구 살게스리 그렇게 천치는 아니거든요."

비로소 남편의 입에서 바른말이(실상은 거짓말) 나오게 만들었다는 장함과 또 남편의 속을 알게 되는 것들의 반가움이 이야기도 듣기 전에 벌써 그의 낯갗에 찡그렸던 주름살을 어느 정도까지 펴놓기에 족하였다.

"아까 그적에 말이야 '상크레르'를 갔더니 기다리는 한 군은 오지 않구 왜 지금 내가 말 있는 ××회사에 타이피스트가 있지? 그 여자가 엉뚱 강산에 들어오거든. 그래, 심심두 하던 차에 둘이 앉아서 이야기를 하다가 실인즉 그 여자와 같이 진고개루 갔던 게야. 자, 이제 실토를 했으니 심사가 편안하우?"

하기 싫은 거짓말이었으나 이 순간 빙그레 웃는 아내의 얼굴을 바라볼 수 있을 때 그것은 결코 슬픈 일만이 아님을 그 순간 인식했다.

"그것 보아요 글쎄 저는 못 속인다니게. 인제 그 여급은 어떻게 또 돌려따구 타이피스트에게로 돌라붙었수? 취직을 한다구 거기 다니드니 계집을 끌러 다녔구려. 참, 그런 수는 용하시지. 내, 또, 고년이 심상치두 않다구 늘 생각은 해왔지. 그래 취직은 거짓말이지요? 내 그 취직 인제 곧이는 안 들을걸. 여보! 취직보다 계집에 더 마음이 있으니 어떡헐 테요? 글쎄. 집안은 오가리처럼 자꾸 오그라만 들구, 아이참 지긋지긋한 취직이야. 그래 본정 가선 뭘 했에요? 당신 성질에 그저 돌아다니기만은 안 했겠죠?"

"그저 찻집 순례지 하긴 뭘 해—."

"건 또 거짓말이에요. 왜, 찻집에만 들어가 있었을라구요? 계집을 다리구 간 차비에……."

그러나, 아무리 거짓말을 꾸며댄다 하더라도. 또, 아내의 마음을 풀기 위한 것이라 하더라도, 아내가 시원하게 듣고자 하기까지의 그 관계라는 것이 있었다고는 아무리 거짓말이라도 차마 하는 수가 없었다.

"인제 더 그런 말을 물으면 나는 불쾌해하겠소. 그만 잡시다. 자리 깔우?"

그러나, 아내는 그것까지 들어야 개운하겠다는 그러한 표정이 아직 완전히 풀리는 것은 아니었으나 그래도 어느 정도까지 휘어드는 마음은 그런 이야기만으로서도 커다란 효과가 있었음을 알수 있다.

"오늘 밤은 사랑하는 계집과 같이 산보를 했으니께 아주 단잠을 주무시겠지."

빈정은 거리면서도 깔라는 대로 자리는 깐다.

비로소 정호는 한숨을 쉬었다.

이튿날도 저녁때에야 한 군은 소식을 전한다.

그러나 보람 있는 소식이다. 늦었어도 반갑다.

어제저녁은 실례했네. 술이 그랬네그려. 전화로래도 못 간다는 말을 알리고 싶었으나, 원, 선술집에 전화가 있어야 말이지. 그러나, 반가운 소식을 이제 전하니 엊저녁의 노염은 풀리고도 남음이 있을 줄 아네. 되었네 되었어, 취직이 되었단 말일세. 내 어제저녁 바루 그 길로 사장을 만나보고 따졌던 것일세. 이제 회사에 일이 정리되는 대로 정식 통첩이 군께로 날아들 겔세. 멀어도 아마 사흘 후이면 될 것이라 아네. 일없이 바빠 용달을 시키고 못 가네. 나 지금 또 술 먹으러 가는 길이야.

아니 반가울 수 없었다. 실직한 지가 일 년, 실로 군색함이 이를 데 없었다. 빚을 내라 빚쟁이한테 모욕을 당하고 반찬값을 내라 아내한테 쪼들림을 받고 ─.

"여보! 이것 좀 와보우."

메신저가 문밖에 나서기가 바쁘게 정호는 아내를 불렀다.

아내로 더불어 아니 같이 반가워할 수 없는 성질의 편지인 것이다.

그러나, 아내는 그것이 벌써 무엇인지를 다 아는 듯이,

"뉘게서 온 거에요?"

할 뿐, 그 편지를 보기에 흥미조차 느끼지 않는다.

"한 군, 한 군이 했어."

같이 반가워할 것을 믿고 알리나,

"네에."

마지못해 편지를 당기어보는 체, 보고 나서도 반가워하는 빛은 없다. 흡사 무슨 일을 저지른 때의 그것과 같은 태도다.

"한 군 참, 이번에 수구해서."

"그래두 취직이 될 때가 있긴 있군요."

하는, 소리도 힘이 없다.

까닭 모를 일이었다. 아내도 어떻게나 기다리던 그런 취직이었다. 결코 반갑지 않을 이치 없는데 아내의 태도는 그렇지 않다. 낮

에 옷감을 끊으러 화신엔가를 다녀온다고 할 때부터 어째 낯갗에 화기가 없어 보이는 것 같더니 필시 무슨 불쾌한 일이 그사이에 있었던 것이 아닌가? 그래서 그것이 아직 풀리지 않은 탓인가.

"아까 사 온 저구리감 거 얼마라죠?"

게서 무슨 단서를 잡아볼까 물었다.

"삼 원 오십 전에요. 그래두 썩 좋지는 못한가 봐요."

"요즘 화신엔 사람 많죠?"

"많다니! 웬 옷감들을 그리 끊어내겠어요!"

"거리는 인제 덥죠?"

"아니 참 아까운 봄이 인젠 다 가세요."

그러니, 원인을 알 수가 있나.

"인젠 아침밥 때문에 당신 새벽잠 다 잤소."

말을 돌려 물었다.

"새벽밥 짓게 된 걸 잠에다 비하겠어요?"

어딘지 그 말 속에는 어감에 부자연한 맛이 깃들인 듯하다.

"그래두 그 고소한 아침잠 못 자게 될 게 난 근심인데."

"늦잠 못 자기야 저나 당신이나 매일반 아니겠어요."

가까스로 물어보나 경위를 알 수 없다.

그러나 그 부자연한 맛은 여전히 어딘지 모르게 감출 수 없이 드러나 진심으로의 반가워하는 기색이 없는 것만은 의심할 여지가 없었다.

알 수 없는 채 그것은 며칠이 지난다.

사흘이 지나도 회사에선 기별이 없다. 오늘이나 있으려나 해도 내일을 바라보게 만들었다. 그러면 내일이나? 그래도 아닌 것을 한 주일을 기다려서도 소식은 있는 것이 아니다.

　오늘도 아침 체부를 눈이 빠지도록 기다려보았으나 문 앞을 그저 지나가고 만다. 필경 까닭이 있는 일이다.

　정호는 더 기다리고 있을 수 없었다. 한 군을 찾아 집을 나섰다.

　그러나 급기야 한 군을 만났을 때의 정호는 뜻도 않았던 사실에 놀라고 도리어 한 군을 만나지 않았던 것만 못한 무안에 머리를 못 들었다.

　"아, 자네 사람을 망신을 시켜도 분수가 있지 그게 대체 뭐란 말야?"

　만나기가 바쁘게 눈이 둥글해서 마주 서는 한 군의 태도에는 적이 심상치 않은 데가 있었다. 그러나 까닭을 모르는 정호라 멍하니 마주 바라보고 서 있을밖에.

　"응? 아니 그게 대체 어찌 된 일야? 글쎄 일이……?"

　다시 재처 묻는 것이었으나 정호로선 그것이 무엇을 두고 하는 말인지 해득할 수가 없었다.

　"무엇이 어쨌다고 야단이야? 좌우간 껀을 말하고 봐야지 무두무미로 원 알 수가 있나?"

　"말 다 해야 알겠나? 자네 취직 껀 말이네 취직 껀."

　"아니 참, 그게 어찌 된 일인구? 곧 기별이 있으리라더니……."

　"기별! 하하 이 사람 참. 일이 어떻게 되었다구 기별이 가겠나? 다 된 죽에다가 코를 떨러 놨으니……."

　"뭐!"

　"아, 그 회사에 타이피스트를 보구 남의 서방을 빼앗으니 어째느니 하고 자네 부인이 찾아와서 욕을 하고 일대 전쟁이 벌어지는 판에 사장 나리까지 그 광경을 목도했다는데?"

"응?"

놀라운 소리였다 듣고 보니 마쳐는 데가 있다. 아내가 한 군의 편지를 보고도 반가워하는 표정이 없이 꼭 무슨 일을 저지른 사람 같더니 하는 생각이 선뜻 가슴에 집히는 것이다. 그리고 생각하니 옷감을 끊으러 나갔던 것은 결국 핑계였고 목적은 타이피스트를 만나러 그 회사를 찾아갔던 것이었음을 이제 짐작할 수 있었다. 정호는 입맛이 썼다. 그날 저녁 창졸간 거짓말을 꾸며대일 것이 없어 생각나는 대로 그만 그 타이피스트를 끄집어다 거들었더니 이것을 아내는 곧이듣고 이렇게도 일을 저질러 놓았음에 틀림없었다.

"사실인가 그게?"

창피한 물음인 줄을 모름이 아니었으나, 너무도 의외라 한번 따지어 아니 물어볼 수가 없었던 것이다.

"사실이라니! 이 사람! 말을 좀 듣게나 글쎄. 그러니 사장이야 자네와 타이피스트와 그 어떤 관계가 있는 줄로 알지 않을 겐가? 그러니 지금 사장과 그 타이피스트와 어떠한 새라구 그 취직이 되겠나. 아, 어제 그 회사 앞을 지나다가 자네도 이즘은 출근을 할 것 같고 해서 들렸더니 제에길할 사장한테 욕만 실컷 얻어먹었네. 그게 무슨 짓이겠나 글쎄!"

이까지 이야기하는데 정호는 뭐라고 입을 벌릴 말이 없었다.

"어쨌든 자네 연애 사냥은 참 용한데. 몇 번 만나지도 않은 그 계집을 또 언제 그렇게 후렸던 겐가? 관계가 아주 단단했기에 자네 부인두 그렇게 분을 참지 못했겠지."

오직 부끄러울 따름이다. 아무리 허물없는 벗의 앞이라 하여도 그 수치스러운 마음은 정면으로 얼굴을 들고 마주 대할 수가 없었다.

"아내가 본래 몸이 허약한 데다 그동안 앓고 나서 정신이 좀 이상한 듯하더니…… 그러나 마뜩해 그런 짓이야."

그렇다고, 그러니, 아내에게 그런 책임을 돌리긴 창피한 일이요, 모른다니 말이 안 되어 이렇게 꾸며는 대었으나, 이러한 말이 그의 귀에 곧이들어가 맞길 바랄 수는 없다. 그러니 그러한 아내로서의 남편인 자기의 꼴이 그의 인상에서 좀체 사라지진 않을 게라고 보여 속으론 자기의 얼굴을 빤히 들여다보며 입을 비쭉하고 비웃는 것도 같다.

하지만 이미 일은 저질러져서 그러한 치소를 아니 받게는 되지 못하였다. 말 없는 한숨을 정호는 속으로 삼키고 수치감의 흥분에 저도 모르게 옆에 찔렀던 손이 부르르 하고 호주머니 속에서 그대로 떨림을 깨달았다.

그러나 집으로 돌아왔을 때의 정호의 손은 아무 작용도 하기를 잊은 힘없는 손이었다.

"아이 지금 돌아오세요? 오늘은 날이 짐작 더운데! 아이 저 이마에 땀 보셔!"

마주 달려 나와 모자를 받고 웃옷을 받을 때 일찍이 돌아오면 이렇게도 반가이 맞는 아내가? 하는 생각이 몰리었던 그의 손에 힘을 하나도 남기지 않고 온통 빼앗았던 것이다.

"으흐응!"

다만 괴로운 마음으로 이렇게 한숨과 같이 갚았을 뿐, 등덜미의 땀을 씻어주는 대로 아내에게 몸을 맡기고 있었다.

— 〈문장〉, 1939. 7.

준광인전 準狂人傳

1

선생님! 세상에는 이런 일도 있노이다. 제가 미쳤노이다. 제가 왜, 미치겠노이까. 그러나 선생님! 세상은 저더러 미쳤다 하노이다. 그러니, 저는 과연 미쳤는가. 미치지 않은 것 같은 이러한 제 마음은 정말 미친 것인가. 제 마음이건만 저도 분간을 못 하고 있을밖에 없노이다.

선생님! 저는 이제, 저를 길러주신 선생님에게 이렇게 미치게 되기까지의 그 경과를 아니 사뢸 수가 없노이다. 제가 미쳤다면 선생님은 제 자신보다도 더 아파하실 것을 모름이 아니오나, 한편 생각하올 때면 저의 신변에 이러한 일이 있었음에도 숨기고 있다는 것은 선생님에게 대한 저로서의 도리에 도리어 예의가 아닌가 하여 차마 들기 부끄러운 붓을 벼르다 벼르다 이제 들었노이다.

선생님! 바로 그게 사 년 전 그해의 여름이었노이다. 그날 오정 가까이 김 군과 같이 읍내의 옥거리를 지나다가 하도 목이 클클하기에 맥줏집에 찾아 들어갔더니 게서 우연히도 한 군과 손 군을 만난 것이 아니었겠노이까. 그리하여 우리 네 사람은 한 자리에 합석이 되어 오래간만에 서로들 술잔을 나누며, 유쾌한 시간을 가질 수가 있었노이다.

그런데, 선생님! 그때 제가 말한 이야기 가운데는 저도 하기 싫은 이야기였노이다만은 몹시도 그들을 놀라게 한 것이 있었노이다. 바로 영주가 세상을 떠났다는 보고가 그것이었노이다.

"머야! 영주가 죽어?"

"아 — 사람이 그렇게도 죽나!"

한 군과 나는 서로들 이렇게 놀라며 인생의 무상함을 다시금 느끼는 듯이 한숨을 쉬고 고인의 모습을 그리어보는 듯이 눈들을 내려깔고 무엇인지의 생각에 잠깐의 침묵이 계속되었노이다. 그러는 동안 또 조, 박, 허, 세 사람이 하던 부채질을 하며 들어오는 것이 아니었겠노이까. 선생님! 마치 이날은 그 술집이 우리들의 회합 장소나처럼 되었노이다.

그런데, 선생님도 아시다시피 조, 박, 허 그들도 다 같이 허물없는 저의 친한 벗이요, 또 영주의 벗이었기 때문에 이야기는 자연 그들로 하여금 또다시 영주의 죽음에 대한 이야기로 되풀이하지 않을 수 없었노이다. 그러고는 고인의 장점, 단점의 비판, 또는 그의 생전의 자랑거리이던 그 아릿자릿한 로맨스, 이런 것들로 친구의 인물된 품을 추억하며 노닐던 나머지 우리들 사이에는 벗을 조상하는 뜻을 어떠한 형식으로 표하는 것이 가장 적당할 것인가 하는 의견이 또, 바꾸이게 되었노이다 그리하여 우리 여덟 사람이(민 군과도 교섭을 하여 참가케 하기로 하고) 한 폭에다 연서를 하여 만사를 보내기로 결정을 하였었노이다. 그러고는 우리 여덟 사람이 일행으로 다 같이 장례에 참여하여야 할 것을 결의하고, 만사는 비단으로 하되, 글씨는 한 군이 쓰기로, 글은 박 군이 짓기로 각각 그 장기를 따라 맡기고 내일모레는 다시 ××구락부로 모여서 서명은 각기 자서로 하기로 하였었노이다. 그렇게하는 것이 우리 일동이 다 같이 친의가 보다 도텁다는 표시도 될 것임으로써였노이다.

그러고는 이런 뜻을 민 군에게도 속히 알리기로 박 군에게 그 책임을 맡기고 우리 일행은 각각 집으로들 헤어졌던 것이었노이다.

2

그랬으니까 선생님! 그 이튿날 하루를 지나서 저도 약속한 대로 ××구락부를 향하여 떠날 것이 아니겠노이까. 그러나, 그날 저는 피치 못할 가정의 약간 사정으로 작정한 시간보다 거의 두시간이나 늦어서 열두시에 모이자던 것이 새로 두시가 가깝게야 집을 떠나게 되었노이다. 그리하여 걸음에 불이 번쩍이도록 그야말로 속력을 다해서 읍을 향하여 걷고 있었노이다.

그런데. 선생님! 큰길을 추어 올라서 거리로 들어가는 십자길

어구에 선 광고판에는 어제 없던 광고가 큼직큼직한 글자로 가장 눈에 뜨이기 쉽게 붉은 잉크로 관주까지 그리어 붙인 것이 아니었겠노이까.

> ⋅ ⋅ ⋅ ⋅ ⋅ ⋅ ⋅ ⋅ ⋅
> 김철호金哲鎬는 미친 사람이니 누구든지 일거일동一擧一動에 있어 그와는 삼가기를 바란다. 허무虛無한 존재存在를 사실事實인 것처럼 꾸미어 일반인심一般人心을 미감迷惑케 하는 것이 그의 이즘의 행동行動이다.

아, 선생님! 이게 웬일이겠노이까. 거기에는 분명히 이렇게 쓰여져 있었노이다. 김철호, 그것이 제 이름인 이상 실로 아니 놀랄 수 없었노이다. 그러나, 미치지 않은 제 자신을 너무도 똑똑히 아는 저이오라, 한편으로는 우습기도 하였노이다.

하지만, 선생님! 다시 생각하올 때 미치지도 않은 사람을 이렇게 광고판에까지 대서특서하여 붙인 것은 불쾌하다면 불쾌하지 않을 수도 없는 일이었노이다. 혹, 김철호라는 사람이 저밖에 또 있어 그가 미친 것은 아닌가도 문득 생각이 들었으나, 그것은 글씨로 보아서 한 군의 글씨에 틀림없었고 문투로 보아서 박 군의 문투에 조금도 의심할 여지가 없었노이다. 그리하여, 그것은 벗들 가운데서 저를 가리켜 한 장난임이 즉석에서 깨닫기었노이다.

선생님! 이것이 너무 과한 장난이 아니겠노이까. 아무리 허물 없는 벗으로서의 악의 없는 장난이라 하더라도 이러한 장난을 받는 저로서는 다소 불쾌하지 않을 수가 없었노이다. 이렇게 큰길 가에다 써도 크게 써 붙인 광고였으니 이것은 저만이 보았을 것도 아니고, 이 길로 지나는 사람이었으면 누구나 한 번씩은 다 눈을 거치었을 것이오니 만일 저를 모르는 사람이라면 김철호라는 사람은 정말 미친 사람으로 알 것이 아니겠노이까. 그리고, 남의 단처라면 침을 흘려가며 외이고 싶어 하는 것이 세상의 인심이오라, 이런 말이 어찌어찌 세상에 퍼지게 된다면 저의 신변에 어떠한 불리한 영향이 미치게 될는지도 모를 일이 아니겠노이까. 그리고, 생각하니 선생님! 솔직하니 말씀이오이다만 불쾌함을 참을 수 없었던 것이 사실이었노이다.

선생님! 그리하여, 저는 제가 벗들 가운데서 이토록 미친 사람으로 농을 받도록 그러한 미친 짓을 한 때가 있었나 우두커니 서서 생각하여보았노이다만 아무리 생각하여보아도 기억에 남는 그러한 일은 찾아낼 수가 없었노이다.

그러니, 선생님! 그것이 대체 어찌 된 영문인 것을 저인들 알 턱이 있었겠노이까. 궁금한 수수께끼를 안은 채 구락부로 그대로 달릴 밖에 없는 저이었노이다.

3

그랬더니, 선생님! 구락부에 막 발을 들여놓자 저를 대하는 첫 인사가 한 군의 입으로 또 이렇게 나오는 것이 아니었겠노이까.

"미친 자식!"

하고.

이미 광고를 보고 오던 길이오라, 혹은 이러한 말을 듣게 될는지도 모른다고 전연 예기를 아니하였었던 바는 아니었으나, 그 순간, 여간 마음이 좋지 못하였던 것이 아니었노이다.

그러나, 그뿐이오리까.

"이 자식 오늘두 정신이 들지 않았군, 지금이 몇 시인데 이제야 보이는 게야."

"정신이 그렇게 쉽게 들면 사람 구실 허려구!"

"에이익 미친놈!"

벌써 모여 앉았던 벗들은 한 군의 말이 미처 끝도 나기 전에 제각기 이런 말을 던지는 것이었노이다.

저는 그만 무안하였노이다. 여느 때 같으면 이런 말이 그리 나무럽게도 들리지 않고 그저 귓결으로 흐르고 말았으련만 이때만의 제 감정은 실로 좋지 않았노이다. 그러나, 뭐라고 대답하여얄지를 모르는 저는 다만 발을 문 안에 들여놓다 말고, 어리둥절하여 그대로 섰을밖에 없었노이다.

"저 눈! 저 눈 봐! 미친놈의 눈 같다드니 멀쩡히 먼산만 바라보네."

민 군도 또 이렇게 나서는 것이 아니었겠노이까.

선생님! 이것이 물론 벗으로서의 농담에는 틀림없을 것이오나, 광고까지 보고 이런 밀을 뒤이어 들을 때의 제 감정은 차츰 도수를 더해왔노이다. 그러나, 제가 그에 대한 감정을 꺼내어놓는다면 아무리 제 감정은 좋지 못하다 하되, 농담을 농담으로 받지 못하는 저를 도리어 글렀달 것이므로 그렇다고 제가 그 자리에서 감정을 그대로 토로할 수는 없었노이다.

"이 자식들이 미치긴 웬 뚱딴지로……."

이렇게 말을 받으며 저는 그저 빙그레 웃어 보일 뿐이었노이다.

"네가 그럼 미치지 않구?"

민 군이 또 나섰노이다.

"어째서?"

"어째다니! 저게 무슨 장난이야? 그럼!"

민 군은 뒷벽을 돌아보며 손짓을 하였노이다. 거기에는 다섯 자 길이나 되는 백숙소 전폭에 한 군의 글씨로 영주의 만사가 쓰여져 걸려 있었노이다.

선생님! 그래서 저는 영주의 만사로 해서 제가 그런 농담을 받을 만한 조건이 있었던 것을 비로소 짐작을 하게 되었노이다. 그러나, 그것이 어떻게 되어서 그런 탈을 쓰지 않으면 안 되었던 것인가는 물론 알 턱이 없었노이다. 저는 무엇보다도 그것이 궁금하였었노이다.

"그게 어쨌단 말이야 그래?"

이렇게 묻는 저의 말은 저도 모르게 시치미를 뗀 항의적 언사이었노이다.

"저것이 군의 설도라는데!"

"그래 내 설도라면?"

"군은 왜 영주의 만사를 이렇게 하지 안 해서는 안 되었든구?"

"군은 그럼 벗으로서의 영주의 만사에 동의하지 않는단 말인가?"

저와 민 군의 이야기가 이까지 진행되었을 때에 일동은 별안간 와— 하고 웃었노이다. 그러니까 민 군도 다시 뒤를 이으려던 말을 못 잇고 따라 웃는 것이었노이다. 저는 이것이 물론, 어떤 영문인지는 모르면서도 그들의 기분에 떠어 저도 모르게 웃어버렸노이다. 그러니까 좌중은 아 하하— 하고 더욱 소스라쳐 웃게 되었노이다. 한 군과 민 군은 박수까지 치는 것이 아니었겠노이까.

선생님! 여기에 저는 그들이 저로 해서 웃었음을 알았고 따라서 제가 웃음은 제가 저를 웃는 격이 되었음을 그 순간 또 깨달았노이다. 제 얼굴에는 후끈하고 불덩이가 지나갔노이다. 저는 될 수 있는 대로 그런 기색을 나타내지 않으려고 마음에 힘을 주었노이다만은 저의 붉어진 얼굴은 그들의 눈에 아니 띄우지는 못하였던 모양이었노이다. 그리하여, 제가 너무도 미안해하는 것 같은 기색을 그들도 살피었음인지 웃음소리를 일시에 뚝 그치고 한 군이 나서며 하는 말이,

"아니 웃지들만 말구 김 군의 의혹을 풀어주어?"

하는 것이었노이다. 그러니까, 민 군도 한 군의 의견에 동의를 하는 듯이 아까와는 다소 태도를 달리하여 나직한 음성으로 말을 건네는 것이었노이다.

"김 군! 글쎄 동의 부동의는 고사하구 웬 뚱딴지로 영주가 죽었다구 짓이 이 짓이야 글쎄! 만사까지 써서 걸구……."

"아니 이건 누구더러 하는 말이야? 자네가 그런 말을 전하지 않았나?"

"이건 정말 미쳤군!"

"왜, 누가 미쳐?"

"누가 미치다니 내가 언제 군더러 영주가 죽었다구 했나? 영주의 동생 영수가 죽었다구 그랬지."

이렇게 저는 그때 들었던 대로 대들고 대답을 하였노이다만 본

래 듣길 민 군에게서 들었던 것이오라, 제가 그때 잘못 들었던 것으로 아니 깨달을 수 없어 민 군의 말을 그대로 부인하고 우길 수 없었노이다. 동시에 저는 저의 미쳤다는 원인을 알게 되었고, 또한 이것으로 저를 한번 놀려주려는 계획이었던 것을 알았노이다.

"글쎄 그러기에 미쳤다지 영수가 죽었다는 걸 영주가 죽었다구 들었으니 웬—."

그리고, 민 군은 하하하고 웃는 것이었노이다. 그러니, 조 군이 또 나서며,

"아니 그 두 놈이 다 미쳤군. 제각기 옳다구 떠드니 뉘가 옳은지 우리야 알 수가 있나."

하면서 박수를 치는 것이었노이다.

여기에 선생님! 제가 어떻게 대답을 하였겠노이까? 그저 무안함에 잠자코 있을 따름이었노이다. 제가 오전[1]을 하였으므로 뻔히 살고 있는 친구 영주가 만사까지 받게 되는 미안함도 말할 수 없었거니와 만사를 하게 만들었던 벗들에게까지 미안함을 금할 길이 없었노이다.

"아 그래서 이 자식들이 나를 미쳤다고 떠들고 야단이로군. 광고까지 써 붙이고—."

저는 도리어 그들을 위로하기 위하여 이렇게 농을 붙이며 웃을 밖에 없었노니다.

---

1 誤傳, 사실과 다르게 잘못 전함.

4

선생님! 이까지 이야기한 사실은 우리의 일상생활에도 흔히 있을 수 있는 웃음거리에 불과할 것이 아니겠노이까. 그러나, 선생님! 그 결과는 사람의 일생에 이런 일도 있을까 하리만치 파멸의 구렁에 저를 끌어가지고 들어갈 줄이야 어떻게 알았겠노이까. 응당 그 일곱 사람의 벗들도 제가 이렇게까지 되리라고는 예기도 못 하였을 것이었겠노이다.

그 이튿날 거리에 나선 저의 귀에는 이러한 소리가 들리는 것이 아니었겠노이까.

"김철호가 또 미쳤대나. 유전이란 할 수가 없어. 그의 할아버지가 미쳐서 죽드니 점잖은 가문에 원—."

이 말은 얼마나 저를 놀라게 한 것이었겠노이까.

그러나, 선생님! 저는 그 사람에게 내가 왜, 미쳐? 하고 대들 수는 없었노이다. 그것은 대드는 것이 도리어 제가 미쳤다는 것 같은 것을 보이는 것도 같아서 못 들은 척 그저 지나가고 말았을 따름이었노이다. 그러나, 이제 좇아 생각하오면 대들지 않았댔자 무슨 소용이 있었겠노이까. 그것은 아무러한 효과도 주는 것이 되지 못하였노이다. 날이 갈수록 여전히 저는 미친 사람으로만 화하여가는 것이 아니었겠노이까. 그 광고를 본 사람이면 누구나 김철호가 미쳤다는 것을 자기가 가장 먼저 아는 것 같은 자랑으로 만나는 사람마다 그런 말을 아끼지 않았을 것이라 추측되노이다. 그리고, 그런 말을 들은 사람의 입으로는 또 다른 사람의 귀에 이렇게 자꾸자꾸 다리를 놓아 한 달 후에는 저는 완전한 미친 사람이 되어버리었노이다.

선생님! 제 벗 조, 김, 허, 민, 손, 한, 박, 이 일곱 사람 외에는 누구나 저를 대하는 태도가 일변하여버리지 않았겠노이까. 혹 거리에서 아는 사람을 만난다 하여도 그는 제가 자기를 어떻게든지 해칠 것만 같아서 곁을 멀리하여 피하고, 피하여서는 아는 사람끼리 수군거리는 것은 그렇게 똑똑하던 사람이 미치다니 하는 것이었노이다.

선생님! 저는 기가 막히었노이다. 지금껏 제 지방 사람들이 저를 가리켜 위인이 똑똑하다고 그렇게 신용을 하여왔다는 것은 제가 결코 선생님에게 대해서 하는 저의 자랑이 아니노이다. 그러나, 선생님! 김철호가 미쳤다는 풍설이 돌아가자부터는 저의 신용은 납작하여지고 말았노이다. 범사에 있어 도무지 저와는 말하기를 싫어하고 자리를 같이하여주지 않노이다. 따라서 저는 저 호올로 이 세상에서 인생의 뒷골목 길을 걷지 않으면 안 되었노이다. 그리고 선생님! 아이들의 놀림을 받지 않으면 또 안 되었노이다. 미쳤다는 제 입에서 어떠한 허튼 말이 나오나 제 입에서 나오는 말이 가령, 우스운 말이라면 그것을 들으므로 서로 웃어, 웃음으로써 한때의 행복을 삼으려는, 다시 말씀하오면 즉 저라는 물건으로써 쾌락의 대상을 삼으려는 일종 향락을 위할 따름이었노이다.

선생님! 정신이 멀쩡하여 이렇게 미친 사람의 대우를 받지 않으면 안 되는 제 자신을 생각할 때 울고 싶도록 가슴이 아팠노이다. 아니, 선생님! 이런 것뿐이었겠노이까. 근거도 없는 허무한 풍설이 저를 이끌고 자꾸자꾸 파멸의 구렁으로 들어가는 것이었노이다. 김철호는 벌써 인간의 궤도를 벗어난 사람이다. 도덕과 예의는 물론 그에게는 오류가 없다. 계집을 함부로 농락하고 사람을 치기가 일쑤다. 선생님! 글쎄, 이러한 풍설까지 도는 것이었노이다.

선생님! 저는 저에게 대하여 세상 사람들이 이러한 태도를 취할 때 자신이 파멸의 밑바닥에 떨어져 들어가는 것보다 허무한 풍설을 그대로 듣고, 믿는 그들이 오히려 더 불쌍하게 생각키었노이다. 이렇게도 세상은 어두운 것인가. 기분에서 기분으로 마치 의식이 없는 그것과도 같이 허공을 떠돌지 않으면 안 되는 것이 그들의 존재임을 알았을 때, 선생님! 참으로 가슴이 아팠노이다.

선생님! 저는 이제 여기에 제 인격이 더할 수 없이 파멸에 떨어져 완전히 미친 사람의 대우를 받게 되기까지의 에피소드를 말씀드리겠노이다.

5

선생님! 세상의 월편에서밖에 존재의 인정을 받지 못하는 저는 언제나 술을 찾아서 우울한 제 마음을 위로하지 않으면 안 되었노이다.

어떤 날이었노이다. 그날도 저는 어느 카페의 한구석 의자에 앉았는 몸이었노이다. 그리하여, 웨이트레스로 위안을 받으며 술을 들이키고 있었노이다.

선생님! 이때였노이다. 카페 문이 스르르 밀리더니 저를 힐끗 한번 마주 바라보고는 무슨 못 볼 원수나 본 것처럼 부리나케 다시 문을 밀어 닫고 되돌아나가는 사람이 있었노이다. 저는 그것이 민 군인 것을 알았노이다.

선생님! 이때 저의 마음이 불쾌하였던 것이 잘못이었노이까. 여느 때 같으면 멀리서라도 더욱이 술이라면 저를 보고 싫대도 굳이 청할 민 군이었노이다. 만은 아무리 제가 세상에서 버림을 받은 존재라 하여도 옛날의 정의를 살필진댄 그렇지는 못할 것인데 아무러한 인사도 없이 원수나 본 것처럼 피치 않으면 안 되는 그의 행동에 저의 가슴은 기가 막히도록 아팠노이다. 저는 물론 민 군이 저에게 대한 이러한 태도가 어디 있는지를 잘 아노이다. 민 군도 일곱 사람 가운데 한 사람이니까 제가 정말 정신에 이상이 생긴 사람으로 아는 사람은 아니었노이다. 민 군은 저를 위하여 어디까지든지 세상의 의혹을 풀어주기로 힘을 쓰는 줄도 저는 잘 알고 있었노이다.

그러나, 선생님! 그는 저를 피하지 않아서는 안 되었노이다. 물론 민 군 자신은 제가 완전한 정신의 소유자인 줄은 아나, 세상은 저를 믿지 않으니까 세상이 믿지 않는 저를 대하여 자리를 같이한다면 세상은 저와 친의를 같이한다는 이유로 해서 자기에게까지 어떠한 영향이 미치리라는 이유에서일 것이 빤한 것이었노이다. 그리하여, 그들까지도 세상 사람과 같이 저를 미친 사람으로 대하지 않으면 안 되었고 차버리지 않아서는 안 되었던 것이었노이다.

선생님! 저로서 이러한 민 군의 태도를 생각할 때 제 마음이 과연 어떠하였겠노이까. 그러나, 선생님! 어쩐 일인지는 저는 그에게 항의하고 싶은 마음은 조금도 없었노이다. 저는 저도 모르게 그를 찾았노이다. 이것은 물론, 저의 참을 수 없는 알뜰한 정의 발로에서였으리라는 것을 저는 지금도 믿고 있노이다.

"어이 민 군!"

그러나 민 군은 대답이 없었노이다.

"어이 민 군!"

그래도, 대답이 없음에 저는 좀 더 힘차게 부르며 그를 따라 나갔노이다.

"민 군! 어 어이 민 군!"

"누구야! 그게."

민 군은 그적에야 피치 못할 줄을 알고 비로소 뒤를 힐끗 돌아보는 것이었노이다.

"무엇 잊은 것이 있나? 왜, 채 들어오지도 않고 돌아서나?"

"난 누군가 했지 또."

민 군은 그제서야 누구인지를 알았던 것처럼 이렇게 책임을 피하려고 하였노이다.

그런데, 선생님! 제가 민 군을 대하는 태도가 더할 수 없이 반가움에 사무친 그러한 마음인 것이야 민 군 자신인들 모를 것이었노이까? 그러나, 민 군은 저와 같은 정으로 저를 대하려는 것이 아니었노이다. 그의 태도와 인사는 어디까지든지 냉정하였노이다. 그것은 분명히 '너는 세상 사람들에게 믿음을 잃은 폐물이니 옛날과 같은 나의 친구는 못 된다' 하는 뜻이 아닐 수 없었노이다.

선생님! 제가 사회에서 믿음을 잃은 옛날과 같은 그러한 벗은 못 된다손 치더라도, 그리고, 저와 친교를 옛날과 같이 그대로 맺는 것이 자신에게 다소 영향이 미친다 하자 하더라도, 이유 없이 사회에서 믿음을 잃게 된 불쌍한 옛날의 친의를 위하여 다정하게 손목이야 한번 쥐어주지 못할 것이 무엇이었겠노이까. 그리고, 또 다정한 말로 저의 이 터질 듯한 심정을 조금이라도 어루만져주지 못할 것이야 무엇이었겠노이까.

선생님 여기에 저의 감정이 될 대로 흥분되었던 것이 잘못이었 겠노이까.

"술 한잔 먹자!"

"나 술 인제 안 먹네."

"그럼 카펜 왜 들어왔어?"

"아 저 잠깐 좀 만나볼 사람이 있어서 왔던 게야."

"누군데 그게?"

"으— 저—."

저는 벌써 그의 심리를 다 알았으므로 다시 더 따지어 물을 필 요도 느끼지 않았노이다.

"자 들게, 오래간만에 우리 한잔 먹세."

"글쎄, 나 술 안 먹어 이젠."

"그래 한 잔두 못 먹어?"

저의 음성은 아니 높아질 수 없었노이다.

제 기색을 살핀 민 군은 아무 말도 없이 한 잔을 들이켰노이다. 저는 다시 그 잔에 술을 따랐노이다. 그러나, 민 군은 다시는 그 잔을 들지 않고 밑을 떼었노이다.

"정말 못 먹겠나?"

저는 저도 모르게 부어놓았던 술잔을 그의 가슴으로 건네 안기었노이다.

"이 자식 정말 미쳤어!"

"머시? 한 번 더 해라 그런 말을……?"

저의 손은 민 군의 멱살을 바싹 치켜들었노이다. 그도 가만히 있지 않았노이다. 제각기 지지 않으려고 붙안고 돌아갔노이다.

그런데, 선생님! 제가 민 군보다 본래 힘이 세인 것은 아니었노이다만은 어찌 된 셈이온지 제 빗장거리에 민 군은 그만 잔뜩 탁자 위에 허리를 걸고 넘어졌노이다. 그리하여, 민 군은 눈을 뒤집고 정신을 차리지 못하였노이다. 그러니까, 카페 안이 떠들썩할 것이 아니었겠노이까. 구경꾼이 쭉 모여드는데 실로 창피하였노이다.

그런데, 선생님! 이렇게 방 안에서 떠들썩하니까, 밖에서 숭숭거리던 패가 문을 열고 들어오는데 보니 그것이 또 우리들의 패거리 그 일곱 사람이 아니겠노이까. 짐작컨대 그들은 민 군과 같이 왔다가 제가 여기 있음을 알고 몸을 피하였으나 민 군이 그만 나에게 붙들려 들어왔음에 가지도 못하고 그의 나오기를 기다리고 있었던 모양이었노이다. 선생님! 이들의 태도까지 어떻게도 그리 민 군의 태도와 똑같은 것이었겠노이까.

선생님! 그들은 민 군을 일으키기에만 열심이었노이다. 민 군은 허리를 잘 쓰지 못하고 비뚝 걸음으로 그들의 부축을 받으며 카페를 나갔노이다.

선생님! 이 사건에 있어서 민 군 자신은 물론, 그들의 일행인 그 여섯 사람까지도 제가 그것이 정신의 이상으로 지은 행동이 아니었던 것이야 모를 것이겠노이까. 만은 저의 파멸의 씨를 뿌려준 것이 민 군이라 해서 그에 대한 감정으로 그러한 행동을 취하였다고는 촉각 오해하기 쉬울 것이라 알았노이다. 그러나, 선생님! 저의 그 민 군과의 싸움이 감정에 있었던 것은 너무도 아니었노이다. 솔직히 말하노이다만 그저 참을 수 없는 정의 발로가 그렇게까지 되었던 것이었노이다. 그러나, 이것이야 제 자신밖에 백이 백 말하면 곧이들어줄 사람이 있겠노이까.

그러니까, 선생님! 이것을 또 세상은 김철호라는 광인의 장난이라고 한동안의 이야깃거리가 되어서 그들의 소일감이 되는 동시에 저에게 대하는 태도는 더욱 심해가는 것이었노이다.

아니, 선생님! 이런 일이 세상에 정말 있다고 어떻게 말씀을 드리겠노이까. 글쎄 선생님! 이 일로 말미암아 저는 제 가정에서까지 믿지 못하는 몸이 되어버렸노이다. 제 어머니가 저를 못 믿고, 제 아내가 저를 못 믿어 주노이다. 그러니까, 제 가정이 저와 같이 파멸의 도상에 걷고 있게 되는 것이 아니겠노이까. 제 힘이 아니면 제 가족은 목숨을 이을 수가 없노이다. 그러나, 선생님! 저를 믿지 못하노이다. 믿어주지 못하는 것이 가정의 파멸인 줄을 모르노이다. 저의 정신의 이상은 신의 장난이라, 무당을 데려다 푸닥거리를 한다 굿을 한다 야단까지 부리니, 글쎄, 선생님! 이게 세상 사람에게 저라는 인간은 믿지 못할 사람이라 오히려 광고를 하는 것이 아니고 무엇이겠노이까.

그러니, 선생님! 저는 장차 무엇이 되려노이까. 무엇이 될 것이겠노이까.

그리고, 선생님! 이런 말씀을 제가 선생님에게 드리오므로 선생님의 안온한 마음을 슬프게 하옵는 것이 잘못은 아니겠노이까,

선생님!

— 〈신세기〉, 1939. 9.

계용묵 연보

1904년   9월 8일 평안북도 선천에서 아버지 하항교河恒敎와 어머니 죽산 박
         씨 사이에서 1남 3녀 중 장남으로 출생.
1909년   대지주 집안의 신학문을 반대하는 할아버지 밑에서 엄격한 훈육을
         받으며 〈천자문〉〈동몽선습〉〈소학〉〈대학〉 등을 배움.
1914년   4년 동안 한학을 배운 뒤 삼봉공립보통학교에 입학.
1918년   평남 안주의 순흥 안 씨 안정옥安靜玉과 결혼.
1919년   삼봉공립보통학교 졸업 후 2년 동안 더 한학을 배우며 문학에 관심을
         갖게 됨.
1920년   소년 잡지 〈새소리〉 문예 공모에 시 〈글방이 깨어져〉를 응모해 2등으
         로 입선.
1921년   조부 몰래 상경하여 중동학교에 입학하지만 상경한 지 한 달 만에 조
         부의 명령으로 낙향. 김안서의 소개로 염상섭 · 김동인 · 남궁벽 · 김
         환 등과 교유하며 문학에 뜻을 둠.
1922년   다시 상경하여 휘문고등보통학교에 입학하지만 다시 강제 낙향한 뒤
         집에서 독학으로 문학 공부 시작.
1925년   〈생장〉에 응모한 시 〈부처님, 검님 봄이 왔네〉와 〈조선문단〉에 응모
         한 단편소설 〈상환相換〉 각각 당선.
1927년   〈조선문단〉에 응모한 단편소설 〈최 서방〉 재차 당선.
1928년   일본으로 건너가 도요 대학교 철학과에 입학. 〈조선지광〉에 〈인두지

주人頭蜘蛛〉발표.

1931년 집안이 파산하여 귀국 후 〈신가정〉에 〈제비를 그리는 마음〉 투고.

1935년 정비석·석인해·허윤석 등과 문학동인지 〈해조〉 발간을 논의했으나 무산.

1938년 조선일보 출판부 입사.

1943년 일본 천황 불경 혐의로 투옥되나 2개월 뒤 무혐위로 석방. 방송국에 취직하나 일본인과의 차별대우에 반발하여 사흘 만에 퇴사.

1944년 일제의 강압에 못 이겨 고향 선천으로 돌아옴.

1945년 해방과 더불어 상경 후 정비석과 함께 언론종합잡지 〈대조〉 창간. 창작집 《백치 아다다》 발행.

1948년 김억과 함께 출판사 수선사 창립.

1950년 제주도로 피난 감.

1952년 제주도에서 월간 〈신문화〉 창간.

1954년 서울로 돌아옴.

1961년 8월 9일 성북구 자택에서 위암으로 사망.

34

계용묵 단편전집 1

백치 아다다

초판 1쇄 인쇄 2018년 12월 20일
초판 1쇄 발행 2019년 1월 10일

지은이 계용묵
펴낸이 이범상
펴낸곳 ㈜비전비엔피·애플북스

기획편집 이경원 심은정 유지현 김승희 조은아 김다혜
디자인 김은주 이상재
마케팅 한상철 이성호 최은석
전자책 김성화 김희정 이병준
관리 이다정

주소 우) 04034 서울시 마포구 잔다리로7길 12 (서교동)
전화 02) 338 – 2411 **팩스** 02) 338 – 2413
홈페이지 www.visionbp.co.kr
이메일 visioncorea@naver.com
원고투고 editor@visionbp.co.kr

등록번호 제313 – 2007 – 000012호

ISBN 979-11-86639-89-4 04810

이 도서의 국립중앙도서관 출판시도서목록(CIP)은 서지정보유통지원시스템 홈페이지(http://seoji.nl.go.kr)와 국가
자료공동목록시스템(http://www.nl.go.kr/kolisnet)에서 이용하실 수 있습니다.(CIP제어번호: CIP2018035478)